报告文学

大国小康

杨豪 著

甘肃文化出版社

图书在版编目（CIP）数据

大国小康 / 杨豪著 . -- 兰州：甘肃文化出版社，2021.4（2022.4 重印）

ISBN 978-7-5490-2224-3

Ⅰ. ①大… Ⅱ. ①杨… Ⅲ. ①报告文学－中国－当代 Ⅳ. ①I25

中国版本图书馆CIP数据核字（2021）第057296号

大国小康

杨 豪 | 著

策　　　划	郧军涛
责任编辑	周乾隆　贾　莉
装帧设计	马吉庆

出版发行	甘肃文化出版社
网　　　址	http://www.gswenhua.cn
投稿邮箱	press@gswenhua.cn
地　　　址	兰州市城关区曹家巷1号	730030(邮编)

| 营销中心 | 贾　莉　王　俊 |
| 电　　　话 | 0931-2131306 |

印　　　刷	唐山楠萍印务有限公司
开　　　本	787毫米×1092毫米　1/16
字　　　数	170千
印　　　张	13.75
版　　　次	2021年4月第1版
印　　　次	2022年4月第2次
书　　　号	ISBN 978-7-5490-2224-3
定　　　价	38.00元

版权所有 违者必究（举报电话：0931-2131306）
（图书如出现印装质量问题，请与我们联系）

前　言

2020年是"十三五"规划的收官之年，也是全面建成小康社会的决胜之年。

习近平总书记在2021年2月25日全国脱贫攻坚总结表彰大会上说："贫困是人类社会的顽疾。反贫困始终是古今中外治国安邦的一件大事。一部中国史，就是一部中华民族同贫困作斗争的历史。从屈原'长太息以掩涕兮，哀民生之多艰'的感慨，到杜甫'安得广厦千万间，大庇天下寒士俱欢颜'的憧憬，再到孙中山'家给人足，四海之内无一夫不获其所'的夙愿，都反映了中华民族对摆脱贫困、丰衣足食的深深渴望。近代以后，由于封建统治的腐朽和西方列强的入侵，中国政局动荡、战乱不已、民不聊生，贫困的梦魇更为严重地困扰着中国人民。摆脱贫困，成了中国人民孜孜以求的梦想，也是实现中华民族伟大复兴中国梦的重要内容。"

消除贫困、改善民生、实现共同富裕，是社会主义的本质要求，也是我们党的重要使命。

自 1949 年中华人民共和国成立以来，我们党带领全国各族人民，持续不断地向贫困宣战，并进行了一系列卓有成效的反贫困实践探索。

1978 年十一届三中全会召开，我国建立以家庭承包经营为主要内容的农村基本经营制度，放开农产品市场和价格，极大地调动了广大农民群众的积极性，促进了农村乃至全社会生产力的大解放和大发展。1978 年至 1985 年，中国农村贫困人口减少了 1.25 亿。

20 世纪 80 年代，中央要求集中力量解决十几个连片贫困地区的问题。从 1986 年起，我国在全国范围内开展了有计划、有组织、大规模的扶贫开发工作。安排专项资金，制定扶持政策，并对传统的救济式扶贫进行改革，确定了开发式扶贫的方针，我国扶贫开发进入了一个新的阶段。

20 世纪 90 年代，党和国家对扶贫工作紧抓不懈，从 1991 年 3 月的全国扶贫开发工作会议到 1994 年的《国家八七扶贫攻坚计划》，都明确提出解决农村贫困人口的温饱问题。经过广大干部群众的艰苦努力。2000 年底，《国家八七扶贫攻坚计划》的目标已基本实现。

进入 21 世纪以来，我国扶贫开发的重点从解决温饱转入巩固温饱成果、加快脱贫致富阶段。党的十八大以来，以习近平同志为核心的党中央更加注重扶贫工作，将扶贫开发摆到治国理政的重要位置。党的十八大以来，从西北边陲到云贵高原，从塞外雪域到岭南水乡，习近平总书记扶贫的脚步走遍了全国十四个连片集中特困区；从"看真贫、扶真贫、真扶贫"到"找对'穷根'，明确靶向"，从提出"科学扶贫"到"精准扶贫""精准脱贫"，提出了一系列新观念、新思想，为脱贫攻坚战的全面胜利擘画蓝图。

特别是 2015 年 11 月印发的《中共中央国务院关于打赢脱贫攻坚战的决定》中明确提出："到 2020 年，稳定实现农村贫困人口不愁吃、不愁穿，义务教育、基本医疗和住房安全有保障。实现贫困地区农民人均可支配收入增长幅度高于全国平均水平，基本公共服务主要领域指标接近全国平均水平。确保我国现行标准下农村贫困人口实现脱贫，贫困县全部摘帽，解决区域性整体贫困。"

党的十九大宣告了中国特色社会主义进入新时代，中华民族迎来了从站起来、富起来到强起来的伟大飞跃。习近平总书记在党的十九大报告中强调："让贫困人口和贫困地区同全国人民一道进入全面小康社会是我们党的庄严承诺。"

贫困是一道全球性的复杂社会难题，消除贫困是人类实现可持续发展的重要目标之一。中国共产党人始终将消除贫困、改善民生、逐步实现共同富裕作为重要使命。源于这种强烈的使命感和责任感，七十年来如一日，党带领全国各族人民持续不断地破解贫困难题。特别是党的十八大以来，我国取得了巨大的减贫成就。据权威资料统计：2013年，我国农村减贫人数1650万人！2014年，我国农村减贫人数1232万人！2015年，我国农村减贫人数1442万人！2016年，我国农村减贫人数1240万人！2017年，我国农村减贫人数1289万人！2018年，我国农村减贫人数1386万人！2019年，我国农村减贫人数1109万人！2000年底，我国实现现行标准下的贫困人口全部脱贫，贫困县全部摘帽，贫困村全部出列，区域性整体贫困得到解决，消除了绝对贫困！从这个数据可以看出，平均每年减贫多达1300万人。在短短的几年时间内，我国取得了减贫史上的伟大奇迹，也创造了世界反贫困史上的伟大奇迹！让世界上最大的发展中国家摆脱贫困是一项前无古人的伟大壮举，为全球减贫事业贡献了"中国智慧"和"中国方案"，谱写了人类反贫困史上的辉煌篇章。

这个奇迹的创造得益于我国社会主义制度的政治优势，得益于中国共产党以人民为中心的发展思想，得益于"精准扶贫，精准脱贫"的脱贫方略。

充分发挥中国共产党和社会主义国家在政治与制度方面的优势，是十八大以来以习近平同志为核心的党中央领导人民进行扶贫攻坚战的重要法宝。在脱贫攻坚战中，从"两个百年"奋斗目标的设定到"五位一体"总体布局、"四个全面"的战略布局，从一系列脱贫方针政策的制定到组织实施，无不展现出中国共产党卓越的领导力。习近平总书记说："扶贫开发是全社会的共同责任。"在党的领导下，中央到地方都积极行动起来，参与到这场轰轰烈烈的脱贫攻坚战中，构筑了社会扶贫的强大合力。正是因为有中国共产党的坚强领导，才能在短短的时间内，脱贫攻坚战取得全面胜利。我国成为世界上减贫人口最多的国家，也是世界上率先完成联合国千年发展目标的国家。这个成就，足以载入人类社会发展史册，也足以向世界证明中国共产党强大的领导力和中国特色社会主义制度的优越性。

邓小平同志说："社会主义的本质是解放生产力，发展生产力，消灭剥削，消除两极分化，最终达到共同富裕。"习近平同志在党的十九大报告中说："中国共产党的初心和使命，就是为中国人民谋幸福，为中华民族谋复兴。"从人民根本利益出发，全心全意为人民服务是中国共产党的根本立场。脱贫攻坚事关全面建成小康社会的成败，事关人民群众的切身利益，这是一场必须要取得胜利的"战役"。贫困地区没有实现小康，就没有全面建成小康社会。

精准扶贫、精准脱贫是新时期扶贫工作的基本方略，更是一项功在当代利在千秋的伟大创举，成为新时期扶贫工作的行动纲领。在精准扶贫思想的指导下，中国共产党以前所未有的力度推进脱贫攻坚，农村贫困人口显著减少，贫困发生率持续下降，贫困地区农民生产生活条件显著改善，贫困群众获得感显著增强。2020年，我国脱贫攻坚战取得全面胜利，区域性整体贫困得到解决，消除了绝对贫困现象。

精准扶贫同样具有世界意义，为加快推进全球反贫困进程做出了重大贡献。2020年全面建成小康社会，意味着中国将率先实现联合国2030年的减贫目标，这对于推进全球减贫事业、改善全球治理具有重大意义。

本书全面回顾了新中国成立70年来党带领全国各族人民的反贫困实践与探索，梳理我国扶贫政策从"救济式扶贫"到"开发式扶贫"，再到"精准扶贫"的发展历程，真实展现了党带领全国人民七十年如一日持续向贫困抗争的历史事实及全面建成小康社会、打赢脱贫攻坚战的伟大历程和历史性成就。小故事折射时代发展大进程。一个个真实而鲜活的扶贫脱贫案例，是一部书写在华夏大地上的动人史诗。一个个典型的脱贫攻坚事迹和贫困地区人民群众艰苦奋斗的感人故事，字里行间都充溢着人民群众在全面小康进程中的获得感和幸福感，展现了新时代中国人民昂扬向上的精神风貌。

一个拥有14亿人口的最大发展中国家全面建成小康社会，无疑是中国乃至世界扶贫历程中最精彩的篇章，值得书写与讴歌。

目 录

第一章 共和国的足迹

001 　70年，我们这样走过

007 　承诺：2020年全面建成小康社会

011 　精准扶贫：脱贫攻坚战的"靶向药"

015 　"中国模式"：缔造世界减贫奇迹

021 　踏上新征程，共赴小康路

第二章 上下一心 共赴小康

023 　十八洞村与精准扶贫

027 　中国扶贫的"宁德样本"

032 　九任副县长科技扶贫二十年

042 　情系山村济苍生

047 　洒向老区都是情

第三章 春风春雨 润民无声

053 　土地整理：垦殖出希望的田野

058 　易地搬迁：贫困户安居又乐业

067 　产业扶贫：稻鸭香米香喷喷

072 　生态扶贫：绿水青山变"金山银山"

077 　医疗扶贫：让每一个农民都能看得起病

082 　扶贫资金：助力乡村谋发展

085	电商扶贫:土味山货要进城	
089	扶贫+扶志:挖穷根更要挖脑根	
096	念好"山"字经　走富民特色路	
107	鲜桃结出致富果	
110	兰草花香苦寒来	

第四章　扶贫济困　凝心聚爱

115	统一战线:心往一处想,劲往一处使
123	民革中央:力助纳雍拔"穷根"
128	民企名企:大手笔彰显大气魄
138	新希望:脱贫致富的新希望
141	援疆干部:扎根天山以为家
148	社会力量:致富不忘报乡梓
151	红光村"红"起来了

第五章　"我们真心要脱贫"

157	致富路上你我携手同行
165	当代愚公脱贫忙
170	脱贫路上人穷志不短
173	"我不愿戴贫困户的帽子"
178	观念一变天地宽
181	双手筑起幸福生活
184	懒汉脱贫翻身记
199	"我们梦想着要脱贫!"

205	尾　声	
210	后记:文学应承担记录时代的社会责任	

第一章 共和国的足迹

70年，我们这样走过

我国古代的政治家管子曾说："凡治国之道，必先富民。民富则易治也，民贫则难治也。"明代的张居正说："窃闻致理之要，惟在于安民，安民之道，在察其疾苦而已。""治国之道在于安民，安民之道在于济困。"贫困问题，是个历史性和世界性的难题。自有史记载以来，贫困始终与人类社会如影随形，千百年来一直无解。"民亦劳止，汔可小康""五谷丰登，物阜民康"是中华民族千年来的美好愿望。

1949年10月，中华人民共和国宣告成立。从那时起，中国共产党作为执政党，团结和带领全国各族人民，持续不懈地向贫困宣战，经过数十年如一日艰苦卓绝的反贫困实践，先后使数亿多农村贫困人口成功脱贫，创造了世界上人口最多国家的减贫奇迹。

面对如此巨大的脱贫成就，我们最不应该忘记的就是70余年来共和国在减贫事业上如何一路走来的——

1949年中华人民共和国成立，面对极其贫穷落后的社会发展状况，毛泽东指出:"全国大多数农民,为了摆脱贫困,改善生活,为了抵御灾荒,只有联合起来,向社会主义大道前进,才能达到目的。"1955年7月,毛泽东在《关于农业合作化问题》中明确提出:"在逐步地实现社会主义工业化和逐步地实现对于手工业、对于资本主义工商业的社会主义改造的同时,逐步地实现对于整个农业的社会主义的改造,即实行合作化,在农村中消灭富农经济制度和个体经济制度,使全体农村人民共同富裕起来。"1957年,毛泽东在《关于正确处理人民内部矛盾的问题》一文中明确提出,要在几年内"使现在还存在的农村中一小部分缺粮户不再缺粮,除了专门经营经济作物的某些农户以外,统统变为余粮户或者自给户,使农村中没有了贫农,使全体农民达到中农和中农以上的生活水平"。这些论述及其实践都是试图从根本上解决贫困问题。随着土地改革、农业合作社等系列政策的实施,农民生产的积极性某种程度上被极大地调动起来了,解放了社会生产力,农民的温饱问题得到了相应改善。但由于人口多、底子薄,据有关资料统计,至1978年我国农村仍有2.5亿多人没有解决温饱问题,占当时农村总人口的30.7%。农村的贫困问题依然十分严峻。

在改革开放春风的吹拂下,人民群众对摆脱贫困、实现富裕有着极为迫切的愿望。邓小平多次强调:"贫穷不是社会主义,社会主义要消灭贫穷。""社会主义的本质,是解放生产力,发展生产力,消灭剥削,消除两极分化,最终达到共同富裕。"

中共十一届三中全会后,农村实行家庭联产承包责任制,包产到户,农民的生产积极性被激发出来,粮食产量明显上升,大多数农民能吃饱肚子了,农村的贫困现象得到了明显缓解。1982年,国务院成立"三西"(河西、定西、西海固)地区农业建设领导机构,这是第一个领导区域性扶贫开发工作的机构,目的是加快甘肃河西走廊商品粮基地建设,改变甘肃定西、宁夏西海固地区的贫困面貌。1984年9月29日,中共中央、国务院联合发出《关于帮助贫困地区尽快改变面貌的通知》,要求集中力量解决十几个连片贫困地区的问题。这之前很长一段时间内，我国政府扶贫济困的主要形式是通过民政部门和集体经济组织，对农村的贫困群体给予一定的救助，包括给钱、给物，主要保障贫困户的基本生活所需。

改革开放以来，我国建立了以家庭联产承包经营为主要内容的农村基本经营制度，放开农产品市场和价格，大力发展乡镇企业，极大地调动了广大农民群众的生产积极性，促进了农村乃至全社会生产力的大解放和大发展，这是我国扶贫事业迅速发展的第一推动力。据统计，1978年—1985年，我国农村贫困人口减少了1.25亿。

但不容忽视的是，由于自然环境的差异，部分地区的农民仍然十分贫困。针对这一现象，1986年5月16日，国务院贫困地区经济开发领导小组（1993年更名为国务院扶贫开发领导小组）成立，这是我国政府专门成立的管理扶贫工作的机构。国务院贫困地区经济开发领导小组的成立拉开了由政府主导的有组织、有计划、大规模的农村扶贫开发活动的序幕。国务院贫困地区经济开发领导小组成立后，确定了开发式扶贫的方针，并制定相关扶持政策，安排专项扶持资金，对传统的给钱、给物的救济式扶贫进行改革，立足贫困地区资源优势，确定扶贫开发方向，增强贫困地区自身的造血机能。我国扶贫开发也迈入一个新的阶段。

国务院提出"七五"期间解决大多数贫困地区群众的温饱问题，目标是年人均纯收入500元（后来根据物价上涨调整为800元）、粮食占有量800斤。虽然20世纪90年代这一目标已基本实现。但这一目标的标准起点低，不稳定、不平衡，地区差别比较大。全国有些地区仍在为温饱问题而发愁。

1991年3月，全国扶贫开发工作会议提出"八五"期间的扶贫开发工作要实现两个目标：一是加强农田基本建设，提高粮食产量，使贫困地区的多数农户有稳定的解决温饱问题的基础；二是发展多种经营，进行资源开发，建设区域性支柱产业，使贫困户有稳定的经济收入来源，争取到20世纪末为贫困地区的多数农户能过上比较宽裕的生活创造条件。

此后，党和政府对扶贫开发工作常抓不懈，多次召开专题扶贫工作会议进行安排部署。据统计，1993年底，全国农村没有解决温饱的贫困人口已减少到8000万人。这部分贫困人口主要集中在那些自然环境恶劣、生产生活条件差的农村地区，扶贫脱贫的难度也越来越大。针对这一情况，国务院于1994年制定并开始实施《国家八七扶贫攻坚计划》，明确提出要集中人力、物力、财力，用七年左右时间，也就是到2000年末，力争基本解决8000万农村贫困人口的温饱问题。这是一份有明确目标、明确对象和时间期限的国家扶贫纲领性计划。

1996年9月，中央扶贫开发工作会议再次明确了目标，在21世纪到来之前要消除绝对贫困现象，最终解决全国6500万贫困人口的温饱问题，并向全国发出了总动员令：加快扶贫开发步伐，在20世纪的最后几年打赢这场消灭贫困的"世纪之战"。

经过持续不懈的努力，1998年我国的贫困人口减少到4200万左右。进展之快、成就之大，令世界瞩目，以至联合国和世界银行都赞不绝口，认为这是20世纪最伟大的成就。尽管已经取得了巨大成绩，但扶贫攻坚的任务仍然十分艰巨。1999年，中共中央总书记江泽民同志指出："目前，我国农村贫困人口还有几千万人，这是一个不小的数字。其中不少是老区人民，他们在革命战争年代，为党和人民做出了巨大的牺牲和贡献。时至今日，老区人民中还有不少人过着缺吃少穿的日子，各级领导都应为此寝食不安。新中国成立50年了，如果不能尽快让那里的群众吃饱穿暖，我们就无法向为建立新中国英勇牺牲的千百万烈士交代，无法向人民、向历史交代。"

进入21世纪后，我国扶贫开发的战略重点开始从解决温饱为主转入巩固温饱成果、加快脱贫致富的新阶段。

2001年，《中国农村扶贫开发纲要（2001—2010年）》颁布，明确提出："尽快解决少数贫困人口温饱问题，进一步改善贫困地区的基本生产生活条件，巩固温饱成果，提高贫困人口的生活质量和综合素质，加强贫困乡村的基础设施建设，改善生态环境，逐步改变贫困地区经济、社会、文化的落后状况，为达到小康水平创造条件。"

2002年11月，党的十六大召开，再次强调要"提高扶贫开发水平"，"加大对革命老区、民族地区、边疆地区、贫困地区发展扶持力度"。

2007年10月，胡锦涛总书记在党的十七大报告中明确提出"加大对革命老区、民族地区、边疆地区、贫困地区发展扶持力度"。

2011年，中共中央、国务院颁布了《中国农村扶贫开发纲要（2011—2020年）》，明确要求把集中连片特殊困难地区作为主战场，把稳定解决扶贫对象温饱、尽快实现脱贫致富作为首要任务，实行扶贫开发和农村最低生活保障制度的有效衔接。集中连片贫困区主要集中在我国中西部地区，特别是西南、西北的深山区、石山区、荒漠区、高寒山区、黄土高原区、边疆地区、地方病高发区以及水库库区等。在全国592个国家级贫困县中，少数民族县占257个，老区县占105个。要解决这些地方群众的温饱问题，的确有相当大的难度。

2013年11月3日，习近平总书记在湖南湘西州花垣县十八洞考察时作出"实事求是、因地制宜、分类指导、精准扶贫"的重要指示，由此拉开了"精准扶贫"的序幕。"精准扶贫"的提出，一举改变了我国扶贫的进程。

2014年1月25日，中共中央办公厅、国务院办公厅印发《关于创新机制 扎实推进农村扶贫开发工作的意见》，明确提出要"建立精准扶贫工作机制。制定统一的扶贫对象识别办法……按照县为单位，规模控制、分级负责、精准识别、动态管理的原则，对每个贫困村、贫困户建档立卡，建设全国扶贫信息网络系统。专项扶贫措施要与贫困识别结果相衔接，深入分析致贫原因，逐村逐户制定帮扶措施，集中力量予以扶持，切实做到扶真贫、真扶贫，确保在规定时间内达到稳定脱贫目标。"这是对精准扶贫战略和相关政策体系进行顶层设计的纲领性文件，是对我国扶贫开发工作做出的战略性创新部署。自此，我国的扶贫进入了精准扶贫、精准脱贫的新阶段。

2015 年 11 月 29 日，中共中央、国务院印发《关于打赢脱贫攻坚战的决定》，正式把精准扶贫、精准脱贫作为扶贫开发的基本方略，明确提出：到 2020 年，稳定实现农村贫困人口不愁吃、不愁穿，义务教育、基本医疗和住房安全有保障。实现贫困地区农民人均可支配收入增长幅度高于全国平均水平，基本公共服务主要领域指标接近全国平均水平。确保我国现行标准下农村贫困人口实现脱贫，贫困县全部摘帽，解决区域性整体贫困。"决定"的颁布标志着我国拉开了全面打响脱贫攻坚这场具有重大历史意义和现实意义的重大战役。

一场轰轰烈烈的脱贫攻坚战在华夏大地上拉开了帷幕。举国上下同频共振，一起向贫困这个顽疾发起总攻。短短的几年时间内，我国的贫困人口以平均每年 1000 万的速度递减。减贫速度之快、范围之广，令世人震惊。

2020 年底，我国如期实现了全面建成小康社会的目标，历史性地消除了绝对贫困现象。

70 年筚路蓝缕，70 年披荆斩棘，一个世界上人口最大的国家实现了小康。

站在两个百年的历史交汇点上，一个富足、安康的美好时代正向我们走来。

未来已来，全面小康。

承诺：2020年全面建成小康社会

"小康"一词出自《诗经·大雅·民劳》："民亦劳止，汔可小康。"宋人洪迈在《夷坚志》中说："（刘）痒……久困于穷，冀以小康。"由此可见，古人所谓"小康"一词含有安定、富足之意。千百年来，小康一直是中国老百姓梦寐以求的理想生活。

中国共产党人一以贯之的初心和使命，就是为中国人民谋幸福，带领全国各族人民在消除贫困、全面小康的道路上砥砺前行。

2015年全国两会期间，习近平总书记在四川代表团参加审议时指出：到2020年现行标准下农村贫困人口全部脱贫、贫困县全部摘帽，是我们党立下的军令状。中国数亿面朝黄土背朝天的农民梦寐以求的理想生活——"小康"有了明确的时间表。

2015年11月23日，《中共中央国务院关于打赢脱贫攻坚战的决定》发布，明确指出：到2020年确保我国现行标准下的7000多万农村贫困人口实现脱贫，贫困县全部摘帽，解决区域性整体贫困。

历史必将证明，这是一个具有划时代意义的决定，它加快了中国反贫困的进程，我国提前十年实现联合国2030年可持续发展议程确定的减贫目标，从而让"贫困"这一长期困扰全世界人民的难题在中国土地上逐渐淡出人们的视野。

平心而论，提起"扶贫"字眼，不少人觉得老生常谈；提起"小康"社会，更觉得离自己十分遥远。但随着2020年"全面建成小康社会的第一个百年奋斗目标"的脚步越来越近，这两个话题不再是那样"熟悉而陌生"，不再是响在耳边、流淌在文字间的一个说法，这是一场必须打赢的脱贫攻坚战！

党中央已经下定决心，并向世界庄严承诺2020年全面建成小康社会。对于共产党人来说，承诺就是军令状！2020年，必须全面建成小康社会。当然，这一承诺并不是拍脑袋拍出的，而是基于我国的国情做出的：改革开放走到了这一步，中国的社会主义现代化建设走到了这一步，一切发展的目标都指向了必须要全面建成小康社会。因此，能否全面建成小康社会、能否打赢脱贫攻坚战，事关增进人民福祉，事关巩固党的执政基础，事关国家长治久安。

任务之艰有账可算。2017年的相关数据（按照2011年定的人均年收入2300元贫困线标准）统计表明，我国的贫困人口还有7017万，距离2020年全面建成小康社会也仅有不到三年的时间，不到三年意味着也仅仅只剩三十多个月，平均每个月要减贫200多万，平均每天要减贫60多万，才能完成既定目标。这是实实在在、不容置疑的硬任务啊。

改革开放四十年来，我国先后使7亿农村贫困人口逐渐摆脱了贫困。而这剩下的这7000多万农村贫困人口犹如脱贫征程上遇到的"拦路虎"一样，必须要有百般毅力、万般决心，才能"攻坚拔寨"，取得最后的胜利。

脱贫攻坚的任务已然下达，接下来就需要仔细研究分析，找出脱贫的最佳方法。方法对了，事半功倍；方法不对，事倍功半。共产党人一贯主张"没有调查没发言权"。贫有百样，困有千种。只有仔细分析致贫原因，才能找到脱贫的方法。我国农村贫困群众之所以贫困，其原因不外乎这几种情形：一是因病致贫。一些农村家庭原来生活条件尚可，温饱有余，可一旦家庭成员罹患疾病，特别是大病重病，往往导致家庭不得不举债治病，一夜之间债台高筑，生活举步维艰。二是因残致贫。有些贫困者之所以贫困，主要是身体原因，他们部分或全部丧失劳动能力，自己养活不了自己，没有生活来源，生活难以为继。三是因学致贫。有的家庭因供孩子读书，特别是家中供了一两个大学生的，一年好几万的花销让其实在是无力承担，只好四处举债。四是因灾致贫。破坏力极大的地震、暴雨、冰雹、泥石流等自然灾害，往往导致一些农村家庭瞬间失去一切，辛勤多年的劳动成果瞬间化为乌有。五是自然条件所限。一些贫困人口居住在深山区、石山区、高寒山区、沙化区和荒漠化区，自然条件差，基础设施不完善，一方水土难养活一方人。六是一些贫困家庭缺乏劳动力，青壮年都一股脑地奔向了城市，或打工，或创业，或求学，留在村里的不是老人就是妇女，再剩下的就是留守儿童了。农村流传着这样一句话："农村啥没有，只有369（3指妇女，6指儿童，9指老人）。"留守农村的这部分人生活相当困难。七是思想观念落后。一些贫困地区的群众长期以来安于现状，不思进取，"等、要、靠"的懒汉思维普遍存在。八是生产技术落后。一些地方的贫困群众没有知识，没有文化，更谈不上掌握先进的农业生产技术，耕作方式单一、粗放，生产效率低下，农作物产量不高，质量亦不高。种种致贫原因，这里不再一一列举。

2015年11月颁布的《中共中央国务院关于打赢脱贫攻坚战的决定》给出了解决贫困问题的方法：到2020年，重点支持革命老区、民族地区、边疆地区、连片特困地区，通过产业扶持、转移就业、易地搬迁、教育支持、医疗救助等措施解决5000万人左右贫困人口脱贫，完全或部分丧失劳动能力的2000多万人口全部纳入农村低保制度覆盖范围，实行社保政策兜底脱贫。

目标有了，方法有了，接下来就是如何执行了，任务重就要有扛重担的人。精准扶贫强调实行中央统筹、省（自治区、直辖市）负总责、市（地）县抓落实的领导体制和以片区为重点、精准到村到户的工作机制。各级党委和政府，特别是贫困地区的党委和政府，要逐级立下军令状，层层落实脱贫攻坚责任，实行最严格的考核督查问责，确保中央制定的脱贫攻坚政策尽快落地。同时，加强责任追究制度，对违规违纪者，坚决从严惩处。

决心来自信心。承诺，应该是"一诺千金"。

以习近平同志为核心的党中央把脱贫攻坚作为全面建成小康社会的底线任务和标志性指标，摆到治国理政的重要位置，以前所未有的力度加以推进。2016年2月，国务院印发《"十三五"脱贫攻坚规划》，明确提出："到2020年，稳定实现现行标准下农村贫困人口不愁吃、不愁穿，义务教育、基本医疗和住房安全有保障。""确保我国现行标准下农村贫困人口实现脱贫，贫困县全部摘帽，解决区域性整体贫困。"

扶贫攻坚成了党和政府工作的重中之重，全党、全国上下心往一处想、劲往一处使，对口帮扶单位来了，驻村干部来了，资金技术来了，医疗救助来了……举国上下一起向消除绝对贫困这个目标发起了总攻。随着2020年时间节点的推进，我国消除了一个又一个贫困的壁垒，脱贫攻坚取得了巨大的成就，创造了世界减贫史上的"中国奇迹"！

精准扶贫：脱贫攻坚战的"靶向药"

2013年11月3日，习近平总书记在湖南湘西州花垣县十八洞村调研扶贫工作时，首次作出"实事求是、因地制宜、分类指导、精准扶贫"的重要指示。2014年1月25日，中共中央办公厅、国务院办公厅印发《关于创新机制 扎实推进农村扶贫开发工作的意见》，提出创新"六大"扶贫开发工作机制，其中特别强调："建立精准扶贫工作机制。制定统一的扶贫对象识别方法。各省（自治区、直辖市）在已有工作基础上，坚持扶贫开发和农村最低生活保障制度有效衔接，按照以县为单位，规模控制、分级负责、精准识别、动态管理的原则，对每个贫困村、贫困户建档立卡，建设全国扶贫信息网络系统。专项扶贫措施与贫困识别结果相衔接，深入分析致贫原因，逐村逐户制定帮扶措施，集中力量予以扶持，切实做到扶真贫、真扶贫，确保在规定时间内达到稳定脱贫目标。"这是一份从理论依据、制度设计、政策措施指导下一阶段扶贫开发的纲领性文件，是根据国情做出的破解"贫困"问题的战略决策。"精准扶贫"的指导思想，一举改变了我国扶贫攻坚的历史进程。同时，扶贫模式也发生了极大的变化，由单一的开发式扶贫向"扶贫＋扶智""扶贫＋扶志"等多措并举转变，由"大水漫灌"向"精准滴灌"转变，从根源上找准造成农村贫困的原因，精准发力、精准施策，真正帮助农民摆脱贫困的束缚，走向富裕。

由"扶贫"到"脱贫"，虽说两词之间只有一字之差，但"扶贫"强调的是外力，而"脱贫"强调的是内力。只有激发广大贫困百姓对幸福美好生活的热切向往，只有激发贫困地区发展的内生动力，农村贫困群众才能真正奔向幸福美好的新生活。

2015年3月8日，习近平总书记在全国人代会期间参加广西代表团审议时强调："要把扶贫攻坚抓紧抓准抓到位，坚持精准扶贫，倒排工期，算好明细账，决不让一个少数民族、一个地区掉队。"

2015年6月18日，习近平总书记在贵州召开部分省区市党委主要负责同志座谈会，就加大力度推进扶贫开发工作提出"四个切实"要求，即"切实落实领导责任、切实做到精准扶贫、切实强化社会合力、切实加强基层组织"，特别强调要在精准扶贫、精准脱贫上下更大功夫。

2015年11月23日，一个具有历史意义的时刻到来了。中共中央政治局召开会议，审议通过《关于打赢脱贫攻坚战的决定》，明确提出：到2020年，确保我国现行标准下的7000多万农村贫困人口实现脱贫，贫困县全部摘帽，解决区域性整体贫困。衡量贫困人口脱贫的标准是"两不愁、三保障"（即不愁吃、不愁穿，义务教育、基本医疗、住房安全有保障）；贫困地区基本公共服务主要领域的指标要接近全国平均水平，即贫困地区具备条件的乡镇和建制村通硬化路，贫困村全部实现通动力电，全面解决贫困人口住房和饮水安全问题，贫困村达到人居环境干净整洁的基本要求，切实解决义务教育学生因贫失学辍学问题，基本养老保险和基本医疗保险、大病保险实现贫困人口全覆盖，最低生活保障实现应保尽保。集中连片特困地区和革命老区、民族地区、边疆地区发展环境明显改善，深度贫困地区如期完成全面脱贫任务。这是一份有具体发展目标和衡量指标的攻坚"决定"，更是一份指引贫困地区百姓奔向小康生活的行动"指南"。

2015年12月，在中央经济工作会议上，习近平总书记提出了"扶贫工作事关全局，全党必须高度重视"的新论断。

2016年3月10日，习近平总书记在青海代表团参加审议时强调："脱贫攻坚一定要扭住精准，做到精准扶贫、精准脱贫，精准到户、精准到人，找对'穷根'，明确靶向。"

"每月减贫百万！"

"脱贫就是要啃硬骨头，就是要打一场攻坚战。"

"精准扶贫，不落一人。"

……

这些是随处可见的宣传标语。笔者到农村下乡，发现农民日常谈的，乡镇党委、政府和村"两委"的工作安排中，全是"精准扶贫"内容，而且已经付诸行动了。"精准扶贫""精准脱贫"确实成为工作的重中之重。

为了全面落实脱贫攻坚责任制，2016年10月，中共中央办公厅、国务院办公厅印发《脱贫攻坚责任制实施办法》，对中西部22个省（自治区、直辖市）党委和政府、有关中央和国家机关脱贫攻坚的责任落实进行安排部署，由中央统筹、省负总责、市县落实，形成合力攻坚的大扶贫格局。

2016年12月，中共中央办公厅、国务院办公厅印发《关于进一步加强东西部扶贫协作工作的指导意见》，强调东西部要"强化责任落实、优化结对关系、深化结对帮扶、聚焦脱贫攻坚，提高东西部扶贫协作和对口支援工作水平，推动西部贫困地区与全国一道迈入全面小康社会"。

2018年6月15日，中共中央、国务院发布了《关于打赢脱贫攻坚战三年行动的指导意见》。"意见"中说："到2020年，巩固脱贫成果，通过发展生产脱贫一批，易地搬迁脱贫一批，生态补偿脱贫一批，发展教育脱贫一批，社会保障兜底一批，因地制宜综合施策，确保现行标准下农村贫困人口实现脱贫，消除绝对贫困；确保贫困县全部摘帽，解决区域性整体贫困。"

奋斗目标有了，时间路线有了，关键就看如何落实行动了！

从这一系列的重大决策部署中，我们不难看出党中央打赢脱贫攻坚战的决心有多大了。一旦下定决心，全国上下团结一心，共同行动，一起向贫困这个千年难题发起总攻，共建全面小康社会。

下面这份沉甸甸的减贫成绩单就是对我国脱贫攻坚行动最好的说明。据权威资料统计：

2013年，我国农村减贫人数1650万人！

2014年，我国农村减贫人数1232万人！

2015年，我国农村减贫人数1442万人！

2016年，我国农村减贫人数1240万人！

2017年，我国农村减贫人数1289万人！

2018年，我国农村减贫人数1386万人！

2019年，我国农村减贫人数1109万人！

2020年11月23日的《新闻联播》报道：截至11月23日，我国河北、山西、内蒙古、吉林、黑龙江、河南、湖南、海南、重庆、西藏、陕西、青海、湖北、江西、安徽、云南、新疆、宁夏、四川、广西、甘肃、贵州22个省区市的832个贫困县，全部实现了脱贫摘帽！

这是怎样的一份成绩单啊！单从减贫人数来看，年均保持在1000万以上。1000万相当于欧洲一个中等国家的总人口。2000年底，我国实现现行标准下的贫困人口全部脱贫，脱贫攻坚取得重大的历史性成就。在2021年2月25日召开的全国脱贫攻坚总结表彰大会上，习近平总书记庄严宣告："经过全党全国各族人民共同努力，在迎来中国共产党成立一百周年的重要时刻，我国脱贫攻坚战取得了全面胜利，现行标准下9899万农村贫困人口全部脱贫，832个贫困县全部摘帽，12.8万个贫困村全部出列，区域性整体贫困得到解决，完成了消除绝对贫困的艰巨任务，创造了又一个彪炳史册的人间奇迹！"

2020年，我们如期打赢了脱贫攻坚战，历史性地解决了困扰中华民族千百年来的绝对贫困问题。同时，我国脱贫攻坚战的全面胜利具有深远的现实意义，加快了全球反贫困的进程，并为全球贫困治理贡献了"中国智慧"和"中国方案"。

精准扶贫，精准脱贫。唯其"精准"，方能行稳致远，全面小康。

"中国模式"：缔造世界减贫奇迹

1949年中华人民共和国成立以来，特别是改革开放以来，我们党团结和带领全国各族人民，持续不懈地向贫困宣战，逐步形成了一整套前后相继的扶贫开发政策体系，按照先"解决温饱"后"全面小康"、先"区域整体"后"精准突破"的贫困治理模式，先后使数亿多农村贫困人口成功摆脱贫困。中国人民大学农业与农村发展学院教授郑风田总结中国的贫困治理主要经历了五个阶段：第一阶段：1978年—1985年，以农村改革减少贫困的发展阶段；第二阶段：1986年—1993年，以贫困区域为主要对象的有计划、有组织的大规模开发式扶贫推进阶段；第三阶段：1994年—2000年，以解决贫困人口温饱问题为目标的"八七扶贫"攻坚阶段；第四阶段：2001年—2010年，改善贫困地区基本生产、生活条件，以巩固温饱成果为目标的扶贫开发阶段；第五阶段：2011年以来，以确保全面小康为目标的精准扶贫新阶段。

经过数十年如一日的艰苦探索和砥砺奋进，我国的扶贫政策虽有些许调整、变化，但共同富裕、全面小康的宗旨始终不变。站在两个百年的历史交汇点上，回望我国70余年来的脱贫攻坚历程，不难发现，我国之所以能取得举世瞩目的减贫成就，与党和政府的主动作为密不可分，与全社会合力攻坚的大扶贫格局密不可分，与"精准扶贫""精准施策"密不可分！由此创造出世界减贫奇迹的"中国模式"——

模式一：党和政府主动作为，积极担当，义无反顾地扛起反贫困的大旗。

1986 年，国务院贫困地区经济开发领导小组成立，这是从国家机构层面上成立的专门扶贫机构。机构的成立标志着有组织、有计划、大规模的中国式扶贫由此拉开了历史的帷幕。在此后的三十多年里，国务院开发领导小组（1993 年由国务院贫困地区经济开发领导小组更名）成为推动中国贫困治理的主要机构，见证了我国在反贫道路上一个又一个彪炳史册的奇迹。

1994 年，《国家八七扶贫攻坚计划》出台，确定了 592 个国定贫困县，中央的扶贫资金主要用于这些国定贫困县；明确提出省长（自治区主席）负责制，要求地方政府主要领导对扶贫工作负总责；提出东西对口扶贫，要求北京、天津、上海等大城市，广东、江苏、浙江、山东、辽宁、福建等沿海较为发达的省，都要对口帮助西部的一两个贫困省区发展经济；明确各部门的责任，对所有与扶贫有关的部门都提出了明确的扶贫工作任务和责任；扩大和强化了部门定点扶贫，要求中央和地方党政机关及有条件的企事业单位，都应积极与贫困县定点挂钩扶贫；承诺随着财力的增长增加扶贫资金投入；调整资金分配结构，集中用于西部省区。

《国家八七扶贫攻坚计划》是我国历史上第一个有明确目标、明确对象、明确措施和明确期限的扶贫开发行动纲领，这标志着我国扶贫政策由救济式扶贫向开发式扶贫的转变，由"输血"式扶贫向"造血"式扶贫转变。开发式扶贫主要是通过对当地资源的开发，使贫困地区形成并建立具有内生发展动力的"造血"机制。

据世界银行的监测资料记载，1990 年至 2002 年短短的十余年时间，中国的贫困人口减少了 1.95 亿，占同期全球贫困人口减少总数的 90% 以上。2013 年至 2016 年短短的四年时间里，中国再次向世界交出了一份漂亮的减贫答卷：5564 万人脱贫！2020 年底，中国贫困县全部实现摘帽！现行标准下的贫困户全部脱贫！

这是一份沉甸甸的答卷，更是一张具有非凡意义的成绩单！

面对中国短时期内取得如此巨大的减贫成就,西方学者经常感到困惑:中国为什么能在那么短的时间完成如此艰巨的脱贫任务?这种卓越的减贫能力究竟是从哪里来的?在2017全国两会上,全国人大代表、时任江西省吉安市委书记胡世忠被问道:"井冈山靠什么脱贫?"他回答说:"如果真要说有什么经验的话,那就是有党中央的坚强领导和党员干部带领群众往前冲的决心。"

的确,这种卓越的减贫能力来自中国特色社会主义的政治优势和制度优势,来自党中央的坚强领导,来自中国共产党一切为了人民的宗旨意识。自1949年中华人民共和国成立以来,党和政府70余年来如一日,领导全国各族人民持续不断地同贫困这个顽疾抗争,久久为功,精准施策,终于赢得了2020年脱贫攻坚战的完美收官。

模式二:举国同心,合力攻坚,构建社会化的大扶贫格局。

"众人拾柴火焰高。""星星之火,汇聚扶贫开发巨能量。""山海携手,共奔小康新征程。"这不是一句句口号、标语,是在中国大地上发生的真实一幕。

改革开放的总设计师邓小平同志曾说,让一部分人先富起来,先富带动后富,最终实现共同富裕。社会主义的本质要求是消除贫困、改善民生、实现共同富裕。改革开放以后,东南沿海先富起来,但西部的广大地区的很多农民还很贫困,特别是山大沟深的山区、林区的群众怎么办?他们的出路在哪里?1996年夏天,党中央、国务院作出决策,东南沿海10个较发达的省市协作帮扶西部10个较为贫困的省区。自那时起,北京与内蒙古、天津与甘肃、上海与云南、广东与广西、福建与宁夏、江苏与陕西、浙江与四川等开始了结对牵手。在党中央的号召下,东部发达省市的人才来了,资金来了,先进的发展理念来了,"东""西"携手共奔小康,谱写了一曲曲感人至深的"山海携手"之歌。

过去的二十多年里,东部省市不间断地支援西部省份,形成了多层次、多形式、全方位的扶贫协作和对口支援格局。2016年7月20日,习近平同志在东西部扶贫协作座谈会上指出:"西部地区特别是民族地区、边疆地区、革命老区、集中连片特困地区贫困程度深、扶贫成本高、脱贫难度大,是脱贫攻坚的短板。必须采取系统的政策和措施,做好东西部扶贫协作和对口支援工作,全面打赢脱贫攻坚战。"

中央国家机关、民主党派、社会团体、国有大型企业等单位也纷纷伸出援手,定点帮扶国扶重点贫困县;民营企业积极参与,各尽所能,开展了形式多样、各具特色的扶贫济困活动……一时间,全社会上上下下心往一处想、尽往一处使,众人合力向贫困这个顽疾发起总攻。脱贫攻坚战使中华民族扶贫济困、守望相助的优良传统得到弘扬,向上向善的社会氛围更加浓厚。

志同道合者,不以山海为远。为了摆脱贫困,为了让老百姓过上富裕幸福的小康生活,动员一切力量——

产业扶贫、教育扶贫、健康扶贫、金融扶贫、生态扶贫、电商扶贫、光伏扶贫等一系列脱贫攻坚的新探索、新实践在广阔的基层大地奔涌而出,一户户贫困家庭由此受益,摆脱了贫困,走向了小康。

模式三:分户建档,因事施策,变"大水漫灌"为"精准滴灌",精准扶贫。

1986年以后,我国政府确立了开发式扶贫的方针。何谓开发式扶贫?简而言之,就是利用当地的自然资源,进行开发性生产建设,逐步形成贫困地区和贫困户的自我积累和发展能力。换句话说,贫困地区主要还得依靠自身资源优势解决温饱问题。如果我们把救济式扶贫比作"输血"的话,那么开发式扶贫无疑就是"造血"了。好比一个人来说,只有自身机体强健了,"造血"功能有了,身体自然就健康了。自实施开发式扶贫以来,1986年到1993年,中国绝对贫困人口从1.25亿减少到7500万,贫困发生率从14.8%下降到8.2%。可以说,开发式扶贫在中国减贫事业中做出了重大的贡献。但真正意义上的大手笔还是"精准扶贫"。2013年11月3日,习近平总书记在湘西州花垣县十八洞村调研扶贫工作时，首次作出"实事求是、因地制宜、分类指导、精准扶贫"的重要指示，一举改变了我国脱贫攻坚的历史进程。对扶贫工作有着深入思考、对贫困群众有着真挚情感的习近平总书记，在此后的多次考察和讲话中反复强调"精准"的重要性：

"扶贫要实事求是，因地制宜。要精准扶贫，切忌喊口号，也不要定好高骛远的目标。"

"要把扶贫攻坚抓紧抓准抓到位，坚持精准扶贫，倒排工期，算好明细账，决不让一个少数民族、一个地区掉队。"

"扶贫开发贵在精准，重在精准，成败之举在于精准。"

……

精准扶贫，重点在于"精准"，扶持谁？谁来扶？怎么扶？如何退？……这些问题是脱贫攻坚的根本所在。只有弄清楚了这些问题，找准致贫原因，才能"对症下药"，才能药到病除，消除绝对贫困。

我国之所以能在2020年如期完成脱贫攻坚任务，与精准扶贫政策的实施密不可分。回首来路，当"2020年现行标准下农村贫困人口全部脱贫，与全国人民一道同步进入小康社会"这一庄严的承诺响彻华夏大地时，距离2020年仅仅只有几年的时间了！时间紧迫！任务倒逼！越是艰巨的任务，越要讲究科学施策、有效应对，精准扶贫就是解决千年贫困难题的"靶向药"。一切从实际出发，找准病因才能对症下药，才能避免扶贫的"花架子"，从而找到脱贫的"金点子"。

全国人大代表、四川凉山彝族自治州州委书记林书成说："只有精准到位见实效的扶贫，才会赢得群众真心点赞。"

成绩就是最好的证明，脱贫攻坚战中的"靶向药"——精准扶贫，为我国脱扶贫攻坚战的全面胜利发挥了决定性的作用。

所以，精准扶贫不仅在中国，在世界减贫史上也具有重要意义：一是为加快推进全球反贫困进程做出了重大的直接贡献。二是2020年全面建成小康社会，实现现行标准下贫困人口全部脱贫，意味着中国将率先实现联合国 2030 年的减贫目标，这对于推进全球减贫事业、改善全球治理具有重大意义，为世界减贫事业提供"中国方案""中国模式"，贡献"中国智慧"。

踏上新征程,共赴小康路

2020年11月23日,《新闻联播》报道我国22个省区市的832个贫困县全部实现了脱贫摘帽!这意味着现有标准下农村贫困人口全部实现脱贫!意味着我国如期全面建成小康社会,意味着中华民族几千年历史上首次整体消除了绝对贫困现象,人民群众期盼已久的小康社会正向我们走来。

但我们必须清醒地认识到:脱贫摘帽绝不是终点,而是新生活、新奋斗、新征程的新起点。

2017年10月18日,习近平总书记在党的十九大报告里提出全面实施乡村振兴战略:"农业农村农民问题是关系国计民生的根本性问题,必须始终把解决好'三农'问题作为全党工作重中之重。要坚持农业农村优先发展,按照产业兴旺、生态宜居、乡风文明、治理有效、生活富裕的总要求,建立健全城乡融合发展体制机制和政策体系,加快推进农业农村现代化。巩固和完善农村基本经营制度,深化农村土地制度改革,完善承包地'三权'分置制度。保持土地承包关系稳定并长久不变,第二轮土地承包到期后再延长三十年。深化农村集体产权制度改革,保障农民财产权益,壮大集体经济。确保国家粮食安全,把中国人的饭碗牢牢端在自己手中。构建现代农业产业体系、生产体系、经营体系,完善农业支持保护制度,发展多种形式适度规模经营,培育新型农业经营主体,健全农业社会化服务体系,实现小农户和现代农业发展有机衔接。促进农村一二三产业融合发展,支持和鼓励农民就业创业,拓宽增收渠道。"从十九大报告中不难看出，党中央已提前谋划如何巩固脱贫攻坚的成果，让已脱贫的群众不再返贫，解决这一问题的办法就是全面实施乡村振兴战略。乡村振兴战略就是要保持脱贫攻坚政策稳定，接续推进脱贫攻坚与乡村振兴有效衔接，让脱贫群众过上更加美好幸福的新生活。

2018年1月2日，国务院公布了2018年中央一号文件，即《中共中央国务院关于实施乡村振兴战略的意见》，提出要"举全党全国全社会之力，以更大的决心、更明确的目标、更有力的举措，推动农业全面升级、农村全面进步、农民全面发展，谱写新时代乡村全面振兴新篇章"。

2018年3月5日，李克强总理在《政府工作报告》中提出"要大力实施乡村振兴战略。科学制定规划，健全城乡融合发展体制机制，依靠改革创新壮大乡村发展新动能"。

2018年9月，中共中央、国务院印发了《乡村振兴战略规划（2018—2022年)》，其中提道："到2022年，乡村振兴的制度框架和政策体系初步健全。国家粮食安全保障水平进一步提高，现代农业体系初步构建，农业绿色发展全面推进；农村一二三产业融合发展格局初步形成，乡村产业加快发展，农民收入水平进一步提高，脱贫攻坚成果得到进一步巩固；农村基础设施条件持续改善，城乡统一的社会保障制度体系基本建立；农村人居环境显著改善，生态宜居的美丽乡村建设扎实推进；城乡融合发展体制机制初步建立，农村基本公共服务水平进一步提升……"

大家撸起袖子加油干，小康路上快步行。

第二章　上下一心　共赴小康

十八洞村与精准扶贫

电影《十八洞村》上映以来，引起广泛关注，有人称之为"中国脱贫奇迹的真实写照"。电影呈现的背景，正是湖南湘西土家族苗族自治州花垣县的十八洞村。山村小故事折射出时代变迁大进程。2013年11月3日，习近平总书记来到十八洞村考察扶贫开发工作，首次提出"精准扶贫"理念，因此十八洞村被称为"精准扶贫"的首倡之地。正因为有了这把脱贫攻坚的"金钥匙"，中国大地上成千上万个"十八洞村"的命运开始得到根本性改变。

十八洞村位于湖南省西部，地处湘、黔、渝三省交界处，是一个古老的苗族村寨。这里青山环抱，绿水长流，景色秀美、风光宜人，但就是因为山大沟深，交通不便，穷得叮当响，属于武陵山片区的深度贫困村。当地有首歌谣这样唱道："山沟两岔穷疙瘩，每天红薯苞谷粑。要想吃顿大米饭，除非生病有娃娃。"这是早些年十八洞村人生活的真实写照。在2013年习近平总书记前去调研时，十八洞村人均年纯收入仅1668

元，还不及当时全国农民人均纯收入的五分之一；村民石爬专家当时唯一的电器是一盏5瓦的灯泡；施成富家的老宅破烂不堪，雨天屋外下雨，屋里还得打伞；村里的产妇坐月子连买红糖的钱都没有，只能从炉灶上刮点灰泡水喝；由于穷得出了名，没有哪个姑娘愿意嫁到这里，村里40岁的大龄光棍就有30多个……

那次考察中，习近平总书记实地走访了多个低保户和特困户家庭，和村干部、村民代表等座谈。习近平总书记每到一家，看住处，揭米仓，进猪圈……一一询问村民生活上有什么困难。他想看真贫，听真困。就在这次扶贫考察中，习近平总书记首次提出"精准扶贫"。

2014年1月，花垣县委扶贫工作队进驻十八洞村，一来就面临着交通不便的难题。十八洞村要想发展，就必须要修通村里通往村外的道路。修路明明是好事，但工作队请来施工队后，几个村民拼命阻拦，说什么都不让挖掘机施工；还有人抱来几捆干稻草，干脆睡在了路基上。扶贫工作队一看无计可施，只好找来村干部，大家一起苦口婆心地做村民的思想工作。最后终于说通了这些村民。

时任花垣县委书记罗明后来在接受记者采访时回忆道："总书记在座谈时强调，发展是甩掉贫困帽子的总办法，贫困地区要从实际出发，因地制宜，把种什么、养什么、从哪里增收想明白，帮助乡亲们寻找脱贫致富的好路子。"地处大山中的十八洞村，抬头是山，低头还是山，连绵不绝的大山阻挡了村民追求幸福的脚步。是啊！对于人均耕地仅有0.83亩的十八洞村来说，从哪方面发展、选择什么产业至为关键。驻村工作队谋划了三个多月，始终感到十八洞村发展空间小，发展产业困难。怎么办？大家都在想办法。花垣县委书记罗明带着十八洞村的土壤样本赴中科院武汉植物研究所，请专家对十八洞村的土壤进行分析，看看适宜发展什么产业。经过科学分析，专家认为十八洞村的土壤适宜种植猕猴桃。花垣县想方设法引进国内先进的猕猴桃种植技术。道二乡流转土地1000亩，十八洞村邀请花垣县苗汉子专业合作社一起建设猕猴桃种植基地，贫困户和普通村民则带着扶贫资金入股。这样一来，既解决了合作社的资金问题，又解决了贫困户有资金无项目的难题，年底的入股分红还能保证他们有长期且稳定的收入。罗明回忆当时建猕猴桃基地时，资金缺口还有1000万，找上级财政其实也能获得支持，但习总书记要求不搞特殊化。他想既然走了市场化的路子，就应该自己想办法解决。他们以土地经营权作抵押，吸引另一大公司入股，才解了燃眉之急。

如今，站在道二乡的高处远眺，漫山遍野都是郁郁葱葱的猕猴桃树，一个个绿茸茸的猕猴桃挂满枝头，很是喜人。猕猴桃成熟后，外地公司纷纷上门，亩产净利润可达2万元，村民每人每年最多可分到1万元。

2016年3月全国"两会"期间，习近平参加湖南代表团审议，特地还问起了十八洞村脱贫进展情况和村民的婚姻大事。人大代表郭建群回答道："您当年来的时候是1680元，现在已经增加到3580元。"十八洞村百姓的收入增加了，村容村貌发生了很大变化，已成为全省文明村和旅游定点村。村民们的笑容多了，求发展的愿望强烈了，连大龄男青年"脱单"问题也容易解决了。

习近平总书记在十八洞村考察时说，十八洞村不仅要自身实现脱贫，还要探索出"可复制、可推广"的脱贫经验。十八洞村不依靠财政修路、盖房，靠的是精准施策，靠的是因地制宜发展产业，一步步走向共同富裕。

看到习近平总书记在十八洞村考察，在外打工的年轻人意识到家乡的发展机遇来了，纷纷回到十八洞村。这个千年古苗寨掀起了一股返乡潮。随着越来越多的年轻人返乡，这里焕发出勃勃生机。

施成富的小儿子施全友在一家建筑工地打工，下班后他从电视上看到习总书记在自家的院子里与村里的乡亲们促膝谈心。他激动极了，敏锐地意识到回家创业的机会来了。他立刻打好行囊，连夜登上了回家的列车。回乡后他开起十八洞村第一个农家乐——"巧媳妇"。十八洞村因总书记的到来而声名远播,几乎天天都有游客上门。节假日来十八洞村参观游玩的人更多,施全友的妻子说:"最多时,一天接待了130多个客人,足足10大桌。"忙不过来时,施成富老人也上阵帮忙。在"巧媳妇"的带动下,十八洞村开农家乐的已有十多户,年接待游客超过20万人次。十八洞村彻底火了。2015年元旦,日子好起来的施全友,真的娶回了重庆姑娘孔铭英。

养蜂大户龙先兰的父亲在建筑工地伤亡了。父亲的离世对他打击很大,他曾一度自暴自弃。在扶贫工作队帮助下,龙先兰带头成立了养蜂合作社,用心学习养蜂技术,很快成了村里的养蜂能手。为了打开销路,他为自家的蜂蜜注册了商标,在产品包装上也下了一番功夫。养蜂的收益有了,龙先兰娶媳妇的底气自然也就有了。2017年1月,龙先兰终于娶到了称心如意的媳妇。十八洞村驻村第一书记孙中元说,现在村民都有积蓄,人生大事不再犯难。村里已有30多个单身汉成功"脱单"。

现如今,猕猴桃种植、蜜蜂养殖、黄牛养殖、乡村旅游、劳务经济和苗绣已经成为振兴十八洞村的主导产业和新的经济增长点。

2017年2月,湖南省扶贫办宣布十八洞村脱贫摘帽。2017年,十八洞村的人均纯收入达到了10180元。

作为中国脱贫攻坚的"地标",十八洞村早已名扬海外。2018年6月2日,十八洞村迎来历史上首位造访的外国元首——老挝人民革命党中央总书记、国家主席本扬到此实地考察,探寻精准扶贫的"中国经验"。

仅仅五年左右的时间,一个昔日的深度贫困小山村如今已成为中国脱贫的样板工程,书写了中国脱贫史上的传奇。可见,找准问题、找对方法,精准扶贫,精准施策,才能在脱贫致富奔小康的大路上走得越来越好!

中国扶贫的"宁德样本"

宁德,俗称闽东,位于福建省东北部,这里是福建省畲族人口最集中的地区。宁德下辖一区八县,即蕉城区、福安市、福鼎市、霞浦县、古田县、屏南县、寿宁县、周宁县、柘荣县。宁德曾是中国最为贫困的地区——9个县中有6个是国定贫困县,52个乡镇是省定贫困乡镇,农村贫困人口超过70万。人们总结宁德的基本市情是"老、少、边、岛、贫",其中"贫"在宁德最为典型和突出。因贫困落后,宁德一度被称为我国东南沿海的"黄金断裂带"。就是这样一个深度贫困之地,经过三十年持之以恒的发展,宁德市硬是以滴水穿石之功,"靠山吃山唱山歌,靠海吃海念海经",这个昔日的穷乡僻壤现已发生沧桑巨变,造就了一个全国人人皆知的扶贫"宁德样本"。

2015年1月29日,习近平总书记在国家民委一份简报上批示:"30年来,在党的扶贫政策支持下,宁德赤溪畲族村干部群众艰苦奋斗、顽强拼搏、滴水穿石、久久为功,把一个远近闻名的'贫困村'建成'小康村'。全面实现小康,少数民族一个都不能少,一个都不能掉队,要以时不我待的担当精神,创新工作思路,加大扶持力度,因地制宜,精准发力,确保如期啃下少数民族脱贫这块'硬骨头',确保各族群众如期实现全面小康。"

20世纪80年代,由于历史、地理原因,宁德大多数的畲族乡地处偏远,交通不便,信息闭塞,"昔日特困下山溪,山高路险鸟迹稀。早出挑柴换油盐,晚归家门日落西"是其真实的写照。1988年6月,习近平由河北正定调任宁德地委书记，从北方来到了南方。短短的三个月后，1988年9月，他撰写了到任宁德后的第一篇调查报告——《弱鸟如何先飞——闽东九县调查随感》，文中写道："脱贫是一项长期艰巨的任务，要有打持久战的思想准备。扶贫先要扶志，要从思想上淡化'贫困意识'。不要言必称贫，处处说贫。"的确，人穷志不短，物质虽穷但精神不能垮。只有人的精气神足了，摆脱贫困的信心才能更坚定，才能一步一个脚印走向富足的未来。

到任宁德不久，习近平就挂钩福安坂中畲族乡开展扶贫。坂中是闽东地区畲族群众最集中、人口比例最高的乡镇。这里之所以一穷二白，最主要的原因就是交通闭塞。20世纪80年代，坂中通往外界靠的是小木船，从乡里到各村，只有鹅卵石铺就的古官道，坑坑洼洼，崎岖不平，交通基本靠步行。这里是一个典型的水不通、电不通、路不通的"三不通"地区。特别是路不通的问题，已成为坂中发展最大的"拦路虎"。

谋定而后动，行且坚毅。"要想富，先修路。"诚哉斯言！交通问题如果不解决，坂中的发展就根本无从谈起。习近平扶贫坂中后，首先主张先修路，大力推动坂中的公路建设。于是，民族公路开工建设了，老区公路也开工建设了。坂中畲族群众终于有了一条条通往外界的便捷易行的道路。

对于福安市下白石镇下岐村700多户船民来说，祖祖辈辈以海为生，以船为家，一条船就是一家几代人的安身立命之所。他们"上无片瓦遮身，下无立锥之地"。村民江成财在接受记者采访时说，祖孙三代都住在船上，仅有十几平方米大，如果遇到台风，那就只能是生死由天了。他们平常在海里抓点小鱼小虾，到街上换一点米啊、蔬菜啊什么的生活必需品，然后再回到船上生活。这些世代生活在船上的渔民被称为"连家渔民"，船上的生活条件异常艰苦不说，同时还牵涉孩子的教育问题、家人的医疗问题，等等。1997年至1999年，下岐村采取"分期分批，全面搬迁"的办法，将"连家渔民"搬迁至岸上生活，新建2个渔民新村、6

个渔民安置点、1个船民安居工程，近3000人迁至岸上定居。

除了"连家渔民"外，康厝畲族乡东山村是宁德的市级地质灾害隐患村，这里极易发生山体滑坡。时任宁德地委书记的习近平针对这些自然条件、地质条件差，不适宜居住的贫困村、受灾村，提出实施整体搬迁工程，将村民全部移居到自然条件好的地方生活。1992年，东山村正式启动整村易地搬迁，历时四年实现村民"下山"定居。

宁德蕉城区霍童镇东岭村70%的村民是畲族。他们原先居住在深山，生存环境恶劣。村主任钟庆双回忆起那时出门买点东西，来回需要两个多小时。有一次半夜醒来，他发现山洪都冲到床铺跟前了。1993年，得益于搬迁工程，东岭村村民不仅搬出了交通不便、自然灾害频发的大山，而且居住条件得到了极大改善。

《滴水穿石三十年——福建宁德脱贫纪事》（载2018年5月31日《光明日报》）一文中这样写道："因地制宜打开了闽东视野，也带来了赤溪村对自身的再认识：路无一丈直、地无三尺平，14个自然村，有的甚至是'挂'在了山上，一方水土已难养一方人。由此，当地创造性地提出'整体搬迁'思路，从最困难的22户88位畲族群众开始，将12个自然村陆续迁至赤溪行政村所在地。"因此，"整村搬迁"工程当时被老百姓亲切地称为"造福工程"，也被称为"换血"式扶贫。这在当时是一种创举。正如《上岸——福建宁德"连家船民"的脱贫之路》一文中所言："30多年来，从最初的'分散搬迁''插花安置'，到解决'茅草房改造''连家船民''上岸定居'等'老大难'问题，再到新世纪开始实施'整村搬迁、集镇安置'，扶贫工程在宁德的内涵在不断拓展，效应也在不断提升。久久为功，功到自然成。宁德先后摘掉了'连片特困地区'、6个国定贫困县、52个省定贫困乡镇的'帽子'，累计脱贫77万多人、造福搬迁40.4万人。"

居住安全的问题解决了，如何让从山上、从船上下来的百姓过上好日子，这才是最根本的脱贫之法。必须发展经济！但怎样发展呢？习近平在宁德地委书记任上时就给出了明确答案——"畲族地区在外来'输血'的同时，一定要增强自身的'造血功能'"。"输血"只能解决一时之急，而"造血"则是解决长远发展的根本途径。1988年7月，习近平到任宁德后不到一个月，就到福安市甘棠镇过洋村调研，这里的畲族人口占60%。时任村支书钟祥应回忆说："那时，村里最多的是葡萄架和蘑菇房。习书记就顶着烈日，沿着进村的机耕路，边走边察看地里的葡萄。"葡萄树是1986年栽种的。"习书记很关心葡萄的销路。听到猪肉一斤两块六，葡萄一斤可以卖两块八到三块，加上蘑菇、林地等，平均下来村民一年收入能有七百元，他很高兴，连声称赞做得好。他鼓励大家，要发挥自己的优势，不断解放思想，开拓思路，走林业、种植业等多元发展的道路。"

过洋村人不断解放思想，拓展新的致富门路。1990年，过洋村被国家民委授予"全国少数民族团结先进村"称号，村里的青年葡萄种植能手钟菊春被评为"全国科技星火带头人"。1992年，看到培育茶苗效益比葡萄还要高出好几倍，过洋人立即跟进，开始培育茶苗。如今，他们培育的茶苗远销广东、广西、云南等地，甘棠镇也成为全国有名的茶苗繁育基地。2014年，过洋村工农业总产值达到860万元。

2018年5月22日，赤溪村党总支书记杜家住在接受中新社记者采访时举了这样的例子："一个是以当时（1993年的时候）第一条通往外界的交通为契机，然后第二个契机就是以全国最早的整村搬迁造福工程为契机，第三个是以我们产业为核心，依托太姥山的大旅游，我们赤溪村开发出乡村旅游产业，然后解决群众的就业，也提高群众的思想，来参与我们的旅游服务业，增加他们收入。"

三十年来，习近平总书记一直关注着宁德的发展，关注着宁德畲族群众的生活。在《一切为了畲族的发展——〈畲族社区研究〉序言》中，时任福建省委副书记的习近平这样写道："我和畲族是有缘分的……在闽东，我耳闻目睹了畲族人民的艰苦奋斗和畲族地区的繁荣进步……今天，我虽然离开了闽东,但时常还会回忆起畲乡的山山水水,我的心系着畲族人民。"

1996年8月5日至10日,习近平专程到闽东调研指导。"全省能否实现小康,关键看闽东。"他指出,闽东地区民族工作要突出脱贫致富奔小康这个重点,促进民族地区经济发展,保证他们与全区、全省同步进入小康。

2016年2月19日,习近平总书记来到人民网演播室,与赤溪村村民进行了视频连线。他满怀深情地说:"我在宁德讲过,滴水穿石、久久为功、弱鸟先飞,你们做到了,你们的实践也印证了我们现在的方针,就是扶贫工作要因地制宜,精准发力。"

滴水穿石,久久为功。"三十年前赴后继,三十年一以贯之",一个具有标志意义的中国扶贫"宁德"样本诞生了!

九任副县长科技扶贫二十年

作为中国革命的摇篮,巍巍大别山默默地守望着脚下这片红色的土地。早在二十年前,就在这大山腹地之中,鄂东北之隅沉睡着一个集老区、山区、库区为一体的贫困县——英山。当时这个占地1449平方公里、总人口40.5万人的英山县,人均耕地还不足半亩,自然灾害频频发生,生产条件异常恶劣。1985年,农村人均收入仅有191元,全县生活在温饱线以下的居民多达13.67万人。1986年,英山被国家确定为重点贫困县。1994年,英山再次被国务院列为"八七扶贫攻坚"重点县之一。2001年,英山县又一次被国家确定为扶贫开发重点县。"贫困"俨然成为英山的代名词,也成为这个老区县人民永世难忘的一帧伤痛记忆。

二十年的蓬勃发展,英山经历了几多汗水化为丰收的喜悦,几代人的艰辛付出终于描绘出一幅秀丽的山村画卷!放眼英山,这个昔日的穷乡僻壤如今发生了翻天覆地的变化,全县村村有茶园,面积多达17.08万亩。茶叶的产量仅2007年就高达1863.1万公斤,产值5.02亿元,茶产业的规模曾居湖北第一、全国第四。蚕桑、药材、板栗等特色支柱产业也在不断地发展壮大。特色产业的发展带动了农民收入的节节攀高。2019年,全县农村人均收入达到12901元,比2018年增长了9.6%。2020年5月29日,湖北省人民政府批准英山县等10个国家级贫困县摘帽。

富裕起来的英山人民致力于改善生活居住环境,全县70%的农民住进了新楼房,村容村貌焕然一新,农村基础设施条件得到显著改善,全县村村通路、通电、通广播电视，所有村实现了通村公路硬化，农户用上了自来水。英山已步入经济持续高速发展的快车道，成为镶嵌在大别山区一颗璀璨的明珠。茶叶、蚕桑等已成为英山县的龙头产业，带领着英山人民大阔步地行走在致富奔小康的大路上。

今天的成绩离不开英山九任挂职副县长二十年来持之以恒的科技扶贫，他们始终恪守着"让农业圣火代代相传，让科技之火生生不息"的初心使命，在英山县的扶贫进程中奉献光和热，将科技的种子深植于这片土地，并勃发出巨大的生机。

湖北省农科院派驻英山的第一任科技副县长钟兆基是一位桑蚕专家。在1988年走马上任之时，钟兆基就已年过半百，半辈子兢兢业业工作的他特别看重这次任职机会，总想用自己的专业为老区人民干点事。他常常以这样两句座右铭自勉：

我愿做一头牛——老牛已觉黄昏近，不用扬鞭自奋蹄。
我愿做一条蚕——春蚕到死应无憾，留得人间不尽丝。

钟兆基上任之初，英山的种桑养蚕收入亩均才300元，由于种养殖技术落后、亩产效益低，群众的积极性并不高。所以种桑养蚕一直停留在"小规模、低产出"的状态。为了改变现状，钟兆基带领英山县科委和蚕丝公司的技术人员，进行适合当地的桑苗扦插科学试验。经反复试验，终于大获成功。扦插桑苗的成活率达到89%，而且可以就地扦插，一步成园。于是，钟兆基在全县开始大规模的扦插技术推广。此项技术彻底改变了大别山地区"一年播种、二年嫁接、三年移栽、四年养树、五年采叶"的植桑传统，开发出"当年扦插、当年成园、当年采叶、当年受益、当年亩桑产茧超百斤"的"五当"种植技术。

初战告捷，钟兆基对未来更有信心了。1989年春节，他没回家，一个人躲在县政府招待所里起草《蚕桑立体工程实施方案》。春节刚过，他就一头扎进四顾墩村，打响了蚕桑立体工程的第一炮。

整日奔波忙碌的钟兆基因劳累过度导致腰椎病复发，英山县派车送其去武汉治病疗伤。虽然人在病床上，但他心里始终挂念着英山的主体桑园和分级连养。当得知芭茅街村即将上蔟的春蚕得了僵病的消息后，他立即办理了出院手续，赶回芭茅街村，挨家挨户帮忙配药、喷药。直到家家户户的蚕儿上蔟，结出一个个雪白的蚕茧，他才放心地离开。

钟兆基的工作劲头感动了家人。老伴也随他来到英山蚕种场，指导工人进行蚕茧的人工孵化。这一待就是整整一年，她帮助蚕种场突破了原种生产上的技术难关。儿子则背着录像机来到蚕桑立体工程示范点，摄制种植养殖技术培训录像片。全家五口人，三个人就为英山的扶贫开发服务，与英山老百姓一起同甘共苦。

技术就是财富，技术就是金钱。经过钟兆基培训的农民，每亩桑蚕的收入能达到2000元。英山掀起了一股学习种桑养蚕新技术的热潮。短短两年的时间，英山县的桑园面积由几千亩发展到几万亩，蚕丝绸产业一举成为英山农民赖以脱贫的支柱产业，当地群众形象地称之为"白龙显威"。

如今，英山桑树林一片连着一片，一山连着一山。看看这满山遍野的桑树，回顾这二十年来走过的路，钟兆基为那几年的科技扶贫工作写道："执着求真理，愿做有心人。夕阳无限好，何愁近黄昏。"

"一入英山地，茶香醉煞人。绿云三百里，吴楚一枝春。"这是一首歌咏英山茶叶的诗。英山是湖北第一产茶大县。早在唐朝，英山茶叶就被作为贡品送往长安。地处大别山中的英山常年云罩雾绕，茶叶品质优良，所以被称为"云雾茶"。山坡上、公路两旁、山川田野、房前屋后，到处都是茶树的倩影。英山云雾茶，更是在全国茶叶评比中连续多年夺得金牌。因此，当地群众把茶叶称为"青龙"。"青龙"也是英山茶叶走向全国、走向世界的重要品牌。而这一品牌的缔造者就是湖北省农科院派驻英山县的第二任科技副县长——刘付璆。

1990年4月，茶叶专家出身的刘付璆走马上任后，多次深入实地进行考察，详细分析英山茶叶种植过程中存在的问题，研究开发名优茶，并且在全县推广速生丰产的福鼎大白茶，最终创造了"一年栽，二年摘，三年亩产过双百"的种植模式。当年新建速生丰产茶园1万亩，改造低产茶园9000亩。

与茶叶打了多年交道的刘付璆深知，种植模式的创立只是开始，最主要的是对茶叶的制作方法进行革新。于是，刘付璆把分散在各个部门的技术人员召集在一起，亲自挂帅，成立名茶研制攻关小组。一群骨干力量经过几百批次的系统研究试验，终于解决了"天堂云雾茶"（后更名为"英山云雾茶"）三个系列产品——"春笋""春蕊""春茗"的加工工艺，并夜以继日地编制出《天堂云雾茶采制技术》《绿茶初制》《栽茶与制茶》等10多万字的系列培训教材，解决了茶叶种植和制作的技术难题。

为了进一步将科技兴农的思想深植于农民心中，刘付璆日夜兼程，在英山县的11个乡镇来回奔波，巡回演讲，办培训班，推广茶叶制作的新技术、新工艺。刘付璆走到哪里，群众就像追星一样追到哪里，他们把刘付璆亲切地称为"茶县长""茶财神"。各乡镇"一把手"还展开了"抢夺"刘付璆的激烈"战斗"。看到老百姓这样渴望学习新技术，刘付璆只好连轴转，一天工作长达十几个小时。就这样，刘付璆的双脚踏遍了英山县的山山水水。

经过两年的技术推广，刘付璆成功举办311期名优茶制作培训班，英山县超过6000人次接受培训，其中200多人成为制茶能手。随后，刘付璆又将这些制茶能手组织起来，成立了天堂云雾茶研究会，建立天堂云雾茶技术培训中心，在300多个茶场普及名优茶制作技术。功夫不负有心人，每亩茶园经济效益因此翻了两番。农民尝到了种茶制茶的甜头，种茶积极性被极大地调动起来了，全县茶叶生产规模发展迅速。刘付璆也被广大茶农誉为"帮扶英山青龙腾飞的点睛人"。

英山是一个山区县，是一个典型的"三多"地区，即山多、树多、草多。饲料资源丰富，非常适合大规模发展畜牧养殖业，但是由于缺乏科学技术，当地的资源优势并没有转化为经济优势。千百年来，这里一直延续着"养鸡换油盐、养猪为过年、养牛为耕田、养羊顺手牵"的传统生活模式。

1992年，湖北省农科院将畜牧专家匡玉芳派到英山，出任第三任科技副县长。匡玉芳根据英山饲料资源丰富的特点，提出了大规模发展畜禽养殖业的建议。为了避免林牧矛盾，匡玉芳建议变放养为圈养。

于是，匡玉芳以山羊圈养、羔羊优养、圈养快速育肥为课题，组织科研人员开展科技攻关。在科技攻关阶段，他和科研人员在种畜场同吃同住。有一天，他发现喂羊的豆禾扔在羊圈中，羊吃了一半就不吃了，他便语调平和地对喂羊的小伙子说："畜牧专业的大学生，应该知道山羊对吃食是很讲究的。像这个样子，浪费了饲料不说，羊还要挨饿，试验结果对群众有多大指导意义？搞科研来不得半点虚伪和马虎，只能细心，不可粗心。"严谨科学的态度很快使课题取得突破性进展，羔羊的成活率大大提高，生长速度也比自由放养的快了许多。经过两年的发展，英山县的山羊存栏量由不到1万只迅速发展到6万只，产值超过千万元。英山的养羊业已经呈现规模化发展的雏形。当时，张家咀一些发了"羊"财的农民为此做了一首打油诗："科学圈养发羊财，千家万户乐开怀。山中青山变成宝，科技县长功常在。"

邵华斌是英山县第四任科技副县长，也是湖北省农科院派往英山的畜牧专家。他利用自己的专业优势，希望把英山县的畜牧业打造成一个支柱产业。功夫不负有心人，在邵华斌的主持下，全县办起了5个年出栏生猪千头以上的养猪场，还办起了6个良种猪配种站、4个良种山羊种羊场。全县养山羊50头以上的养羊户发展到7000户。

邵华斌经常带队走村串户，为养殖户讲解养殖技术。全县309个行政村，村村都留下了他的足迹。1996年一个大雪纷飞的日子，邵华斌到张咀乡刘家咀村小学举办山羊快速育肥培训班。村民们一听说科技副县长要教大家"发羊财"的本事，呼啦啦一下子来了200多人。教室里已是人挨人、人挤人，教室外还站了一大群等待"取经"的村民。看看门外那些淳朴的村民，邵华斌干脆把三尺讲台从教室里挪到学校操场上，邵华斌大声耐心地讲，村民们坐在风雪中专心地听。就这样，不知不觉几个小时过去了。

邵华斌对待农民可谓全心全意，对于英山未来的发展倾注了全部心血。"千淘万漉虽辛苦，吹尽狂沙始到金。"邵华斌和技术人员的艰辛付出，最终带来了丰厚的回报。仅快速育肥技术的推广，就让当地山羊的出栏周期由两年缩短到一年，体重由40多斤增加到60多斤。生猪月增重由十几斤提高到30多斤。仅此一项，英山农民户均增收500多元。畜牧业已经成为英山县的一大支柱产业，邵华斌也达成了就任时的宏愿。1997年邵华斌离任时，全县的猪、牛、羊、禽出栏出笼量比1995年增长了30%~80%，英山县畜牧业总产值突破4亿元，比1995年净增2.5亿元，成为英山人民脱贫致富的支柱产业之一。

徐有海是湖北省农科院派驻英山的第五任科技副县长，也是蚕桑专家。1997年，受到国际市场的影响，整个国内蚕丝绸产业的效益全面下滑，英山的蚕桑产业也陷入了发展的瓶颈期，一度萎靡不振。面对这场突如其来的经济浪潮，英山的蚕桑产业究竟何去何从？徐有海一上任就走遍了英山的各蚕桑园及蚕茧丝加工企业，细致地了解实际情况，发现问题，分析问题。经过实地调研和认真分析，他发现英山的蚕桑园普遍存在不同程度的老化现象，蚕桑茧的产量不高，质量也不高，势必影响蚕丝的市场竞争力。

问题的症结找到了，解决问题的方法也就容易实施了。为此，徐有海在英山县主要干了这样两件事：一是引进桑树、蚕种新品种，进行升级改造；二是开发蚕茧副产品。他引进了优种三倍体桑鄂粤2号和优种湖桑盛东1号，将桑苗的扦插成活率由10%提升到80%，数万亩蚕桑园得以更新与优化。接着，徐有海又引进了家蚕新品种，还引进了纸板主格蔟养蚕新技术。他采用以示范带动的方法，对新品种和新技术进行规模化推广。经过品种改良和技术改造升级，全县桑蚕茧丝的质量因此提高了2~3个档次。蚕桑每亩的生产效益提高了300元，全县7万亩蚕桑园共增加产值2100万元，一举扭转了蚕桑产业低迷的发展局面。

1998年春，徐有海组织丝制品企业的技术人员和医药界的专业人士进行蚕沙及下脚茧等副产品的开发，先后开发出以丝绵、蚕沙、中药材等为原料的丝绵保健被、保健枕、梦丝家背背舒、护漆舒等保健制品，其中梦丝家系列丝绸制品已成为全国的知名品牌。英山的蚕桑产业链得以延伸、壮大。在当时蚕茧产业整体低迷的情况下，英山的蚕丝绸产业通过技术升级改造，重振雄风。英山人民亲切地称之为重拾"白龙"雄风。

农村的发展离不开土地。说到土地就不得不提湖北省农科院派往英山的第六任科技副县长、土肥专家胡学玉。与前几任副县长一样，上任伊始胡学玉就立即投入工作，实地考察英山的土壤。

为了让科技更好地服务于英山的建设，胡学玉将大量的时间投入科研之中。他参与并潜心钻研的"植物根系养分（磷）吸收机理过程的计算机模拟及其利用研究"课题，经相关技术部门鉴定，认为此项研究属国内领先水平，部分研究内容达国际先进水平。此项研究为精确施肥技术、作物吸收磷机理过程与磷营养基因型品种选育等提供了科学依据，是一项对学术发展、施肥理论与实践应用均有重要价值的研究成果。此项研究成果不仅为英山的经济发展做出了重大贡献,而且先后在湖北咸宁市的咸安、嘉鱼、通城,宜昌市的兴山、宜昌、江北农场、沙洋农场等地的近10种作物上推广应用,累计推广面积达500万亩,新增产值1.79亿元,经济效益与社会效益显著。

1999年,英山县启动"无公害茶""绿色食品茶""有机茶"的认证,掀起了英山茶叶的"二次绿色革命"。

王友平是湖北省农科院的茶叶专家,也是英山县的第七任科技副县长。上任伊始,他马不停蹄地带领相关部门深入村村寨寨、大小茶叶市场,对英山县的茶叶从种植、制作到最终销售等环节进行了方方面面的调查研究。他第一个提出了在英山建立湖北省第一个有机茶示范基地的设想。之后,他按照与国际茶叶接轨的标准,针对不同的资源条件,规划建设有机茶生产基地5万亩,无公害茶叶生产基地4.2万亩,重点建设屏风—河南畈2万亩连片有机茶基地。2001年初,他协调已具备有机茶生产条件的相关企业,组建了英山健身保健茶开发中心。同年3月,英山健身保健茶开发中心以其核心基地300亩茶园,最终取得了"有机茶原料基地证书""有机茶加工企业证书""有机茶生产证书""有机茶销售证书"。英山成为湖北省最先获得有机茶认证的县。

2002年9月,英山一举成为闻名全国的无公害茶叶生产示范基地。

"火车跑得快,全凭车头带。"吴恢作为湖北省农科院派驻英山的第八任科技副县长及蚕桑专家,上任之初就为英山的农民们带来了科技的福音。科普活动站是几任科技副县长在英山县大力推广科技,在农民中普及农业科技知识、开展科普宣传和培训等活动的重要场所。吴恢充分利用科普活动站这个平台,针对农民的实际需求开展农村实用技术主题讲座。

2006年的科普活动日就是在温泉镇百丈河村科普活动站举行的。英山县科协组织以吴恢为首的10名科技工作者、科普工作者、科普宣传员到该村讲课和现场指导。他们刚一下车,就被百丈河村的200多名热情的村民围了个里三层外三层。村民纷纷问技术、要资料、讨良方。大家一听科技副县长吴恢是从湖北省农科院来的,便纷纷挤到吴恢身边,咨询自己遇到的实际问题。吴恢不厌其烦地一一解答。村民夏运华感激地说:"你们不仅为我们送来了'及时雨',而且还让我们不出家门就饱尝了一顿'科技快餐',看来我们今年增收有望!"

吴恢虽然是蚕桑专家,但对茶、桑、栗、药等各个支柱产业的科技创新及农村科技信息化建设,都坚持协同推进,英山因此而获得"全国科技进步先进集体"称号。

茶叶专家陈福林早在20世纪90年代就多次走进英山,上山下乡,走村串户,指导农民科学种茶制茶。2008年,陈福林出任第九任英山县科技副县长。上任之初,他就深入乡镇企业进行认真调研,到任仅半年时间,陈福林就跑遍了全县三分之二的茶场和茶叶企业,亲自到基层茶场讲授农业知识、传播农业技术达20余次。在2008年的英山茶叶节上,他组织策划英山云雾茶发展战略研讨会,全国茶叶界的权威专家、学者齐聚英山,共同为英山茶叶的发展"把脉问诊",为英山茶叶的产业化献计献策,提供思路和方法。

当年,英山茶叶年产量超过1580公斤,在全国160个大中城市设立了销售窗口,产品远销美洲、欧洲、非洲等32个国家和地区,茶叶产值达到4.27亿元,70%的农户依靠茶叶圆了脱贫致富的梦。

产业在科技的支撑下崛起,这是历任科技副县长工作业绩的客观记载,也是科技扶贫的生动诠释。"知识就是力量。"英山的发展,离不开科技的助力,更离不开英山县历任科技副县长的辛勤付出。

面对这一骄人成果,时任湖北省农科院院长的冯祖强给出了这样的答案："机制激励人才，人才整合资源，资源创新成果，成果转化效益。"

"科技副县长的各项丰功伟绩英山人民都是有目共睹的，'英山模式'的造就离不开农科院的这九位功臣。"农科院党委书记戴贵洲说道，"开发支柱产业，完善科技服务体系，建立科技进步长效机制仍是农科院及其科技副县长的历史使命。"前三任科技副县长为英山带去了三大产业，后几任副县长又将此事业发扬光大。科技扶贫项目已经在英山结出了累累硕果。

如今的英山犹如展翅高飞的凤凰。但回首来路，最不应该忘记的是那些曾在此地默默耕耘的前辈，正是由于他们的付出与奠基，英山的发展步伐更加稳健。正是由于湖北省农科院与英山县的紧密合作，才造就了科技扶贫的"英山模式"。这也是中国扶贫开发史上为数不多的成功个案。

追寻"英山模式"的发展历程，我们不难发现这与湖北省农科院对英山县长达二十余年的科技帮扶密不可分。正是因为有湖北省农科院强大的科技后盾支持，才成就了科技扶贫的典范——"英山模式"。"科技就是第一生产力"在英山得到了充分印证。

大山无言，见证着英山的沧桑巨变。

桑果有情，缔结着英山的丰收欢欣。

情系山村济苍生

大别山革命老区湖北省大悟县三里镇舒山村是笔者的家乡。

2006年4月16日，笔者带《湖北日报》记者胡成去家乡采访，他写了一篇关于农民生活现状的内参，促使一个副省长和这个贫困山村发生了千丝万缕的联系。

这份内参，很快引起了时任湖北省委主要领导的重视，层层批示要调查了解。随后，湖北省农办、省扶贫办、省税费改革办抽调工作组进驻舒山村进行调研，证实了记者反映的情况属实。一个月的时间，工作组仔细走访，写了长达万字的调查报告，省委主要领导再一次在报告上作出了重要批示，并召集17个厅局级主要领导参加座谈会。一个小小的村庄竟然引起了省委主要领导的重视，这在全省是没有过的。

2006年7月2日，一个淫雨霏霏的日子，大别山革命老区湖北省大悟县三里镇舒山村迎来了时任湖北省副省长刘友凡。刘友凡副省长带领省直有关部门的负责人来舒山村调查研究，访贫问苦。当地干部为了掩盖矛盾，把他们领到一组盖了楼房的吴德明家，并介绍舒山村近几年发展较快，村民很富裕。这时，刘友凡副省长很严肃地说："我们是来看特困户的，是来看自杀死亡者家属的，不是来看好的。"然后，他们直接来到四组瞎眼老人雷兰英的家，老人死了儿子又死了孙子，一个人凄惨地度日。

这是一个破烂不堪的门楼，偌大一个院子由于长期没人居住，门楼年久失修，摇摇欲坠，院子里长满了萋萋杂草。这里就住着孤苦伶仃、恓恓惶惶的雷兰英老人。她眼瞎，且长期瘫痪，生活不能自理，每顿的饭菜都要靠半痴呆的女儿陈桂珍送去。女儿住在同一个村，老实巴交的女婿雷以坤为养活一家老小，长年在建筑队干苦力活。女儿陈桂珍连自己的生活都无法料理，哪还顾得上老人？所以雷兰英老人常常是饥一顿、饱一顿，饥的时候比饱的时候多。开始，村里人很同情，听见雷兰英老人喊就送一点吃的喝的。但时间久了，听多了，也就习以为常，管的人也就少。

老人是个苦命的人，短短的几年时间内，儿子陈金国、孙子陈亮明、孙媳万红相继过世，儿媳郭菜华看不到希望，另嫁他乡了，就剩下老伴陈安付和她相依为命，那时老两口不靠政府尚能糊口。但后来老伴也去世了，就剩下她一个人了。由于一连串的打击，本来就害眼病的雷兰英生生地哭瞎了双眼。

刘友凡在乡镇干部的带领下来到雷兰英老人的床前，床上是破得掉渣子的棉絮，分不清哪是被里哪是被面，抬眼望去全是灰土色。床下满是烂稻草，无法下脚。尽管床上脏得无法落座，但刘友凡还是坐在床边上。老人听见有响动，不知道谁来了，问道："是谁来看我呀！我还没吃早饭哩！"刘友凡见此情景，心里好一阵难受。他拉着老人的手说："老人家，我代表党和政府来看望您。"这时一位乡干部插话道："省里的刘省长来看望您。"雷兰英一生没出过远门，不知道省长是什么人。她的眼皮动了动，想睁开眼看看这位省长长什么模样。但最终还是无法睁开，只见红烂的眼圈里滚出了几滴浑浊的泪珠。

刘友凡接着说："老人家生活有困难，可以找党和政府，要坚强地活下去。党和政府会让您老安度晚年的。"

老人听后哭了："党啊！真比我的亲儿子还亲。我命苦，我活着不是人，我本来也想死了算了，免得活着受罪。现在有党的关心，我不想死，我还要活，你放心，我不死。"

此时此刻，刘友凡心里酸酸的，他从自己口袋里掏出400元钱，递给老人："老人家，这点小心意，给您老人家买点肉补补身体，别把身子骨拖垮了。"老人接过钱，用手摸了摸，塞到枕头底下藏起来。然后想挣扎着坐起来，刘友凡安慰说："老人家，您就躺下不要动。"雷兰英再一次哭着说道："党啊！比我的亲儿子还亲。"之后，刘友凡吩咐镇干部立即去买猪腿和饼干。当镇干部驱车到集镇上买来猪腿和饼干时，老人嚼着饼干，说："我一生没吃过这么好的饼干啊！"当把猪腿交给老人痴呆的女儿陈桂珍时，陈桂珍只煮了一点点，舍不得吃。

刘友凡又来到困难户项胜亮家，项胜亮的妻子杨桂华是四年前去世的，留下项胜亮和三个女儿，以及三间风雨侵蚀的土坯房。

刘友凡询问了项胜亮的家庭情况，项胜亮回答说：家里没什么收入，种田亏本，本来也想外出打工干苦力挣钱，无奈三个孩子读书离不开人，而且和兄弟共养的两头黄牛要放牧。兄弟打工去了，他日日要放牛，被拴得死死的，走不脱。前几年，乡里来人统计人均纯收入，每年把牛折算成收入，牛只是农家耕田的用具，不卖哪能算收入？而且还要专人放，如请人放，每头牛一年得500块钱，反而倒贴钱。刘友凡看到项胜亮家如此贫穷和破败，心情很沉重，当即从自己的口袋里掏出400元钱，表示一点心意。临出门，他要求民政部门要对人均收入在600元以下的特困户给予救助。

下一个要去访问的是雷铜生、雷计生这一对残障的孪生兄弟和一个90岁的老母亲。这是一户特贫户。老母亲不知道自己的实际年龄，90岁是村里人估计的，她也不知道自己叫什么名字。这兄弟俩，雷铜生勉强干些农活，但庄稼功夫不到家。雷计生则完全不会干农活，只会放牛，但经常连两头黄牛都看不住，牛常常跑丢。

刘友凡进屋时，他们一家正围在破旧的方桌前吃饭。见有一群陌生人来，他们都慌忙把碗搁下，手足无措愣愣地站着。刘友凡主动问道："老人家年纪多大了？"老人回答："我不清楚，村里人说我90岁了。"刘友凡又问家里几口人？老人回答："两个傻儿子。"然后指着兄弟俩：

"这一个,那一个。""那还有一个呢,是你什么人?"刘友凡指了指一个60多岁红眼眶、嘴巴瘪瘪的男人问。"那是我的女婿,今天来的,帮忙整田。""啊,那今天来了客人,才做四个菜呀?""四个菜还是平时细下来的,四个菜够吃。"刘友凡凑过身去细细一看,那是什么菜哟!一碗是看不到油的腌萝卜干,一碗酱豆,一只老瓷花碗里黑乎乎的不知是什么东西,只有一个碗里的几块鸭蛋才算稍微拿得出手的菜。刘友凡为了探个究竟,指着桌上那碗黑乎乎的东西问:"老人家,这是什么菜呀?""这是干腌菜。""什么做的?""草子做的。"刘友凡这回知道了,红花草子是牛和猪的青饲料,也是肥田的植物,人怎么能吃呢?但刘友凡不知道的是,许多山里人常将嫩一些的煮熟晒干,拌上盐,留着青黄不接的时候吃。不光老人家有,村里大部分人家都腌制。

刘友凡长叹一声:"老人家,你的生活过得太苦了。"说着,刘友凡禁不住眼眶湿润,声音哽咽。他想掏出自己的钱给九旬老人家买点猪肉什么的,改善一下生活,可是他衣袋里已经没有钱了,他只好心里满是惭愧地离开了老人家……

临走,刘友凡握着舒山村书记雷鹏安的手说:"别灰心,将来舒山村会变的,会走出湖北省,走出中国,走向世界的。"

离开舒山村后,刘友凡心里一直沉甸甸的,这就是苏区的百姓啊!大悟县是湖北省著名的苏区。但眼下大悟县依然十分贫困,特困户较多。通过这次访贫问苦的调研,他意识到干部应多到群众中走一走、看一看,了解他们的疾苦,关心他们的冷暖,也更加感觉到扶贫救困的重要性和加快发展脱贫致富的必要性。

有了省上领导的重视,舒山村的情况很快有了巨大的改变。时任市委书记、县委书记多次到舒山村调研、考察,研究脱贫致富之路,鼓励发展板栗、天麻、黑木耳、香菇等支柱产业。尤其是张杰,驻村蹲点,指导村民脱贫脱困。随后,大悟县农业局为村民砌了沼气池,村民做饭可以像城里人一样一打火就着。大悟县电信局为村民安装了无绳电话。

大悟县广播局为村民架起了地面卫星接收器，村民能随时听到来自党中央的声音，看到各省的新闻，了解天下大事。大悟县水利局为村民挖了三口既可养鱼又可灌溉的池塘。"三宣"公路也穿村而过。时任三里镇党委书记吴五洲、副书记陈祖平干脆在舒山村住了下来，帮助村民改善生产生活设施，拖来胶管，引山泉水为自来水；还拖来了水泥，为村民铺了水泥稻场。

现在，舒山村已发生了翻天覆地的变化，三里镇政府通过招商引资，投资千万元在舒山村开办了大悟县中原萤石矿有限公司，近60%的村民都在萤石矿上班，村民不用外出打工了，既种了田，又上了班，可以说是有了双倍的收入。舒山村还结合当地的自然条件，积极发展板栗、天麻、黑木耳等特色产业，涌现出板栗种植专业户彭守能、天麻专业户吴德明、养羊专业户杨先银、黑木耳专业户吴德友……汪二、胡登强在舒山村搞林业开发，种植白杨和茶叶。舒山村的妇女也可以采茶打工挣钱。可以说，舒山村如今彻底脱贫了。

第二章　上下一心　共赴小康

洒向老区都是情

在大别山革命老区大悟县，人们常常可以看到一个精明干瘦的老人到处奔波。他就是曾经担任过县委副书记、常务副县长、政协主席，退休后又任老区建设促进会会长的胡道师。退休后的他干劲依然不减当年。

放牛娃出身的胡道师曾任大悟县常务副县长，他心中自然不忘老百姓。尽管后来由于年龄的原因退居二线，但他为人民服务的思想始终没变。不管组织上安排他什么工作，他总是任劳任怨，全心全意把工作搞好。

胡道师生长在大悟这块红色土地上，虽然从行政岗位上退下来，却依然将老区的发展挂在心上。1993年7月，大悟县老区建设促进会成立，县委考虑到胡道师身体尚好，工作又有热情，就把老促会这副担子交给了他。有老干部劝他："老促会是个闲摊子，歇一歇吧！别再到处奔波了！"但胡道师哪里闲得住呢？组织上让他挑担他照样挑担，为老区人民跑项目，争取技术和各项投资，用他的话说："干部休息了，但党员没休息。"这就是一个老党员的高尚情怀啊！

老促会虽然是个较为松散的民间团体组织，但他觉得这副担子沉甸甸的，因为他知道大悟县老区建设的任务很繁重，需要做的工作很多。他凭着几十年的工作经验和对大悟县情况的了解，很快与理事们制订出工作计划——

根据老促会调研、宣传、参谋、协调、服务的职能，胡道师明确了"在'促'字上下功夫，在'实'字上做文章"的工作方针，从开展宣传教育入手，促老区意识增强；从参与扶贫攻坚入手，促小康目标实现；从支持项目开发入手，促老区财源建设发展。

胡道师作为一个农民的儿子，他深知大悟的县情，只有发挥山区优势，开发山林资源，发展种植养殖业才是振兴山区经济的出路。在任政协主席时，他提出开发三里镇凤岭、中寨、舒山板栗基地。一个60多岁的人一辈子脚踏实地干惯了。他就住在基地蹲点，直到板栗结出果实，基地开发见了成效，老百姓尝到了甜头，他才回来。后来，他又带动宣化、姚畈、丰店等乡镇，搞起了规模更大的板栗基地。如今，这里已是全省有名的板栗之乡。

为了使山货土特产能运出山外，实现经济收益，当务之急就是要改变交通不便的状况。胡道师等老干部又提议修一条三里至宣化的公路，以此带动沿线48.7公里的板栗经济带。道路修通了，也为老区铺就了一条长长的致富之路。

1994年，《国家八七扶贫攻坚计划》实施。大悟能否被列入计划，是县委考虑的一件大事。在这个节骨眼上，胡道师同一帮老干部广泛开展宣传活动，介绍大悟县的光辉历史、发展现状和资源优势；以老促会的名义写报告，反映老区建设中存在的困难。这些宣传材料和报告很快被呈递到中央、省、市有关部门领导的案头，寄送到许多曾经在大悟这块红色土地上战斗过、工作过的老首长、老领导，以及一些热心于大悟老区建设的人士手中。

1994年元月至2月，胡道师代表老促会几次同县委、县政府领导一起，跑省市，上北京，汇报大悟老区建设情况。精诚所至，金石为开。大悟终于被列入《国家八七扶贫攻坚计划》。

1996年，国家要投资兴建京珠高速公路，主要是带动全国山区县的经济发展。胡道师向县委请战后，主动出马，一去就是半月，利用自己老领导、老同事的关系跑省城、跑北京，终于争取线路从大悟县通过。如今，京珠高速公路就从大悟县穿过，大悟人到武汉办事只需一个小时。

第二章　上下一心　共赴小康

1998年，刚跑完京珠公路项目，胡道师又在为22万伏大型变电站工程奔波，终于争取到了这个项目，解决了老区用电不足的问题。国家重点项目能在大悟落地，其中也倾注了胡道师的心血。胡道师为大悟县不遗余力地争取项目，常常一去数月，风餐露宿。他不叫苦也不叫累，因为他心中装的是老区60万儿女的脱贫事。正是有了这些重点项目，大悟县的经济发展很快有了起色，犹如插上了腾飞的翅膀。

胡道师以扎实苦干、体恤百姓而闻名。在任常委副县长时，山里的孩子都知道有个胡县长。后来，农村特别是老区贫困村的男女老少都知道老促会有个胡会长。

老促会的基本工作是扶持老区基础建设，扶持大户示范工程……可以说，胡道师在这方面的确是尽职尽责，他和扶贫开发办一起办公，为扶持贫困户、扶持家庭种植业做了不少工作。

芳畈镇的新建村是个库区贫困村，胡道师把该村定为老促会的扶贫联系点，对全村40个贫困户逐户察看访谈，为每户提供扶持资金500元~700元，帮助每户开辟一个比较稳固的增收门路，很快使贫困户解决了温饱问题。魏江州是该村库区岛上的特困户，负债几千元，胡道师像走亲戚一样常去看看，送资金、送物资、送信息、送技术，先后为他解决了800元的生产启动资金，通过镇、村调整农田供其耕种，又帮助他在塑料大棚种菜，使其在两年内摆脱了贫困。

深入调查研究，从实际出发，是胡道师一贯的作风。成立老促会以来，他跑遍了大悟县的山山水水，经常和理事们深入基层、了解情况，帮助基层出主意、想办法，写了大量的调研报告，为县委组织指挥脱贫攻坚提供了决策参考。

吕王镇肖岗村是个重点贫困村，耕地面积少，水源缺乏，这种自然条件几乎熄灭了当地人致富的希望火苗。胡道师多次到那里调查研究，之后向县、镇两级提交了《一方水土养一方人，出路在哪里？》的调查报告，得到了县、镇领导的高度重视，并安排实力强的县、镇直单位驻村扶贫，使肖岗村迅速改变了贫穷落后的面貌。

对大悟县的贫困地区，胡道师总是高看一眼，厚爱一分。吕王、芳畈、宣化、东新等乡镇是他常去的地方。全县24个特困村他每个村子要去三五次，与这些地方的干部促膝谈心，同贫困农民交朋友，帮忙解决实际困难，与理事们一起，向特困农户送去衣被3000多件、化肥10多吨、良种2000多公斤。

"艰苦奋斗，为老区群众办实事。"这是他一贯倡导的。老促会经费困难，没有交通车辆，甚至连电话也没有，但胡道师下基层的脚步从没间断。为了工作，胡道师和同事们搭便车下乡，然后再踏着崎岖不平的山路，徒步走到农民家。这在他看来是再平常不过的事了。那几年，老促会募集了一些老区建设扶贫基金，先后投资40多万元，扶持贫困村发展生产项目20多个，直接帮扶185个贫困户。在胡道师及老促会的推动下，项目产生了效益，受扶户脱了贫，有的走上了致富之路。

艰苦惯了的胡会长总是精打细算，用好老促会每一笔的资金。他先后办了4个茶叶基地，即河口镇邱岗村200亩优质茶园、阳平镇虎岗村150亩老茶园改造、三里镇风岭200亩低产茶园改造为高产茶园，还有三里镇柏园村千亩优质茶叶基地。

2008年1月，胡道师以老促会的名义发起了"百户特困工程"，将百家特困户作为重点扶持对象，帮他们买猪买牛，提供信息、提供资金、引进技术，甚至住在特贫户的家里，帮他们解决养殖过程中的难题。把扶贫点当作自己的家，把贫困户当作自己的亲人，群众也自然把胡道师当成贴心人。胡道师一到村里，家家户户都争着抢着叫他去吃饭。正因为挂念那些贫困户，春节刚过完，胡道师正月初八就下乡去了，一跑就是七八个乡镇，看那些贫困户年过得如何，还有什么要求。胡道师就是这样一个人，他心系老区人民、心系贫困户，一年四季大半时间都在乡下奔波。

每当有项目要开发，胡道师总是兴奋地告诉理事们："那里的山场有开发前途哇！"他同大悟县阳平镇的干部一起爬山坡、钻刺丛，考察白云山老油茶基地……他和理事们一起，要让大悟县果满山、粮满仓、鱼满塘……

十多年来，大悟县老促会在促进经济发展、脱贫致富中发挥了真正的促进作用。老促会每年组织一次种养技术培训班，请农牧专家讲课，还购买了3000套种养技术的书籍免费送书下乡。大悟县老促会连年受到省老促会的表彰，胡道师更是受到群众的好评。

踏遍青山人未老，风景这边独好。在胡道师的带领下，老促会的工作取得了显著成效。省市领导在视察大悟县建设工作时给予了充分肯定：大悟县老促会的工作不仅促到了实处，促出了实效，而且探索了一条切合老促会这一民间组织特点的工作路子。胡道师被省、市老促会授予"老区建设先进工作者"光荣称号。

人生有代谢，山河留胜迹。

胡道师把足迹印在了大悟老区的山山水水，把一腔热血奉献给大悟县老百姓。

第三章　春风春雨　润民无声

土地整理：垦殖出希望的田野

在河北涞源县红泉村的最西边，有一道海拔1500多米的山梁——驿马岭。80多年前，这片土地上打响了八路军抗日的第一枪。驿马岭，这个距离平型关长城隘口不足百里的地方，因此而声名大振，从此被载入史册。驿马岭留下了许多可歌可泣的战斗故事，也留下了许多珍贵的革命遗址遗迹。在驿马岭阻击战遗址东面的山坳里，曾经有一个贫穷的小山村。如今，这个小山村已经人去屋空，所有村民都搬到了十五里外的红泉村居住。当很多贫困地区因为各种原因无法实施移民搬迁时，这里的人却靠着自己的努力和土地整理的硕果，一步步迈向了康庄大道。

红泉村由四个自然村组成，除主村红泉村外，碾盘沟、岩贝、驿马岭三个自然村都存在缺水、缺地的问题，加之不通电，孩子上学难，村民出行难，百姓就医更难。长期以来，这里的群众靠天吃饭，生活十分艰苦。

驿马岭和山西省灵丘县的腰站村相邻。曾经有这样一句俗语,叫作"腰站生得苦,两头赶集四十五",意思是这一带地处大山,村民无论是去涞源还是去灵丘,都要走上四十五里山路。之所以取名"驿马岭",就因为这里以前是河北、山西商人往来的必经之地,是一处驿站,曾经人来人往,很是热闹。20世纪80年代改革开放后,涞源县到灵丘县之间修了一条通车的公路。之前的"官道"驿马岭就这样逐渐沉寂下来。这里山多地少,自然条件差。山大都是石山,除了沙棘、荒草,很多地方都是裸露着的。70%的耕地是在海拔1500米以上的山上。平地上人均仅2分地,而且土层只有10厘米厚,极易跑肥跑水,粮食产量低。耕地零星散布在山梁上和山谷里。驿马岭的村民刘火生说:"没有机井,只能靠天吃饭,海拔高,降水量少,昼夜温差大,每年的无霜期短,只有100天,所以这里只能种产量很低的莜麦、土豆、荞麦和小米。种玉米也只能种生长周期短的,不能超过100天,否则刚结了棒子,就被霜打了。"那时驿马岭人均年收入只有160元,粮食不够吃,每年都要靠领救济粮过日子。由于过度放牧,植被遭到破坏,水土流失严重,山上的大石块经常滚到山底的干河滩上。

驿马岭真的太穷了,加之地处偏僻,交通极为不便。女孩子长大就想嫁到山外去,却没人愿意嫁过来,因此村中有十多个大龄男青年。有的说上媳妇了,但媳妇一看这里条件艰苦,结婚后过几年也就跑了。因此,没有女人愿意嫁过来,这里成了远近闻名的"光棍村"。

随着农村大规模的中小学撤点并校,驿马岭村的小学于2002年也撤了。这就意味着村里的孩子失去了就近入学的机会。孩子们上学又成了一大问题。没办法,村里的孩子只能到山外去借读。

这个昔日打响八路军抗战第一枪的地方渐渐沉寂了,驿马岭的日子犹如一重又一重的大山,似乎越来越看不到头。干旱缺水,植被稀疏,水土流失严重,耕种条件越来越差,粮食产量越来越低。2003年,红泉村响应国家号召退耕还林,许多地方都禁止放牧。很多村民不得已只好

第三章 春风春雨 润民无声

把牛、羊等卖掉。没了牛羊，村民就彻底没了指望，辛苦一年到头还未必能填饱肚子。一方水土养活不了一方人啊！

很多村民不得不外出打工，留在村里的人也越来越少。后来，由于村民缴的电费还不够电缆的损耗费。2004年，驿马岭的电又断了。一到晚上，驿马岭就陷入黑暗之中。漆黑的夜晚，犹如那时驿马岭人过的日子一样，驿马岭的人看不到未来，更看不到希望。

驿马岭之所以穷，主要是因为这里植被稀少，土壤含沙量大，水土流失严重，可用于耕作的耕地越来越少。村里一共38平方公里，光山就占了5万亩（折合33平方公里）。时任村委会考虑，既然地理条件如此，那必须从山开始做文章，先绿化荒山，保住水土，然后再造地解决温饱问题！但这一提议一开始就遭到了群众的质疑，原本耕地就少得可怜，大家已经穷得快揭不开锅了，还让拿出一部分土地来种树、搞绿化，这不是开玩笑吗？村民百思不得其解，没有一个人积极响应。

那一年，适逢涞源县开展退耕还林，驿马岭绿化荒山的想法得到涞源县的大力支持。县里还请来了农业专家，为驿马岭的退耕还林进行详细规划和具体指导。很快，驿马岭500亩的荒山上挺立起了一株株小树苗。尽管气候干燥寒冷，树苗的成活率很低，但冬去春来，随风摇摆的嫩绿小树苗让村民看到了希望。树苗栽上了，山也变绿了，水土也基本保持住了。慢慢地，石块也不再往下滚了。水土流失的问题解决了，接下来就是要解决村民的口粮问题了。有限的耕地里自然种不出更多的粮食。红泉村以后的路该怎么走？要想填饱肚子，那就只能是增加有效耕地，只有村民有了足够的土地，才能彻底解决缺粮的问题。村委会这次将目光投向了大片闲置的荒滩。时任村党支部书记说："我不相信我们天生就是穷人，天生就是光棍！我们也可以脱贫致富！"经过多次讨论后，大家达成了共识：绿化山林，荒滩造地。计划路靠边、水靠边，中间造良田。

2004年1月15日，100多人扛着党旗和团旗，涌向遍布石头的河滩。一场声势浩大的"土地整理"拉开了帷幕。慢慢地,越来越多的村民加入"土地整理"的队伍中来了。一个月后,这个由最初的几十个人的队伍变成了700多人的庞大队伍。每天一早,这支庞大的队伍从村庄涌向河滩,然后在河滩上依次散开。常言道:"人心齐,泰山移。"村民们心往一处想,劲往一处使,很快形成了一股敢教日月换新天的劳动激情。如此大规模的土地整理,仅靠村民们的劳动热情是远远不够的,肩扛筐抬的劳动效率太低了,整地运动进展缓慢。为了进一步提高造地的速度,村民建议村里贷款买台推土机。于是,红泉村以集体的名义贷款5万元,买了一台推土机。推土机大大提高了劳动效率,伴随着机器的轰鸣声,大家造地的热情又一次被激发出来了。

第一批土地被整理出来后,村民们撒上玉米种子。等到秋天,一排排傲然挺立的玉米秆上挂着整齐硕大的玉米棒子。望着眼前的喜人景象,大家都乐得合不拢嘴,从来没想过这个贫瘠的地方也能长出这么籽粒饱满的玉米棒。丰收的喜人景象进一步坚定了大家造地的决心,也增强了村民脱贫致富的信心。大家纷纷投入新一轮热火朝天的土地整理当中。就这样,村民采取"以工代赈"的方式,自愿出义务工,一片片可供耕种的土地被整理出来了。

和驿马岭一样,红泉村主村、碾盘沟和岩贝也一直面临着贫困的难题。2007年,国家规划修建一条从陕西至北京的天然气管道要穿过红泉村,占用村庄土地,补偿给红泉村140多万元。拿到这笔补偿款后,除了补偿村民的费用,村集体抽出了50万元,修建从艾河到红泉村的公路,打通了红泉村连接外界的主要通道。路修通了,也给红泉村民带来了新的希望。除了种地,农闲时候村民还可以外出打工,或者跑运输,再不用向那一亩三分地要光景了。村民的收入明显增加了。

2008年,涞源县委、县政府及国土局通过上百次调查了解,决定以涞源县的名义开发整理土地。土地整理是一项系统工程,它包含了山、水、林、田、路的综合治理，治山、改土、兴水、调结构四步棋。涞源县利用山区特点，采用"砌沟垫地、围山转、荒滩造地、坡改梯"的四种开发模式，并以红泉、大台峨、西道沟、周庄四村为榜样，打造土地治理样板示范工程。

红泉村加入示范工程后，获得了涞源县财政30多万元的土地整理资金支持。这一次土地整理，不仅仅是为了红泉村，而是为了包括驿马岭、碾盘沟和岩贝在内的所有人。在红泉村村民大会上，时任村支书说："我们趁这次机会，把我们的穷兄弟搬出来，给他们整地安家，和咱们一样过上好日子！"

2009年国家取消了义务工之后，红泉村专门成立了一个由本村村民组成的60人土地整理队伍，土地整理工程有了持续性，但是整地成本也越来越高，30万元的扶持资金很快就用完了。那接下来怎么办？村里向附近的部队求助，希望他们支持驿马岭、碾盘沟和岩贝的村民搬迁出来。部队一次性捐助了80万元支持搬迁。这笔捐款对红泉村来说可谓雪中送炭。

2011年，当红泉村主村附近的荒滩改造基本完成之后，驿马岭、碾盘沟和岩贝三个自然村开始陆续往红泉村主村搬迁。

2012年，驿马岭终于等到了往红泉村主村搬迁的通知，每个人都抑制不住内心的喜悦。这种喜悦是发自肺腑的。到了红泉村，每家不仅有新盖的房子住，而且可以分到主村的土地，每位村民还可以领到3000元的搬迁补助。他们怎能不高兴呢？

从山上搬迁下来之后，村民们住进了一排排整齐、敞亮的大瓦房里，家家户户都收拾得干干净净，实现了多年来的安居梦。当然，种田不再是村民们唯一的营生了，忙时种种田，更多的时候跑跑运输，打打工，手头也活泛多了。生活条件好了，光棍们都娶上了媳妇，也纷纷脱单了。孩子们上学的事也有着落了。村民们的日子越来越有了奔头。红泉村也成了土地整理、易地扶贫搬迁的示范村。

易地搬迁：贫困户安居又乐业

"十五"期间，国家发展和改革委员会组织实施了易地扶贫搬迁试点工程。易地扶贫搬迁是一项惠民工程，指将生活在深山、荒漠化、易发生地质灾害、生态环境脆弱等生存环境差、不具备基本发展条件的贫困人口搬迁安置到其他地区，并通过改善安置区的生产生活条件、调整经济结构和拓展增收渠道，帮助搬迁人口逐步脱贫致富。从"十五"时期到"十三五"时期的十五年时间里，易地搬迁由前期的试点到全国范围内的推广，在脱贫攻坚奔小康的征程中涌现出一批批典型故事。

许建起在《走出大山——洛阳搬迁扶贫纪实》（发表于《中国老区建设》2006年第3期）中记述了洛阳红崖村易地扶贫搬迁的故事：

>　　汽车拐入山坳，一排排整齐的平房小院儿和一座漂亮的敬老院楼房便映入眼帘。这便是移民搬迁安置村红崖新村。新村背靠险峻的太行山余脉，面临一条叫作红崖河的季节河。村边一条平坦的柏油路蜿蜒通向山外。路上，不时驶过几辆农用车和摩托车。村里，无论是步履蹒跚的老人、蹦蹦跳跳的孩子，还是忙忙碌碌的成年人，脸上都绽开着春天般的笑容，虽然时令已是深冬。
>　　在村里，随意走访了两三家。每家住的都是100多平方米的房子，宽敞、明亮。通到家里的自来水，方便、干净。点灯、做饭用上了沼气。搬迁早的人家，家里已经有了一些现代化的陈设，如真皮沙发、闭路电视、电话等。

第三章 春风春雨 润民无声

村民张周娃和他的左邻右舍高兴地对记者说:"从山里搬到山下来住,而且能住这么好的房子,以前真是连做梦都不敢想啊!"

红崖村地处洛阳市嵩县黄庄乡四方山深处,虽叫村,但总面积却只有31.6平方公里,相当于平原地区一个比较大的乡镇。全村23个自然村、8个村民组,356户、1286口人家零零星星散居在"两沟三岭四面坡"上。坡陡、路险、谷深,多处石崖泛着红色,寸草不生,由此而得名。

红崖村山上无林,地下无矿。山上山下,沟里沟外,到处都是石头。全村411亩坡耕地,全是从石头缝里抠出来的:东一巴掌大,西一簸箕宽,最大的也不足1亩。由于土质差,天稍旱,就可能颗粒无收;又由于坡太陡,雨稍微大一点,庄稼就可能全被冲到山沟。村民有一顺口溜曰:"地像墙上挂,旱涝都害怕。一场大雨下,啥啥都没有。"不少农户一年中有几个月只能靠橡子面、黄栋渣馍填饱肚子。

山里七沟八壑长年缺水,有些村组吃水要沿着铺满杂草、石砾的崎岖山路到七八里之外的地方去挑。常常是一大早,挑着水桶出门,到星光满天的时候,人还没回来。有时天旱,就只能等着山泉水顺着石崖一滴滴往下滴,直到把水桶滴满。为水,村民们争吵打架是常事,摔断胳膊跌断腿亦有之。村民生产生活一切靠肩膀挑,所以被称为是"扛在肩上的日子"。

小孩子们上学也要跑很远的山路。由于路远且居住分散,七八岁的小孩子不得不寄住在学校里,自己做饭,自己洗衣,自己照顾自己。烧红薯和开水,常常是孩子们"美味的午餐"。即使如此,也并不是所有的孩子都能够上学。一些家庭贫穷又距学校遥远,十多岁的孩子了,都不上学了,还在家里跟着大人满山转悠。由于待遇低,没人愿来山里教书。有些学校只好请稍识字的老年妇女充数。于是,孩子们嘴里哼唱的还是"文革"时候的歌曲。

深山沟岔里，道路多为蜿蜒曲折的羊肠小径，户与户之间最短的距离也在一里以上，有些村组距集镇更是十几公里。村民们所需要的生产资料和生活物资多靠人抬、背扛、肩挑才能运得回来。记者在红崖村采访时，已时近年关，一些还没搬出山去的村民到山外置办了些年货，捆扎在布袋或塑料袋里，扛在肩上，沿着满是石砾的红崖沟，步履蹒跚地向山里走。落山的太阳光照着他们佝偻的背和愁苦的脸，很是扎眼。

荒山秃岭不长粮，陋室寒家不留人。近10年来，红崖村全村没有一对新婚夫妻，20至50岁的光棍有40人，全村人口从1286人减到924人。成人的姑娘千方百计要嫁到山外，连小伙儿也宁愿到山外给人家做义子或上门女婿。到2004年底全村人均年收入才达到790元。

"啥时候才能像山外人一样过上丰衣足食的日子啊！"走出大山，成了红崖村人世世代代的梦想！

1995年2月14日，临近春节，山外一片喜迎新春的吉庆景象，而山里人的脸上依然愁云密布。山脚下的下场自然村口，几个庄稼汉正挤在墙角晒太阳。听得一阵骚动，抬头望去，只见几辆小汽车停在不远处的路边；一群人紧跟在一个身材魁梧的中年人身后，踏着泥泞和乱石滩，向村口走来。原来是时任河南省委书记的李长春同志到红崖村访贫问苦来了。

李长春走进李殿英家，掀开锅盖和粮缸仔细看了看，又询问家庭收入情况。看到这个残破、简陋的家，李长春的脸色凝重起来，当即送了200元钱和2袋面粉。那一次，李长春一连走访了10多家农户，除送钱送物外，临走时还特意拿走了李志坚家的两个橡子面馍，说是回城让大家看一看。

1996年，在河南省扶贫开发工作会上，李长春提到了红崖村，并明确指出："对于这些地方的困难群众来说，整体搬迁才是彻底脱贫的根本办法。"2003年10月,已任中共中央政治局常委的李长春第三次来到红崖村看望慰问群众。他对陪同的市县干部说,要尽快实施整体搬迁计划,好让乡亲们早日过上好日子。

2003年11月,河南省扶贫部门正式启动红崖村扶贫移民搬迁工程,由政府出面统一组织,把散居在深山里的贫困农户就近集中搬迁到条件较好的地方,对移民新村实行统一规划、统一征地、统一建房、统一实行水电路三通,同时配套建设学校和敬老院。

2005年4月1日,第一批搬迁户走出深山,敲锣打鼓、欢天喜地地迁进了新落成的移民新村。这一次共解决了56户、232口人的生存难问题。李长春曾经看望慰问过的李志坚老汉一家,也在其中。喜悦之中,68岁的李老汉握着参加搬迁仪式的洛阳市委副书记赵亚平的手,流着泪请他给李长春同志捎句话:"俺们搬家了!住上了新房!您就放心吧!"

2005年4月8日,河南省委书记徐光春把这个好消息报告给了李长春,并转达了山区群众对他的感激之情。4月27日,李长春请身边的工作人员打电话向红崖村首批乔迁新居的村民表示祝贺,并请徐光春转告红崖村干部群众,要他们继续努力发展生产,尽快富裕起来。

为了使搬出深山的群众稳得住、能致富,地方各级党委、政府采取了三条保障措施:一是引导群众大力发展经济林。深山里的农户迁出来了,原先山里耕种的土地空了下来,全村可退耕还林250亩。二是开展致富技术培训,充分利用富余劳动力,发展家庭养殖业。三是免费提供技术培训,大力组织劳务输出。力争在3年内使每户增加收入上千元。

红崖村扶贫搬迁工程只是洛阳市扶贫开发的一个缩影。近几年来,洛阳市以"政府投入、群众自筹和社会捐助"相结合的方法,有步骤、多形式地开展了搬迁扶贫。其中一部分农户已经摆脱了贫困,开始走向富裕。

从山上到山下,从山里到山外,村民们的天地一下子变得广阔起来。

记者走进了嵩县黄庄乡河东移民新村李争娃家。李家原先属深山独居户,在山里住着五间破土房,过着"吃粮推磨碾、照明油灯点、运输靠扁担、作息看日影"的生活。种了20多亩坡地,只够糊口,一年到头几乎无甚收入。由于山高路险,养口猪,也得几个人抬到山下,才能卖得出去。2003年从山里搬迁出来,现在一家五口住着100多平方米的宽敞、明亮的砖瓦房。家里已经拥有了电视、洗衣机、电风扇、手机等。从山里出来后,李争娃办起了养猪场,年收入15000多元。李争娃笑着对记者说:"这是在山里想都不敢想的事。""等资金有了积累,我还想扩大养猪场的规模。另外,再种些经济林……慢慢就会过上好日子的……"

洛阳市副市长尚朝阳在接受记者采访时说,搬迁式扶贫是山区特困群众从根本上摆脱贫困、发展经济、走上致富道路的重要途径。通过实施搬迁式扶贫开发实现了经济效益、生态效益和社会效益的共赢:一是山区特困群众搬迁后,改善了生活环境,加速了观念更新,拓宽了致富门路,提高了自我发展能力。二是保护了山区生态环境。据统计,居住在深山区的每个农户每年要砍伐10立方米木材作燃料,仅此一项全市每年就可节约23000多方木材。三是促进了小城镇建设。多数搬迁户都安排在乡政府所在地,随着搬迁户的迁入,增加了小城镇的容量,扩展了乡镇市场,促进了城镇经济发展。四是密切了党和政府与群众的血肉联系。世代居住在深山区的农民搬出后,无不从心眼里感谢党和政府。

实践证明,搬迁扶贫是一项"功在当代,利在千秋"的"民心工程"。"迁出深山拔穷根"已成为未迁出户的共同呼声。但是,洛阳市全市还有深山独居户、散居户9603户、37944人需要搬迁,涉及9个县（市）68个乡镇294个行政村。

为了寻求各方面的更大支持，使更多山区贫困群众尽快脱贫致富，2005年7月6日，徐光春在《省扶贫办关于解决洛阳市搬迁扶贫资金问题的报告》上写下了这样一段话："报请长春同志审示，在省里筹集资金的同时，请国家有关部门予以支持。"李长春马上把这份报告批示给了回良玉副总理。回良玉副总理指示国务院扶贫办对豫西山区易地扶贫给予关注和必要的支持。

2005年9月25日，红崖新村第二期工程竣工，45户村民即将乔迁新居。徐光春又把省扶贫办的文件批示给省委常委、洛阳市委书记，要求市委、市政府切实抓好山区困难群众搬迁扶贫工作的落实，"为山区贫困农民办好这件温暖人心的实事"。

中央和河南省领导对山区困难群众的关心，像春风迅速传到红崖村，传遍深山区的山山岭岭。各级党委、政府立即行动起来，对需要搬迁的山村在更大范围内实施易地扶贫工程。根据规划，洛阳市2006年至2008年，每年搬迁3000户，2009年至2010年搬迁603户。在未来5年内，将深山区的独居户、散居户全部搬迁到乡镇所在地或大村庄居住。在资金上，国务院扶贫办计划2006年至2010年，每年为洛阳安排搬迁扶贫专项资金1500万元，省里和市里每年分别拿出2000万元和1000万元配套资金。

我们相信，好日子就在深山区贫困农民的眼前。

是啊，红崖村村民"扛在肩头的日子"终于一去不复返了，安居更乐业，日子也更有盼头了。

在大别山区，普遍存在贫困户居住偏远、分散，交通不便、没有产业，生活水平落后的问题。这些贫困户怎么"扶"？扶了之后怎样保证其长远发展？这是山区县扶贫工作的难点。但湖北麻城精准扶贫工作中探索出的"小集中式扶贫搬迁"模式让这个问题变得容易起来，实现了建设小区"安居"、配套产业"乐业"。

2015年9月16日，在麻城顺河口乡朝阳店村一处红瓦白墙、风光秀丽的居民点，村民郭友莲一家正在门前的场地上晾晒刚收获的玉米。郭友莲的儿媳妇说，之前一直住在山上，出行非常不方便，生活没什么盼头。

如今，他们居住的新房子宽敞舒适，窗明几净，门前的水泥路一直通向麻城县城，而且家家户户都接通了网线。有空的时候，村民会三三两两相约着坐上班车去县城购物。

而这个转变，要从村里的大胆探索开始说起。

朝阳村位于麻城北部20多公里，属大别山地区。这里贫困人口众多，居住分散，交通闭塞。"贫困户住的是20世纪80年代建的土坯房，现在多数都成了危房，扶贫首先要解决住房问题。"村书记在接受记者采访时说。

考虑到分散建房子成本大，效益小。县、乡、村三级联合起来，共同筹资，探索"小集中式扶贫搬迁"模式，把住在山里的村民都搬出来，在交通便利的地方建设新型标准化小区，集中安置。

郭友莲就是这一扶贫模式的受益者。2015年春节，她家搬到新房子居住，环境的改变让家人非常满意，一个个乐得合不拢嘴。郭友莲一家原来住在山里，这山头一家，那山头一家，邻居也没几个。"平常想去谁家坐一会儿，都要走很久。"郭友莲说，"现在大家都住在一起了，走几步就可以相互串门，人多了也热闹了。"

麻城市扶贫办工作人员介绍，扶贫安居工程是麻城"精准扶贫"的措施之一，主要针对那些有搬迁意愿的贫困户，将他们迁入小集中式农村新小区。对那些无能力新建或改造危房的贫困户，以及贫困的无房户，则采取提供农村公租房、周转房或幸福院等方式解决住房问题。

俗话说：安居才能乐业。住房的问题解决了，但这只是第一步。安居之后的乐业更为重要。

朝阳村村民陈绍华在香菇大棚里一边查看香菇菌袋一边说，自己之所以愿意搬到这里，主要是因为小区还配套了养猪、种植香菇的产业。

2015年，朝阳村在建设扶贫搬迁安置小区的同时，还引进麻城一家大型食用菌加工企业在村里建种植基地，并配套100多万元，完善基础设施、环保系统，先后建设了一处"猪—沼—树"相配套的养猪场和10万袋标准化的香菇种植示范基地。养猪场和香菇示范基地建成后，低价出租给集中安置的村民，供他们发展种养殖产业。

朝阳村村民说："有了香菇和生猪这两个产业，赚钱就不用愁了。"

村民向国富养了20多头生猪，种了7000袋香菇。他说，从2014年刚搬来时，他每年养殖40多头生猪，年纯利润在2万元以上，加上香菇的收益1万多元，"生活水平比以前高多了"。

郭友莲家也养了7头猪，种了5000袋香菇。"家里有新房，门口有产业。"郭友莲说，这样的生活，在以前，是想也不敢想的。她为今后的好日子信心满满。

"自我管理、自我发展、自我服务、自我完善"，这是朝阳村的"村规民约"。村书记说："'安居'和'乐业'都解决了，'怎样保证长远发展，也非常重要'。"

在乡政府的引导下，朝阳村集中安置小区的农民自发成立了小区综合服务协会。协会下设公共服务、生猪养殖和食用菌发展三个生产小组，以民主推选的方式选举出三个小组长，具体负责生产和管理服务。

通过五年的运转，小区年均种植反季菇10万多袋，生猪出栏400余头，实现了户户有主导产业，家家都有增收门路。

小集中式扶贫搬迁和公租房扶贫搬迁模式，也为麻城解决贫困农户住房难和发展难问题提供了有益的探索和借鉴。以此为模式，麻城全面推行建设小集中式扶贫搬迁小区32个，建成公租房扶贫搬迁小区2个，搬迁贫困农户近300户，解决了28户特困户的居住问题。

扶贫搬迁是扶贫工作的一个重要手段，为的是彻底解决贫困山区农民的生存环境和居住环境，实现安居乐业。

河口乡黄土岗村位于远安县最北端，与襄阳市南漳县接壤，地处偏僻，山大人稀。全村面积仅20平方公里，2012年以前，黄土岗村贫困农户数量大，贫困人口达350多人，贫困发生率高达48%，全村99%以上的农户居住在土坯房里，80%以上的房子已成危房，还有近20%的房子已经部分垮塌。为改变黄土岗村人的居住环境、改善贫困现状，县、乡两级在充分调查研究和广泛征求民意的基础上，确定了小集中式扶贫搬迁和公租房扶贫搬迁双管齐下的扶贫安居思路，使贫困户实现了住有所居、居能乐业的梦想。

2015年11月，习近平总书记出席中央扶贫开发工作会议并作重要讲话，在提到要解决好"怎么扶"的问题，他强调要实施"五个一批"工程，其中第二条就提到了"易地搬迁脱贫一批，贫困人口很难实现就地脱贫的要实施易地搬迁，按规划、分年度、有计划组织实施，确保搬得出、稳得住、能致富"。

2015年12月8日，国家发展和改革委员会、扶贫办、财政部、国土资源部、人民银行等五部门联合印发《"十三五"时期易地扶贫搬迁工作方案》，明确用五年时间对"一方水土养不起一方人"地方的建档立卡贫困人口实施易地扶贫搬迁，力争在"十三五"期间完成1000万人口的搬迁任务，帮助他们与全国人民同步进入全面小康社会。

2020年11月3日，国家发展改革委发布《关于全国"十三五"时期易地扶贫搬迁典型案例的通报》，择优遴选一批全国"十三五"时期易地扶贫搬迁典型案例，包括100个搬迁工作成效明显县、200个搬迁工作担当有为集体、200个美丽搬迁安置区、300名奋进易地搬迁干部和400名励志易地搬迁群众。

易地扶贫搬迁是在实践基础上探索出的一种扶贫模式，对精准脱贫具有重要意义。

产业扶贫：稻鸭香米香喷喷

解决农村的贫困问题，需要因地制宜地发展特色产业，有了产业，农村的生活才有了奔头。

这里是大别山腹地的革命老区大悟县三里城镇的望山村，望山即望高山之意。这里处于北纬30度，风景秀美，物产丰富，享有"中国乌桕之乡""中国板栗之乡""中国名茶之乡"的美誉；稻田景观获评"中国美丽田园"。这里的水稻生长周期长，光照充足，昼夜温差大，水源纯净充足，远离工业区，无任何污染，实为天然稻米之最佳产地，自古就有"三里城出米仁"的美誉。传说中王母娘娘随玉皇大帝南巡，曾下榻娘娘顶，当地的老百姓把自己种的稻米送给玉皇大帝和王母娘娘品尝，向来饭量很小的王母娘娘看到这颗粒饱满、色泽晶莹、清香可口的米饭连吃了两大碗，故此处所产之米又称为"娘娘米"。

望山村是个大村，有13个组、16自然湾，1700多人，有田地2750亩，山林3017亩。800余亩栽种的是油茶、青茶，其余是松树间杂枫树的自然林。这里风景秀丽，自然风光迷人。

正因为当地有出好米的佳话。十年前，望山村曾经当过退伍兵的农民钟修平和返乡创业的儿子，决定发挥当地优势做好"米"文章。通过摸索，他们采用独特的稻鸭共育模式，利用鸭子在稻田里除草、除虫、中耕施肥。稻田里不施任何化肥、农药，生产的稻米更加生态环保，口味醇正，清香可口，品质上乘。这种模式种植出来的稻香鸭米深受消费者的喜爱，已畅销全国各地。而鸭子也不用喂饲料，就吃稻田里的草和虫子，天然长成，也是生态环保鸭，年底也能卖个好价钱，县城各大酒店、餐馆纷纷抢购，一时供不应求。

2011年，钟修平成立中旺农机服务农民专业合作社，长期流转耕地3000亩，从业人员56人，季节性从业人员120人，带动精准扶贫对象户。"稻鸭香米"在2016年被农业部中国绿色食品发展中心认定为绿色食品A级产品。

从国家大的生态环保层面上来看，老钟的合作社也是在为社会做贡献。过去，农民过量使用化肥和农药，导致地力下降，土壤板结，粮食减产，品质降低。长期过量使用化肥、农药使农业发展一度陷入了困境。而且，农药污染也是有目共睹的。

再看看老钟合作社种植的区域，河沟里的水是清的，而且能看见鱼虾嬉戏其间。如果全国农村都像老钟的合作社一样，探索出立体的、环保的种养殖模式，利用生态链条，重视农业环保，肯定能走出一条可持续发展的产业之路。老钟的合作社可以说是走在了农业发展改革的前列。

当然，"酒香也怕巷子深"。好的产品一定得加大宣传力度，让更多生态环保的稻鸭香米走上普通老百姓的餐桌。

说起这些，驻村帮扶工作队可没少出力。

孝感市司法局精准扶贫工作队自驻望山村以来，他们帮中旺的稻鸭香米出主意、找销路，既推荐中旺的产品参加各种农产品展销会，提高产品品牌的影响力和知名度；又通过电商平台广泛宣传，拓展销路，还帮助合作社扩大种植规模。为了帮助老钟的合作社周转资金，扶贫队长把自己家里的存款都拿出来支持合作社了，这才救了老钟的急。

不仅如此，驻村工作队还组织有关单位为完善产品达标而努力，请有关部门论证，提供检验报告，申办绿色食品证书，既是对稻鸭香米品牌的宣传，又是对产品质量的监督，为企业以后走向市场、提高竞争力积极献计献策。他们还利用法律手段帮助老钟的合作社完善机制，保护稻鸭香米的品牌。

第三章　春风春雨　润民无声

工作队在驻村期间帮助望山村做了很多实际工作。作为司法部门的工作队，他们利用自己的业务优势，在群众中多次开展法治教育和法律宣传，而法治意识淡薄恰是农民的特点。自工作队驻村以来，村里再没有发生过打架斗殴的事情，更没有发生过刑事案件。邻里和睦了，互相帮助的好人好事多了，村风也变好了。

如果是一个完全不了解这个村庄情况的人，在这里是做不好工作的。就是一个最简单地去村民家调研，都有可能吃闭门羹。

驻村工作队关心每一位村民的生产生活状况：对在外打工的家庭、农忙时节家里没有人手的，他们就主动去帮忙，还亲自打电话给外出打工的，问他们在外过得怎么样？身体好不好？有没有困难？由于到村民家去得勤，湾子里的狗见了他们都不叫。村民称赞说："毛泽东时代的工作队又回来了！"

望山村支部书记说："村里有一个好的农业企业，一个好的农业合作社，就能带动一大片农民致富。又加上有一个好工作队，我们村能不发展吗？"合作社老钟的儿子钟锐说："企业发展了，合作社壮大了，还帮助当地农民一块种植稻鸭香米，让他们的粮食都卖个好价钱。"

2017年11月17日，为期四天的第十四届中国武汉农业博览会在武汉国博中心拉开帷幕，大悟县的农特产品亮相博览会，受到广泛关注。在大悟展区，生态环保的稻鸭香米引来了众多顾客的驻足品尝，销量一直很好。

2017年12月16日，荆楚美味年终评选活动圆满结束，共评选出10家"荆楚美味之湖北十佳地标好网货"、40个"荆楚美味之湖北好网货"及6家"荆楚美味之特别推荐地标好网货"。稻鸭香米入选荆楚美味之湖北好网货。

好产品终究要走出深闺，走向世界。

2018年2月8日，大别山稻鸭香米参加了上海新春农产品大联展，走上了上海市民的餐桌！

2018年6月25日，大别山稻鸭香米参加了在北京举办的全国贫困地区农产品产销对接行动暨首场产销对接活动，受到了经销商的青睐。

2018年8月6日，稻鸭香米又参加了在河南省驻马店举办的第二十一届中国农产品加工业投资贸易洽谈会暨中部六省绿色食品展销会，获得广大消费者的一致赞誉。

驻村工作队长卜林说："老钟的合作社在农业上走生态、走环保、走特色、走高端，这是很有眼光的，这也是中国农业发展的方向。尤其是目前粮价走低，粮农积极性都受到挫伤，但老钟的稻鸭香米不受影响，反而一路走好。这说明老钟的种植经营模式和思路是对的。"

在同驻村工作队长、第一书记卜林探讨农业发展时，卜林感叹地说："我驻村时的确发现农村存在许多问题，现在农民不爱土地，身为农民，不爱农村，不重视农业。你是写报告文学的作家，你肯定也看到了。是的，农业效益比较低，种田亏本，都到外面打工去，而一旦打工经济疲软了，他们怎么办？最终要回农村吧！但60年代的农民老了种不了田，70年代的农民不喜欢种田，80年代的农民不会种田，90年代的年轻农民不谈种田。农村种田断档，后继无人。这是一个非常残酷的现实。而中国是一个农业大国，有8亿农民，不搞农业干什么？就是城市化率达到一半，也还有7亿人要种地，不种地吃什么？所以只有像老钟这样的人来种地，农业才有希望，乡村才能振兴。"

"现在，我驻村时看到，农民只会种植传统稻谷，粮价自然低迷，农民就只种点口粮田，其余全部抛荒，大量的耕地被浪费了。老钟的合作社就把他们抛荒的田地都流转过来。把流转来的田地用机械化的方式种好，还让农民在合作社打工，过年还有优质好米吃，农民还能不满意吗？农民都乐呵呵的。开始也有农民不理解，后来发现老钟的合作社是动真格的，大部分农民主动找他，把田给他。所以，老钟的合作社越来越壮大。"

现在国家提出乡村振兴战略非常及时，农田荒芜了，农村破败了，农村要发展，乡村要振兴。事关国家的兴旺发展！正如乡村振兴二十字方针说的"产业兴旺、生态宜居、乡风文明、治理有效、生活富裕"。望山村也可以说是乡村振兴的典范。

随着脱贫攻坚战的胜利收官、乡村振兴战略的全面实施，一个天蓝水清、洁净环保的新型农村离我们也不远了。

望山村党支部副书记兼村委会常务副主任、中旺农机服务农民专业合作社社长钟修平也谈道："如果我的稻鸭香米打出了牌子，打开了销路，我肯定要扩大种植，在周边流转更多的土地，让更多的农民加入合作社，按我的种植模式和技术统一种植、统一管理。既带动了农民致富，又让农业兴旺起来，成为一个有奔头的产业。"

是的，乡村振兴最关键的是产业兴旺，最核心的是农业发展。大宗农产品要品牌化，高、中低端的农产品也要品牌化，要走品牌化、品质化的发展道路。特色农产品要高端化，因为特色农产品是独特的稀缺资源。科技创新要绿色化，不仅要产量，而且要质量。

生态扶贫：绿水青山变"金山银山"

2015年8月，时任浙江省委书记的习近平首次提出"绿水青山就是金山银山"。后来他多次强调，决不能以牺牲环境为代价换取经济的一时增长，既要金山银山又要绿水青山；不仅要"富一代"，更要"富世代"。靠山吃山，虽然能够暂时获得一点眼前利益，但解决不了"富世代"的问题。靠山吃山而不养山护山，最终会毁掉绿水青山，失去我们的发展之本、生存之根。

十五年过去了，这一绿色发展理念已成为全党、全社会的共识和统一行动，也成为各地脱贫攻坚战的主要发力点。

2011年12月6日，《中国农村扶贫开发纲要（2011—2020年）》发布，国家将六盘山区、秦巴山区、武陵山区、乌蒙山区、滇桂黔石漠化区、滇西边境山区、大兴安岭南麓山区、燕山—太行山区、吕梁山区、大别山区、罗霄山区等列为我国14个集中连片特困地区，作为扶贫攻坚的主战场。这14个集中连片特困区与我国林业草业施业区、生态脆弱区域、深度贫困地区高度耦合。所以说，这14个集中连片特困区既是脱贫攻坚的主战场，也是林草建设的主阵地。这些地方的扶贫攻坚，势必要另辟出一条有别于其他地方发展的新路子。"既要绿水青山，又要金山银山"，紧紧围绕这一发展理念，各地立足省情，将一座座绿水青山变成了一座座金山银山。

全国14个集中连片特困区中，其中滇桂黔石漠化区和滇西边境山区都与云南有关。云南多山，是名副其实的"山地大省"，山区占全省面积的 94%。云南的深度贫困地区既是经济发展的滞后区，又是生态脆弱区。这里山大沟深，交通不便，信息闭塞，观念落后……山区发展面临着一系列的问题，也成了脱贫攻坚战中最难啃的一块"硬骨头"。但这真的是云南发展的"包袱"吗？云南全省的森林面积达 3.43 亿亩，森林蓄积量 19.3 亿立方米，蕴藏着巨大的发展潜力。实践证明，立足于山唱好"山"歌，立足于林做好"林"文，就能带领云南走出"资源富区、经济穷区"的怪圈，将座座"青山"变成座座"金山"！

这不，在云南就有这样一个将"林子"变成"票子"的致富故事：

2019 年 2 月 25 日，《云南日报》刊登了《青山变"金山"果子换"票子"——云南"绿色扶贫"拓宽山区脱贫路》的文章，讲述了云南省通过对省情、山情、林情的具体分析，实施重大生态工程建设、大力发展生态绿色产业、创新生态扶贫方式等举措，一步步走上脱贫致富与生态保护"双赢"的希望之路。

曲靖市师宗县五龙乡山林面积达 48.6 万亩，森林覆盖率达 57.8%。地形是西北高、东南低，特殊的地形地貌形成了"一山分四季，十里不同天"的景致，素有"小西双版纳"之美誉。与这里优美风景形成鲜明对比的是，这里还有相当多的贫困户。村民刘亚邦就是其中一位，原先他靠砍柴卖钱度日，日子过得紧巴巴的，贫困像个影子一样始终跟着他。自从云南省实施天然林保护、退耕还林、生态修复治理等国家和省级生态工程后，政策和资金向这里倾斜，刘亚邦的日子也发生了天翻地覆的变化。记者采访时刘亚邦说："如今，每年发 5000 多元钱，政府让我们把山林管好；2015 年，政府每户补助 5 万元参与新农村建设，村里家家盖起了新楼房；我家又搞起农家乐，旅游旺季一天有几十桌客人；到了雨季就捡菌子卖，现在家里年收入可达二三十万元，日子越过越甜。"

刘亚邦的话是发自肺腑的，与以前靠山吃山的日子相比，每年有 5000 元稳定的护林收入，家里的居住条件改善了，还经营着自家的农家乐，可不就是日子越过越甜吗？

我国的贫困山区之所以贫穷落后，根本原因就是没有找到一个来钱的路子。一方面大山深处蕴藏着丰富的资源，另一方面生活在这里的老百姓长期以来没有找到一个合适的发展路子，终究还是脱贫无望、致富无门。

云南省在如何让山区脱困方面还是下了一番功夫的，最后达成的共识是："只有山林活起来，林产业强起来，让'青山'变'金山'，'果子'换'票子'，山区贫困群众长远脱贫才有希望。"问题找准了，方法自然也就找到了，接下来就是如何将资源优势转化为财富优势了。

在当地的生态环境不受破坏的前提下，云南省鼓励适度、适当地开展林下种植、林下养殖和采集加工等产业，以产业谋求发展。一时间，在广袤的林区，政府积极鼓励贫困户在林下种植三七、天麻、石斛、野生菌、森林蔬菜等，养殖鸡、猪、牛、羊、蜂等。林下经济是发展起来了，但这还远远不够，如何把这些种的野生菌、蔬菜、中药材，养的鸡、猪、羊等运出大山销售变现又成了一大难题。

为了解决这些贫困户的后顾之忧，各地纷纷成立产业协会和林农合作社，积极利用山外企业的资金优势、技术优势、人才优势和渠道优势，企业管技术、管销售，农户管种植、管养殖，探索出了"公司建基地、基地联农户"的合作模式，二者风险共担、利益共享。贫困户的后顾之忧没有了，种养殖的积极性自然就高了，发展后劲也就更足了。据统计，2018年"云南省林下经济的经营面积达6800万亩，产值650亿元，林下经济成了山区群众的'财富洼地'"。山区群众"不砍树也能致富"了。

贫困山区是脱贫攻坚战中最难啃的"硬骨头"，依靠单一的产业模式绝对解决不了贫困问题，而是要多点发力，齐头并进，才能激发出山村巨大的发展潜力和发展后劲。众所周知，旅游业是生态优势转化为经济优势最直接、最高效的途径，也是带动增收最快捷的通道。近些年来很时兴的山村生态旅游，就是其中的一种。城市生活节奏快、压力大、烦恼多，都市人人心中都有一个"桃花源"，节假日、周末等闲暇时节都想寻找一个鸟语花香、绿水青山的静谧之地，暂时安放疲惫的身心。绿树萦绕、群山环抱的山乡成了人人向往的旅游胜地。

云南省怒江州贡山县丙中洛山脉葱绿，山峰险峻，环江而立，江水轻柔，顺山势急转，形成了一个半圆形大湾，被称为"怒江第一湾"。位于丙中洛的茶腊村就是一个典型的"三区三州"深度贫困村。原来，这里一直是"养在深闺人未识"。自从扶贫力度逐步加大以来，基础设施不断完善，路修通了，与外界的联系也密切了。丙中洛成为国内外游客的热门打卡地。新华社记者采访了脱贫致富的典型——丙中洛镇茶腊村村民赵德江，他说来的游客都说这里山好水好风景好，慕名而来的人也越来越多。几年前，赵德江瞄准商机，将自家老房子改造成农家乐，招待游客吃饭。刚开始没钱装修，农家乐显得有些寒酸。令他没想到的是，游客不但不嫌弃，回去之后还为他"打广告"，从此游客源源不断。2017年，赵德江率先脱贫，还依托旅游扶贫示范户项目扶持，带动了周边7户建档立卡户就业。他又在菜园里种上瓜果蔬菜，客人来了亲手采摘；装修了几间客房，配备了独立卫生间；琵琶肉、石板粑粑等特色美食成了游客的必点菜肴……经过摸索，他家的农家乐慢慢做出了特色。加上发展种植养殖，赵德江一年能有近十万元的收入。2019年9月，赵德江被评为云南省的"光荣脱贫户"，代表怒江州领到了"奖状"。在赵德江的带领下，茶腊村吃旅游饭的村民越来越多。

生态旅游是一条可持续发展的路子，既保护了绿水青山，又带动群众可持续增收。在乡村振兴战略中，生态旅游也必将释放出巨大的发展潜力。

利用山林自然风景发展生态旅游的例子还有很多，如大别山西麓的大悟县三里镇西大山中，有成片成片的野生樱桃树。每年3月初，满山遍野的樱花怒放，这里简直成了花山花海。一株株樱花迎风招展，艳若云霞，蔚为壮观，成为大悟县一道独特的风景，前来观赏樱花的游客络绎不绝。八年前，回乡创业的付光辉在山脚下的老房子处开起了"光辉农庄"，供人们休闲、垂钓，开展乡村游。他家旁边就是烟波浩渺的露家冲水库。平时，人们来这里欣赏湖光山色，他购置一条小木船，带游客荡漾在湖水里，欣赏这里美丽的湖光山色。游罢归来，游客又在他的小竹楼里品茶聊天，美哉悠哉！在樱花盛开的时候，来农庄就餐、住宿的游客络绎不绝。他全家上阵都忙不过来。周围的村民看到商机，都纷纷仿效，开起了数十家农庄和农家乐，成了大悟县旅游扶贫的一个亮点。

医疗扶贫：让每一个农民都能看得起病

前些年有这样一些顺口溜："救护车一响，一头猪白养。住上一次院，一年活白干。""十年努力奔小康，一场大病全泡汤。""小病托、大病扛，拖拖扛扛见阎王。""因病致贫、因病返贫"的现象在农村曾屡见不鲜。前些年，老百姓不敢生病，即使生病了也不敢去医院看病，高昂的医疗费让他们望而却步。在2016年召开的全国政协第十二届全国委员会常务委员会第十六次会议上，时任福建省政协副主席陈绍军说：

> 国务院扶贫办资料显示，全国贫困农民中因病致贫的占42.4%，这一情况在农村贫困人口居多的地区更为明显。
>
> 究其原因，与以下问题相关：一是医保报销比例低、范围小、渠道窄，对极其贫困人群缺乏差异化的保障政策。二是患有慢性病的贫困户占比高达52.7%，因患糖尿病、冠心病等长期慢性病，由于无法住院治疗，其报销范围有限，长期治疗，费用高昂，患者不堪经济支出重负。三是26%的因病致贫返贫家庭无劳动力。
>
> 为此建议：一、把健康扶贫纳入深化医改的重点任务。在医改试点地区的选择和大病保险等方面向贫困地区加大倾斜力度。二、加大医疗卫生供给，为农村贫困人口提供有效便利的医疗卫生服务。加强贫困地区医疗卫生基础设施建设和人才队伍建设，可通过定点帮扶和强化培训两手抓来完善农村全科医生队伍。强调预防为主，注重公共卫生，切实解决好慢性病、地方病、传染病、精神病、职

业病等疾病的源头防控。三、完善医疗保障和医疗救助制度，用精准保障为民生"托底"。首先，提高贫困农民基本医疗保险和大病保险的保障水平，提高报销比例，增加糖尿病、冠心病等长期慢性病的报销范围。同时，医疗救助应与大病保险无缝衔接。推广大病保险与农村医疗救助"一站式服务"，实现对贫困人口医疗保险和救助费用即时结算。此外，充分发挥社会组织作用。发挥社会公益慈善组织力量，共同推动健康扶贫事业发展。

20世纪六七十年代，农村经常能看到身背红十字药箱的"赤脚医生"。"赤脚医生"是一群仅经过简单培训的"编外医生"。他们半农半医，凭着极其简陋的医疗设施走家串户，为老百姓疗伤治病。20世纪70年代上映的电影《春苗》《红雨》讲的就是农村"赤脚医生"的故事。

随着时代的发展，"赤脚医生"慢慢地淡出了我们的视线，退出了历史舞台。农民们看病往往去乡镇卫生院或县城里的大医院。我国相当一部分乡镇建有卫生院，但说实在话，乡镇卫生院的人才比较匮乏，医疗设施也极其落后，远远满足不了广大农民的健康需求。据卫健委公开数据表示：截至2018年底，全国还有46个乡镇没有卫生院，666个卫生院没有全科医生或执业（助理）医师；1022个行政村没有卫生室，6903个卫生室没有合格村医；1495个乡镇卫生院、24210个村卫生室未完成标准化建设。

农民身体不舒服，先是扛一扛，实在扛不过去了再随便买点药吃。如果吃药也不管事了，他们才想到去医院医治。这样一来，原本是小病，结果被拖成了大病，大病也被拖成了重病。"大病拖，小病挨，重病才往医院抬"，这句流传甚广的话曾一度是农民上不起医院、看不起病的真实写照。云南省急救中心的一名医生说："在与病人的广泛接触中，我深切感受到农民无钱治病的痛苦，很多人'小病拖大，大病拖垮'，更谈不上无病预防了。"这种情况在农村真的太普遍了。尤其是贫困地区的农民，一旦家里有人生病，对本来就拮据的生活来说无异于雪上加霜。因病致贫、返贫的家庭不在少数。

无钱医治、举债治病这样的故事在农村前些年并不少见。2011年，中共中央、国务院印发《中国农村扶贫开发纲要（2011—2020年）》中提道："到2020年，稳定实现扶贫对象不愁吃、不愁穿，保障其义务教育、基本医疗和住房。"这被称为"两不愁，三保障"。因病致贫问题已成为党和政府重点关注的对象。"民生是最大的政治。"自从实施精准扶贫以来，特别是"985"（"9"指贫困人口个人住院医疗费报销90%，"8"是指大病、慢性病门诊医疗费报销80%，"5"是指年度个人承担医疗费不超过5000元）健康扶贫兜底政策，从根本上解决了农民因病返贫的难题。《精准扶贫故事四（医疗）篇：医疗扶贫燃起患者生的希望》（2019年7月"今日黄州"）中讲述了吴大爷的故事：

> 吴大爷家里一贫如洗，长期靠自种的几亩芝麻地每年卖的几千块钱来维持生活。由于无法忍受长期的贫困生活，妻子早在20年前就抛弃吴大爷离家出走了，至今杳无音讯。儿女又都长期在外打工，无法顾及家里。这几年，由于生病，（吴大爷）彻底断了收入来源，花光了积蓄，还要靠举债治病生活。
>
> 然而，事情很快就有了转机，村里有人告诉吴大爷："最近国家出了政策，像你这样的情况可以去申请医疗精准扶贫，由国家来出钱帮你治病。"
>
> 听到这个消息，吴大爷赶紧联系了村里干部仔细了解情况。最终，在村干部的帮助下和相关工作人员入户实地核查后，吴大爷申请的医疗精准扶贫成功地通过了审核。
>
> "现在好多啦，自从入院后，国家给我报了大部分费用（90%），这让我整个人压力小了很多。医院的水平也很高，我现在病情也已经完全控制住了。我之前一直行动不便，医生和护士平时也都对我

很照顾,最近身体也在慢慢康复,医生说等过段时间好了就可以出院了。"吴大爷笑着说道。

让每个贫困农民都能看得起病,让每个农民能够得到基本医疗服务,切实减轻农民看病的经济负担:这是我国医疗扶贫政策的初衷。

随着精准医疗扶贫政策的实施,广大农村"因病致贫、因病返贫"的情况基本得到解决,广大农民能看得上病、看得起病,也能看得好病。正是由于有了新农合、大病医疗救助等医疗兜底政策,农民们不再谈病色变,而是积极面对,积极治疗。记者李爱平采写的《精准扶贫的内蒙古模式:让每个农牧民都能看得起病》,就报道这样一个故事:

宿红秋是内蒙古自治区通辽市敖力布皋镇人,2013年11月被查出乳腺癌早期,她直言一下子"天塌地陷"。在随后的治疗中,所有亲戚倾囊相助,到目前病情已得到控制。

不过,真正令她无后顾之忧的是,当地政府"边治疗与边报销"方式,让她共计40万(人民币,下同)的高额治疗费,"很痛快地报销了20万"。

给予她的惊喜是,"按规定治疗中使用的19瓶曲伐珠单抗不在报销范围",但当地政府按照新农合保底政策却给她报销了22600元。

与她同享此"红利"的是60岁的宿铁山。宿铁山是她的父亲,两人前后患癌症不到一月。

宿铁山说,在近三年中,患食道癌的他,前后花销医药费14万,当地政府按照70%以上的报销标准给他报销了9万多元。

这对"难父难女"在接受记者采访时均表示,这样的报销标准,是两人没想到的。"以前最多能报销50%,一些药根本报不了。"

宿铁山父女不幸的是双双罹患癌症，但幸运的是因为有精准医疗扶贫政策，他们不再为几十万元的医疗费而愁眉苦脸了。身体健康对于个体来说是头等重要的大事。全国有千千万万个和宿铁山一样经历的农民因医疗持贫兜底政策得到及时救助，能够以乐观平和的心态面对疾病，重燃起生活的希望。

扶贫资金：助力乡村谋发展

太行山区和大别山区、武陵山区、黔东南大山一样，属于我国深度贫困区。在脱贫攻坚奔小康的征程中，各省在深入调查研究的基础上，对贫困原因进行仔细的分析、研判，区别对待，精准施策，不断创新扶贫脱贫方式方法。缺产业的帮助发展产业，缺技术的送技术上门，缺人才的培训人才，缺资金的提供发展资金……随着这一系列扶贫政策在华夏大地上落地生根，一个又一个贫困户迈开双腿，大步走在脱贫致富奔小康的大道上。

扶贫互助资金就是这一系列助力脱贫攻坚政策中的一种。在建档立卡的贫困户中，有些贫困户自身有强烈的脱贫愿望，但就是苦于没有可以支撑其梦想的启动资金，还在贫困线上苦苦挣扎。扶贫互助资金就是解决这一难题的金钥匙。作为一种扶贫方式，扶贫资金对于贫困户来说无异于雪中送炭。

2013年初，山西省方山县扶贫办确定峪口镇圪针湾为首个村级互助资金试点村。通过互助资金扶贫，圪针湾焕发了新的生机，呈现出一派欣欣向荣的气象。2013年—2014年，圪针湾共拿出24万元作为扶贫互助资金，其中国家补助15万元、自筹9万元。要想获得扶贫互助资金资助，户主需先提出申请，经村互助资金管委会审核，可自选种、养、加工、运输等项目。经过申请、审核等流程，全村73%的农户都得到了扶贫互助资金的资助。

在互助资金项目运作过程中，方山县扶贫办严格程序，督查跟踪服务，村互助资金管委会严格资金管理，规范操作，村民真正享受到扶贫政策带来的实惠。

为此，《山西日报》记者王建、李乃全与方山县扶贫办的工作人员一道对圪针湾村受到互助资金帮扶的部分农户进行了回访：

在村干部的带领下，记者首先来到张爱民家。张爱民与老父亲正在打扫牛圈，见有人来了，他俩急忙放下手中的活计，招呼记者一行。待村干部说明来意后，张爱民父子脸露笑容，紧紧地握住记者的手。他说："我是2006年受到扶贫贷款救助的。那年，县扶贫办在镇里举办养殖培训，鼓起了我养奶牛的勇气。我又从亲戚朋友们那里借了7000元，选购一头乳牛饲养。一开始的那半年，由于经验不足，乳牛不下牛犊，几乎没有赚到钱，但也没有赔。在县扶贫办工作人员的帮助下，我通过学习，提高了科学饲养的水平。第二年下了两头牛崽，收入也在逐年增加。去年，县扶贫办又在村里搞互助资金试点，我积极报名参与，享受到4000元小额贷款，便又凑钱买了一头奶牛和一台切草机，能节省人力，腾出时间让媳妇干些农活。去年下来，我仔细算了一下，赚了8600多元。现在国家又取消了农业税，无形之中我们家又增加了一部分收入。扶贫互助资金帮我解决了想致富但没本钱的困难。如今，我的兜鼓起来了，腰也挺直了，媳妇也不对我乱发脾气了。"

随后，记者来到该村第一互助组长刘改兰的家中。几年前，刘改兰的家因为婆婆多病而四处举债，家境十分困难。2005年，她利用扶贫小额贷款救助的2000元作为启动资金，开始养猪，两年获利5000元。加上农业收入，她已经还清了贷款和债务。刘改兰去年又借助扶贫村级互助资金试点到村的优越性，她第一个报名入组，搞起农产品加工业，享受互助资金3000元。她又多方筹资几千元添置设备，整修了设备用电线路，仅去年冬季就磨面碾米达70吨，盈利

3000多元，逐渐摆脱了贫困。为表达对互助资金试点的感激之情，她亲手写了一副对联贴在大门上，上联是"互助金送来党温暖"，下联是"农加工伴我奔小康"，横联是"党恩难忘"。

以前，有部分贫困群众想通过创业改变贫困处境，但苦于没有启动资金，所以是致富无门、脱贫无望。如果向银行抵押贷款，利息也是一笔不小的支出，所以创业致富的念头也只是想想而已。这下好了，有了扶贫互助资金支持，这一问题就迎刃而解了。只要家家户户的小产业发展起来了，还愁摆脱不了贫困这顶压在头上的大帽子吗？

脱贫致富，是一项"政绩工程"，更是一项"民心工程"，工程质量的验收者应该是老百姓，是群众说了算。脱贫致富的成绩到底如何，可从老百姓的衣食住行中反映出来，也可从老百姓的精神状态中反映出来。

"小康不小康，关键看老乡"，这是多么简单而朴实的真理啊。

电商扶贫：土味山货要进城

2012年的中央一号文件首次提出，要"充分利用现代信息技术手段，发展农产品电子商务等现代交易方式。探索建立生产与消费有效衔接、灵活多样的农产品产销模式，减少流通环节，降低流通成本"。此后，每年的中央一号文件都将在农村发展电子商务作为重点。特别2015年的中央一号文件提出"开展电子商务进农村综合示范"，使农村的电子商务形成遍地开花的良好发展势头。昔日藏在深山密林中的土特产搭上电商平台的翅膀，很快飞向全国各地，给农民带来了实实在在的收益，成为近些年来农村脱贫致富的一大亮点。

扶贫济困，网络先行。从电商扶贫的实际效果看，农村电商将线上线下两个平台有机融合，实现消费品下乡、农产品进城的"双向流通"。农村是一个十万亿级规模的消费市场，广阔农村大有作为。

湖北恩施土家族苗族自治州拥有世界上唯一探明的独立硒矿床和全球最大的天然富硒生物圈，拥有品种众多的优质富硒农产品，如富硒大米、富硒茶叶、葛根粉、蜂蜜、葛仙米等。这些农产品的市场需求量很大。但由于过去恩施交通基础设施建设滞后，产业发育不充分，交通不便，信息不灵，这些富硒产品长期处于"养在深闺人未识"的状态。自从电商进驻恩施以来，农民足不出户就可以通过网络平台将自家的东西销出去，将农村的小市场与外面的大世界有效连接起来。从某种程度上说，电子商务已切切实实成为农民增收的"钱袋子"。

为了让更多的富硒农产品走出大山、销向全国，恩施按照"互联网+"的发展思路,采取以奖代补方式,支持从事富硒农产品生产、加工、销售的小微企业入驻有影响的网络销售平台。短短的几年时间里,恩施农村的电商异军突起,淘宝、京东、苏宁易购等知名网购平台已开办恩施馆。为了避免盲目生产而导致的市场滞销问题,恩施通过"公司+合作社+基地+农户+交易平台"的模式,根据市场行情引导贫困户进行规模化种植和计划性生产,切实保障农民的利益。为了适应新形势发展的需要,恩施为农民免费提供电脑、培训、提供业务指导等,鼓励支持贫困户开网店,变身为电商,成为有知识、有文化、懂技术的新型农民。恩施龙凤新区供销专业合作社负责人向春华就是一位农村电商达人,他在2017年接受记者采访时说道:"今年,我们每个月销售额都超过80万元,这还只是线下交易,线上的一个月也有6万多元!""能有今天,多亏政府的引领,让我收获了电商的果实!"农村电商逐渐成农村经济发展的新引擎。致富不忘乡亲,向春华还带动龙凤镇大转拐村村民吴锡柱走出了贫困的泥淖。吴锡柱曾由衷地说:"80岁的老妈没有劳动力,爱人也病恹恹的,还有两个娃上大学,不是跟着春华做电商,我哪有出路?"

甘肃陇南县地处秦巴山区、青藏高原、黄土高原三大地形交会区,东接陕西,南通四川,扼陕、甘、川三省要冲,素有"秦陇锁钥,巴蜀咽喉"之称谓。境内地形复杂,高山峻岭与峡谷、盆地相间。陇南是一个贫困面大、贫困人口多、扶贫难度大的深度贫苦地区。陇南是甘肃省唯一全境位于长江流域的地级市,自然生态良好,物产资源丰富,拥有核桃、花椒、油橄榄、中药材等众多特色"宝贝"。长期以来,因山大沟深、交通不便、信息闭塞,陇南的大部分"宝贝"就藏在深山密林里。当地群众守着金娃娃,却穷得叮当响,处于抱着金饭碗讨饭吃的尴尬境地。

2013年底,陇南市决定以电子商务作为脱贫攻坚的突破口,经过一次次的摸爬滚打、攻坚克难,电商扶贫的"陇南模式"成功诞生了,如今呈现出了一番欣欣向荣的发展景象。陇南市一批走出去的青年借助于互联网的优势，开辟了"互联网+农业"的发展新天地，苹果、核桃等特色农产品在网上打开了销路，这给务了大半辈子农的"果一代"开启了新的致富大门。农村电商让陇南市的农民们逐渐摆脱了贫困。由于电商扶贫效果明显，陇南市还因此荣获2015年的中国消除贫困创新奖。日益壮大的农村电商让这个贫困市步入了新发展阶段，一场农村传统观念的变革也在此悄然打响。

通过互联网平台，核桃、花椒、油橄榄、木耳等特色农产品走出深山，走向全国。陇南实现了优势资源与外部市场的精准对接。互联网平台打破了信息流瓶颈，带动人流、物流和资金流等要素的聚集，改善了产业集群规模小、实力弱和集约化程度低的状况。农村的电商经济已成为新的经济增长点和农村发展的新引擎。

在2016年的全国两会上，精准扶贫是代表委员们最关心的话题。在"互联网+"的大环境下，如何更好地通过电商平台帮助贫困地区快速脱贫致富，全国人大代表、湖南娄底新化县曹家镇展望村村委会主任杨娟娟建议，应将电商消贫纳入各地扶贫工作的规划，专项扶持，专人推进，同时推动贫困地区与第三方电子商务平台进行对接。实施优惠的落地政策，建立广泛的农村电子商务服务网点体系，加快贫困地区居民融入互联网的速度，推进消费品下乡、农产品进城，从而带动贫困地区脱贫致富。

"互联网+特色产品"，无疑为解决"富饶的贫困"问题提供了绝佳方案。利用互联网这个无形的通道与平台，偏远山区的特色产品摆脱交通运输的制约，能在全世界寻找买家，借此"出山"。电商平台除了"一对一"的买卖外，它还能有力地促进山区群众的思想解放和观念的快速转变，使他们能更方便地与外部广阔的世界沟通交流。

"把路修好、把基础设施建好，东西卖不出去也白搭，而这恰恰是农村电商可以大有作为的地方。"一直关注扶贫工作的国务院参事汤敏认为，传统意义上的"土货进城"链条太长，城里人没少花钱、农村人没得到实惠，而农村电商能够省掉中间环节，直接帮农民创收。但是在这个过程中需要政府提供政策引导、企业搭建平台，以及社会方方面面共同参与。

2015 年，国务院扶贫办把"电商扶贫"列入"精准扶贫十大工程"。2015 年 11 月 9 日，国务院办公厅印发的《关于促进农村电子商务加快发展的指导意见》中指出："农村电子商务是转变农业发展方式的重要手段，是精准扶贫的重要载体。"2014 年至 2016 年，中央财政安排 84 亿专项资金，聚焦农村物流配送体系、农产品上行销售、电商培训三大主线，支持 496 个县发展电子商务。国家邮政管理局启动"快递下乡"工程，建立重点地区快递准时通报制度。2016 年，快递网点在农村覆盖率超过 70%。2017 年，全国快递网点乡镇覆盖率达 87%。2018 年，全国快递网点乡镇覆盖率已超过 90%。2019 年，全国乡镇快递网点覆盖率达 96.6%。2020 年，我国乡镇快递网点覆盖率超过 98%。

事实证明，指导贫困村、贫困户开网店，土味山货借机出山，一定能带动贫困村、贫困户自我发展理念的转变，使本地农特优产品利用网络平台实现购销对接，农村购销信息不畅通、农产品销售难的问题得到有效解决，拓宽销售渠道，打造助农增收新引擎。

越来越多的农村青年在"触网"中站稳脚跟，在"淘宝"中成长成熟，在"网购"中成为行业新锐。电商扶贫已成为农村脱贫致富的一股不可忽视的力量，在推进精准扶贫和新型城镇化建设中发挥了更为重要的作用。

扶贫+扶志：挖穷根更要挖脑根

早在20世纪80年代，著名报告文学作家麦天枢在《西部在移民》"老儿子之三"里写了这样一段故事。这个故事太典型了，几十年过去了，它仍代表了一些农村贫困户的真实想法和生活状态。现在读来，仍是叫人有种欲哭无泪、恨铁不成钢的感觉。

沿着一道流水潺潺、绿树成荫的山沟（这地方在定西真算是沙漠中的一块绿洲了），我在乡党委书记南延宿带领下，终于爬上山坡，面对这座"救济"的新房。三间，砖脚泥墙，顶上的新木还散发着植物的芳香，只是屋里几乎空无一物：炕上一堆破棉絮，厨房里一口有裂纹的大锅，与人口相等只有五只碗，筷子是去了皮的柳树枝，各有各的弯儿，拿起来捏不到一块儿……这反而使三间新房显得极不协调。

主人就在门前面的山坡上拔麦子，听老南吆喝了一声，便笑吟吟地颠了过来。南书记指着门口一袋水泥（那是书记亲自为这家"贫下中农"送来的），问："叫你把炕沿抹一抹，要不三天就叫娃娃把炕爬成坡了，怎么还放在这？"李志功（对这栋新房毫无功劳的主人）搓搓手："就抹，就抹！"南书记又指指门口忙着叨田里麦穗的五只鸡："这鸡怎么也不管管，你家就这富，鸡和人合着吃麦子？"李志功抬起胳膊轰了几下，又回头应付："回头我就把它们圈起来。"南书记又问："今年咋样？"李志功说："粮没了，这就拔了麦子接呢，看这庄稼的样子，能吃到十月……"老南听了叹口气，领了我走。

由于人们对李志功过去的住处讲了许多童话般的故事，我便执意去现场看看。那是山崖下一眼小得可怜的窑洞，不能设想，一家五口怎样在这里面生活。长不到三米、宽不到二米窑眼里，右边掘了不到两平方米的炕窝窝。单身时，李志功就一个人弯了腰蜷曲在这窝窝里（他个高，180公分还挂零），娶了媳妇，就两个人窝在这窝窝里，生了孩子，全家就横过来，上半身挤在炕上，下半身耷拉在炕沿上，五年、十年、十五年，如今四十二岁了，在乡里为他盖好新房前，他从来没有想过要花点力气，把这窝窝掘得宽展一点……

出来，站在这拆了门框的窑洞门口，这个三角形的窟窿好像一个关于社会、关于人性无可解析的一个黑洞，使人觉得肌骨发硬，血液发凉。

在颠簸的吉普车里，老南继续给我说贫困，继续给我说救济，（作为东岳乡的党委书记，他就掌握着这两样东西）："今年解决了十二个，明年的钱还没下来，还有四十多个等着呢！"

我怀疑这样给钱、送粮、盖房的"救济"是不是个脱贫的办法，老南双手一摊："那怎么办呢？你总得让他活！"闷了一阵子，他又诉说他当书记的苦处：

"懒，真懒得怕人，你看看这路边的田，有几块是除过草、拔过燕麦的？乡干部下去挨村喊。你喊你的，我晒我的太阳，谁管谁？田少，可这山里的石头，烧石灰成色好，外乡人都来拉，一天挣个五六块没问题，可东岳人就是不肯受这个苦。那人都干啥呢？前面集上你去看吧，路边小摊上两毛钱吃一碗浆水面的，随便问一个，保了（保准）是东岳的，几十里路上为碗面赶集，一个也落不下；到了年关你来乡政府看吧，要救济的挤成个堆，有的队干部带着来要，不解决根本不走。咱这乡8000口人，1973年到今年十三年时间，你知道救济吃了多少？590万斤救济粮，10余万救济款，还有卡车拉的棉布、衣服、被褥!"

其实,这南书记还不知道,整个甘肃,1949 年以来的救济款项是数以十亿计的,救济粮则以百亿斤计。社会在分发它的优越性的时候,不知不觉把人的品质中腐朽的依赖性充分地挥发出来,使大片土地物质的贫困又陪伴着精神的贫困,使人性的沙漠浩瀚无垠。或许,懒惰成性,不是一天两天。勤快起来,也不能寄希望于一年半载。既要让每一个人都有饭吃,又要让每个人都振作起来自食其力——共和国遇到的难题都是真正的难题。

二十多年过去了,这样不怕穷的懒汉在贫困地区的农村仍然比较普遍。有一个贫困户,乡政府给了他五只羊,希望他能把羊养好,慢慢繁殖多了就是个致富的出路。但这人懒得出奇,早晨睡到太阳晒屁股还不起床,更别说去放羊了。羊一直处在半饥半饱的状态,自然就不长膘。羊圈呢,他也不垫草收拾,经常处于潮湿的状态。羊在这样的环境里,非常容易生病。羊生病了,他也不找兽医治。先死了两只,他也不着急。后来羊都死了,他就找到乡政府说羊不好养,容易死,也致不了富,让大家给他想别的致富法子,甚至说直接给钱不就行了。

还有贫困户更气人,政府给了几只扶贫羊,他今天卖一只去喝酒,明天卖一只去买肉。不到一个月,几只羊就让他全卖了。一年到头他依然是个穷光蛋。别人约他到镇上打短工,他犯懒,也不愿早早起床,宁愿在家受穷,冬天在墙根下晒个太阳,夏天在树下纳个荫凉,春秋不冷不热睡在床上不起来。有个扶贫干部问他:"看着你身体挺好的,现在外面随便干点活,每天至少也能收入 100 多块钱。你怎么不出去找点活干?"他回答说:"现在每年发的各种补助有八九千,这些钱就够花的了,没必要再出去干活。"

这就是农村长期存在的不以"贫"为耻、反以"贫"为荣的一种贫困文化。这种滋生蔓延的"贫困文化"导致农村有一大批自甘贫穷、不思进取的懒汉。笔者在网络上看见了一篇记载农村怪象的文章：

当前，某村里搞扶贫工作数据清洗民主评议，由各组组长组织群众参加会议，现场听到的满是争吵、争论、议论，一些贫困户为自己成为贫困户感到无比光荣，脸上有光。有的没有争得贫困而羞言：我家比他家还穷呢。

一些人以当选"贫困户"为荣，无非是想依靠扶贫政策，不劳而获得到钱物补助。如此，不论你客观原因如何，在主观上，你志已穷。再精准的扶贫，也是扶有志脱贫之人，人人争当"贫困户"、不思进取、坐享其成绝非扶贫攻坚工作的本意。

在人人争当贫困户的环境中，贫困成为不知羞耻的文化怪胎，势必渐渐稀释着人穷志不穷的精神之源，无形培育了不思进取、坐享其成的无用之人，导致的将是急速堕落的循环贫困。

原本儿女应尽孝道、爹娘安心养老的一些人家，却在扶贫政策面前，有的昧着良心沉默，不认爹娘，有的却想办法为爹娘争个贫困户，把孝老的责任推给政府，转移给扶贫干部、村干部。贫困的原因有多种，但要真正消除贫困，势必也要预防不以"贫"为耻的贫困心理。

在到村组走访中，听到群众心声的同时，听得最多的是却是群众对扶贫的怨气。在走访的群众中，几乎人人都说扶贫不公平，都在哭穷，有的住着宽阔的房屋里，家里有着小轿车，却说自己从来没得到政府送来的米、油等照顾，欠了不少的账，算下来，自己最贫困，自己应该得到政府的照顾。

有的贫困户家有儿女几个，儿女家家住大房大屋，把父母的户口拨开，让父母住在黑湫湫的老屋里，父母独立为户，年老体衰，无收入来源，美其名曰：贫困户。这些人的良心跑哪里去了？

帮扶干部对贫困户不是亲娘胜似亲娘，不是买油就是买米，甚

> 至有的地方给贫困户买牛买鸡买羊给贫困户。于是催生了人人哭穷，人人争当贫困户，"要懒懒到底，政府来兜底"，"到懒不懒，政府不管"，不以"贫"为耻，反以"贫"为荣的贫困文化。
>
> ……
>
> 扶贫先扶志，否则永远扶不起来，精神贫困比物质贫困更可怕。一个人的物质贫困可能只是一时，但精神贫困可能伴随其一生。想办法努力奋斗才能彻底改变贫困现实，争当贫困户不是啥光彩事，只能永远处在贫困层，会毁了一生脱贫的斗志，更会毁了一家人甚至子子孙孙的未来。

是啊，帮扶干部扶贫过程中最怕的就是这种"不以'贫'为耻，反以'贫'为荣"的人，你说这样的人怎么帮？怎么扶？

2017年8月30日，十二届全国人大常委会第二十九次会议举行联组会议，结合审议国务院关于脱贫攻坚工作情况的报告，并进行专题询问。陈光国委员提问道，在当前脱贫攻坚面临的一些困难和问题中，哪些是最难解决的？怎样才能有效解决这些问题，以确保脱贫攻坚目标任务的顺利完成？

国务院副总理汪洋表示，脱贫攻坚千难万难，对于什么是最难解决的问题，各地千差万别，情况不一，见仁见智，但就全国总体而言，他个人认为，解决精神匮乏比解决物质匮乏难，解决千百年来形成的落后观念和习俗比解决贫穷更难。脱贫攻坚千难万难，最难的是有一些贫困群众"不怕穷"，穷惯了就习以为常。他列出一组数据："国家统计局近期对云南八个市州'直过民族'贫困村进行调查，59.5%的受访者对当前生活表示满意，35.2%表示一般，只有5.3%的表示不满意。""贫困程度这么深，满意度还非常高，'不怕穷'、安于现状是一个重要原因。"汪洋说，这些贫困群众，对易地搬迁，怕难以适应新环境；对发展产业，怕学不会新技术；对外出务工，怕朝九晚五的约束。怕这怕那，就是不怕"穷"，宁可守着穷摊子，也不愿干出新生活。

习近平总书记指出："扶贫先要扶志，要从思想上淡化贫困意识，不要言必称贫，处处说贫。"扶志就是扶思想、扶观念、扶信心，帮助贫困群众树立起摆脱贫困的斗志和勇气。脱贫致富，贵在立志。只有帮助贫困地区、贫困人口从精神上立起来、强起来、硬起来，立下愚公移山志，才能激发起他们脱贫的斗志和决心，才能真正从根子上摆脱贫困。贫穷并不可怕，怕的是不思进取，安于现状。脑袋"贫困"是大部分贫困地区的通病。脱贫致富的根本之道就是扶志，使贫困户在思想观念上焕发出战胜贫困的强大力量。

2017年2月21日，中央政治局举行第三十九次集体学习时，习近平在深度贫困地区脱贫攻坚座谈会上对扶贫工作中存在的问题分析得非常透彻，洞察得非常深邃——

> 我常讲，扶贫要同扶智、扶志结合起来。智和志就是内力、内因。我在福建宁德工作时就讲"弱鸟先飞"，就是说贫困地区、贫困群众首先要有"飞"的意识和"先飞"的行动。没有内在动力，仅靠外部帮扶，帮扶再多，你不愿意"飞"，也不能从根本上解决问题。现在，一些地方出现干部作用发挥有余、群众作用发挥不足的现象，"干部干，群众看""干部着急，群众不急"。一些贫困群众"等、靠、要"思想严重，"靠着墙根晒太阳，等着别人送小康"。要注重调动贫困群众的积极性、主动性、创造性，注重培育贫困群众发展生产和务工经商的基本技能，注重激发贫困地区和贫困群众脱贫致富的内在活力，注重提高贫困地区和贫困群众自我发展能力。要弘扬中华民族传统美德，勤劳致富，勤俭持家。要发扬中华民族孝亲敬老的传统美德，引导人们自觉承担家庭责任、树立良好家风，强化家庭成员赡养、扶养老年人的责任意识，促进家庭老少和顺。一个健康向上的民族，就应该鼓励劳动、鼓励就业、鼓励靠自己的

努力养活家庭，服务社会，贡献国家。要改进工作方式方法，改变简单给钱、给物、给牛羊的做法，多采用生产奖补、劳务补助、以工代赈等机制，不大包大揽，不包办代替，教育和引导广大群众用自己的辛勤劳动实现脱贫致富。

只要开对了"药方子"，才能拔掉"穷根子"。针对我国扶贫领域的存在的"人穷志短"的典型问题，驻村工作队和帮扶干部们可没少花功夫，后文中的《懒汉脱贫翻身记》就是一个扶贫扶志的典型事例。

念好"山"字经　走富民特色路

久闻大悟县东新乡农业产业化搞得很好,有三大万亩基地,即油茶基地、桃园基地和银杏基地。笔者听闻后十分欣喜,这不就是农业产业化的典型事例吗?2020年金秋,笔者终于有了一个机会前去调研,可以去实地看看。在东新乡党委书记黄艳红的陪同下,笔者踏入了这片拥有三大基地的土地,试图揭开它神秘的面纱。

小车一直在三大基地中穿行,仿佛把你带进迷宫、带进热带丛林。如果不是黄艳红带路,真不知自己置身何处,似乎觉得三个小时都走不出这个迷宫。黄艳红一边介绍,笔者一边陷入了思索:是什么神奇的魔力把这过去只长茅草、只长刺蓬、只长荆棘的山岗变成了如今这林海、花海、绿海的?大山知道!林海知道!黄艳红更知道!

小车继续在一片林海中穿行,基地中的水泥路纵横交错,七弯八绕,路两边那两排绿色景观树,仿佛列队的哨兵。一会是油茶树的白花,其间夹杂着黄色的野菊花,一丛丛,一簇簇,灿若云锦。一会又穿行在金色的丛林之中。啊!那是万亩银杏叶基地,秋后的银杏叶泛出一片金黄色,极是美丽,仿佛置身于童话世界。

车子七转八转,车上的人几乎都转晕了,以为是到了承德避暑山庄呢。经过近半小时的车程,车子一路盘山而上,那映入眼帘的一棵棵、一丛丛油茶树,正静静地挺立在山坡上,披着朴实无华的绿装,花果同株的油茶树,那一朵朵、一片片白色的花朵,如同翻飞的白蝴蝶。

第三章　春风春雨　润民无声

我们终于进入牛头山油茶基地。牛头山油茶基地横跨四个行政村，是由悟达农林开发有限公司投资兴建的。公司规划建设5万亩，已建成的有1.2万亩。黄艳红给笔者介绍说看眼下的情形估计将收获100万斤茶油，产值在1000万元以上。

站在牛头山的制高点上极目远眺，那层层叠叠的、铺陈着绿色的山峦一直延伸到远处，仿佛没有尽头。近处身旁是一片开得绚烂的油茶花。再远一点，是一片花海。远处的山峦依次淡去，呈现出一片雾岚。更远处看不见了，仿佛被一笼青烟罩着。置身此地，笔者真的陶醉了，真想化作一团雾气，或一片绿叶，更想化作一掬黄土，融入这片山水之中。难怪东新乡党委书记黄艳红留在这里不想走，成为这片山区的开垦者、山乡巨变的见证者。从乡长到书记，她已在这里历练了十年之久。十年，在历史的长河中只是一瞬，而在黄艳红的人生经历中，却是她最宝贵年华中的那一段青春岁月。人的青春有几次？答案是只能有一次。所以，黄艳红在东新这片土地已经奉献了她无悔的青春！或许她还将继续奉献下去……

黄艳红边介绍边用她那双绘制蓝图的巧手，指向牛头山漫山遍野栽种的油茶——这是万岭、万寨、彭河、青莲、邱寨相连的五个村。眼前一坡接一坡、一山连一山全是油茶。

黄艳红介绍，企业有了收益后会以土地入股的形式给农民分红。为了保证油茶天然绿色产品的质量，企业聘用当地农民人工除草，常年在此就业的就有300多人。在支付农民工资的同时，企业每年还拿出10万元作为奖励基金，年底发给表现突出的优秀农民工。

湖北悟达农林开发有限公司投资开发油茶基地。采取农户土地租赁和入股等形式，投资3800万元在七寨、彭河、东河开挖基地1.03万亩，修建循环公路12公里，在县城开发区征地30亩，建油茶加工厂，形成生产、加工、销售一条龙产业链。

古时，油茶花被称作"儿女花"。宋代苏东坡的《山茶》就有"谁怜儿女花，散火冰雪中"的诗句。洁白的油茶花在秋季里开花，而果实成熟又是次年的花开时节，要经过秋、冬、春、夏、秋五季方能"怀胎抱子"，因此民间有"儿女花"的说法。在进秋入冬的这个季节里，油茶花迎风怒放，花果并存、同株共茂，这样的自然景观堪称一奇吧！

眼前油茶树金黄的花蕊、如雪的白花瓣，真是漂亮极了。秋寨村的两位年轻姑娘，此时也赶来了这里，同我们简单聊起茶花美景和茶果油致富乡民的话题时，两个姑娘兴奋地举起手机，对着漫山遍野的油茶现场拍抖音直播。她们笑声朗朗地说："这油茶是我们村民的'白富美'儿女。"原来，这漂亮洁白油茶花，藏着村民们的"致富梦"哩！

同行的"80后"美女书记黄艳红站在茶山之巅，极目远眺，感慨万千："东新乡油茶基地规划面积5万亩，历经近10年发展，目前建成1.2万亩，是精准扶贫的就业基地，在以技术、智力、网络帮扶形式帮助村集体经济发展的同时，还以流转土地、项目入股、基地打工、扶贫信贷和对打工者发放年终考评奖金等形式助力贫困户增收。基地每年为462户农户发放土地租金75万元，常年为300多名村民提供务工岗位，户均每年增收8000多元。这是来之不易的发展成果，能切实帮助农民致富！"

一直扎根东新乡的黄艳红，数十年如一日，将自己的青春、将自己的汗水倾洒在这片热土上，她的故事用笔书写不尽。

劲风吹拂，黄艳红迎风前行的身影，在笔者的脑海里仿佛幻化成一棵亭亭玉立的油茶树。其实，她不就是一颗油茶树吗？生长在这里，扎根在这里，绽放在这里。

今年开花，来年采果，这就是油茶树的特点。它既是一棵普通的树，又不是一棵普通的树。它为了一粒粒饱满的种子，要花一年的时间去孕育。秋去秋来，历经五季风霜雪雨结出的茶籽，才饱满结实，是榨制茶油的珍贵油料。茶油是纯天然的食用油。穿越2000多年的历史，茶油曾是"皇封御贡"，享"御膳奇果汁，益寿茶延年"之美誉。

都说春华秋实,其实秋冬时节的油茶花,更有一种别样的韵致。油茶花的花期有一个多月的时间,可以供人们观赏。东新乡万亩油茶基地的空气清新无比,一山连着一山的油茶树,壮观极了。在这里,人们可欣赏"油茶花海"。这里既是产业园,又是观景园,可以开发乡村生态旅游。

什么是生态资源和特色乡村旅游的结合?只要你到东新乡万亩油茶基地来一次欢乐乡村游,答案就在眼前!

如今的东新乡,以油茶产业助力脱贫攻坚。这是一项大产业,更是一种大手笔、大谋略。村民引进茶苗,栽种在这片土地上,最低需要五年时间的培育、除草、施肥,它才开花结果,才能收获果实,也能收获脱贫致富的喜悦。

而现在,油茶树又是牛头山的精灵。油茶树是很奇特的植物,它花果同期、花果相连。到了最佳的采果期"霜降"时,又是它的花儿开得最艳的时候。这种风景难道不是寓示着牛头山人生生不息的追求吗?

这时候起风了,绿色的海洋碧波翻滚,蔚为壮观,那灿然开放的油茶花儿,就像碧波翻滚中击起的浪花在跳跃,而那些果实则像绿海中的一艘艘小船,用绿色的枝丫当桅杆,把叶片当作帆,正驶向那灿烂的彼岸。

此时,山腰间三两户人家升起了袅袅炊烟,飘来熟悉的柴火味,亲切而温暖……笔者情不自禁哼起了脑海中萦绕的曲子,一遍又一遍——

> 一道道山岗一道道梁
> 我的家住在牛头山上
> 那一朵朵白云在飘扬
> 那一片片油茶正芬芳
> 啊!啊!啊
> 爸爸正在摘油茶呢

沉甸甸的果实扛肩上

　　哎！哎！哎

　　妈妈送来了饭菜香

　　送来了凉茶和盼望

　　听完黄艳红的介绍，再看那漫山遍野延绵几公里绿油油的油茶树，以及那挂在树枝上闪着亮光的油茶果，这不就是农民致富的金果果吗？这不正好诠释了习近平总书记的那句话——"绿水青山就是金山银山"的农村发展理念吗？

　　万亩桃花基地在东新乡东南边崇山峻岭中的沙河村。我们去的不是春暖花开的季节，而是深秋。但我们可以想象，当春天来临的时候，那万亩桃花盛开的景象，那被一朵朵粉红色桃花染红了的树枝，那飞舞在桃花树间的无数蜜蜂……还有那穿梭在花海中的游人，以及那一串串银铃般的笑声回荡在群山峻岭间。

　　如今，枣阳老板李世斌已落户沙河村，开发沙河村桃园基地，种植了3760亩优质水蜜桃。春天桃花盛开，灿若云锦，这是乡村旅游的好去处。夏天，硕果累累，美味、可口的水蜜桃，深受广大消费者青睐，网上销售势头看好。

　　李世斌的创业路是很曲折的。他的家乡在枣阳新市镇，是全国有名的桃树苗木之乡。李世斌决定利用自然优势，打起了苗木销售的主意，他将本地"春蜜""新西兰""突围"等几个苗木收购在一起，运到外地去卖。桃苗很快被销售一空，为当地的桃树苗打开了市场。

　　桃苗销路打开了，他也因此而结识了很多做苗木生意的朋友。看到李世斌坐着轮椅到处颠簸，朋友们深受感动，又把他带到苗木之乡的大悟县东新乡一带销售。李世斌惊奇地发现，这里土地广阔，都是丘陵地带，而且土壤极宜栽种果树。这里早有种桃树的历史，李世斌当即决定在这里建立千亩桃树基地，实现他的人生梦想！

李世斌是个行动派，说干就干。他很快在东新乡沙河村流转了 3760 亩山场和荒芜的农地。他利用新农村建设"村村通"工程，修通了村组道路，缓解了部分山区交通不便的问题。交通环境的改变，使李世斌创业的积极性更高了。

2015 年底，开垦山地的战斗打响了。每天参加劳动的村民达 120 人左右，热闹壮观，仿佛回到了大集体时代。流转土地的农民，都在李世斌的公司打工。村民在家门口可以就业了。

千亩桃树基地，李世斌共投入 1360 万元，每年五月端午采桃季节，人山人海，热闹极了。桃树基地的建成既带动了周边农户致富，又盘活了闲置荒芜的土地，农民也因此而得到了实惠。

李世斌虽是一位残疾人，但他身残志坚，始终心系残疾人群体，始终把企业的发展与带动农户增收密切联系起来，积极履行企业的社会责任，通过多种途径助力精准扶贫。

公司常年吸收 100 余户农户在基地打工，带动 42 户贫困户增收脱贫，其中残疾人及残疾人家庭 26 户，按照男每天 80 元、女每天 70 元的标准支付工资，户年均增收达 1 万余元。

由于东新乡地处丘陵，土地肥沃，是天然的种植场地。2012 年 8 月，通过政府招商，深圳市木雅生态农业有限公司落户红花、曾楼、燕山、杨桥等村，共投资 1.52 亿元，在三个村开挖基地 1.61 万亩，栽植银杏树苗 2650 万株，新建成三个生活区和一个银杏叶烘干厂，总建筑面积 6400 平方米。2013 年 9 月采摘银杏叶 1200 吨，经烘干加工生产干叶 400 吨，全部出口，创产值 800 万元。

银杏基地距离东新乡政府所在地不远。汽车驶出镇子不久，我们就看到密密匝匝的矮株银杏树。据黄艳红介绍，这种矮株银杏主要是利用银杏叶进行加工提纯，是中药材的原料。

来这里采摘银杏叶的都是本地村民，采摘下来的鲜银杏叶公司按五块钱一斤当天结算。公司长年聘用本地村民在基地打工，创造了600多个就业岗位，带动这一方的农民脱贫致富。

为提高基地效益，实现产品转化增值，公司与大悟县阳平工业园开发区签订了筹建银杏叶制药厂，提炼黄酮素。制药厂在2015年底建成投产，现已产生经济效益。

银杏公司按照"依法、自愿、有偿、规范"的原则，鼓励、引导、支持农民按照市场机制，集中整村流转土地，曾楼、燕山、杨桥三个村共集中流转土地1.61万亩。银杏公司积极引导外出务工的农村青壮年劳动力，返乡就地就近就业，常年安排近400农民工就业，每人每天可得到80元左右的工资性收入。除此以外，当地农民在获得每亩105元惠农补贴的同时，还按每亩280元的价格获得土地流转金，实现了"公司+基地+农户"的产业模式，使特色产业种植深加工和生态绿色农业旅游有机融合，发展后劲强大。

三大主要基地的建成，大量地吸收农民工返乡就业。农民在家门口就能就业，还用得着背井离乡外出打工吗？如此一来，长期存在的留守妇女、留守儿童、空巢老人问题也能得到很好的解决。

发展农村产业是解决"三农"问题的根本途径。所以，东新乡的农业产业化之路有着更加深远的意义。

"小女子"黄艳红在这片土地上长达十年的坚守，就是因为她爱这片神奇的土地，这片土地上有她辛勤耕耘的汗水。只要工作不紧张的时候，她就在这片林海里转一转，由此也生出许多感慨，感觉时光过得太快。弹指一挥，十年过去了，不知不觉，她已经在这里工作了十年，从乡长干到党委书记，从"小女子"干成了"老女子"，一头秀发里生出了少许白发。十年前，组织上把她从县团委年轻的干部中选派下来，是考验她，锻炼她，更是培养她。她没有辜负领导的期望。尽管这三大产业基地不是她一个人的成绩，也有其他人的辛勤付出与汗水。但正是有她及同她一样奉献青春与热血的人的坚守，这片土地上才焕发出新的生机，孕育出新的希望。

黄艳红通过调研，也通过华中农业大学专家教授的实地考察，结合这里的土壤、气候、环境，发现这里适合种植油茶、银杏。发展路子确定下来了，便坚持走下去，终于形成了现在的规模。谁有这么大的气魄？谁有这么大的恒心？许多八尺男儿不一定做到的，她一个纤弱的小女子居然做到了！

黄艳红的人生哲学是老老实实做人，踏踏实实干事，以扎实的工作和优良的作风，赢得人民群众的信任和支持。这是她做人的本色，也是她工作的动力。

东新乡山场面积10.8万亩，属丘陵、高山地貌，具有丰富的林地资源。随着社会的发展进步，城镇化步伐加快，农民工大量外出务工，常年外出务工经商人员近2万人，原来在家承包的耕地山场，有相当一部分出现荒芜闲置的现象，处于一种无人管理的状态，农业生产效益大大降低。

如何优化农村土地山场资源配置，让闲置荒芜的土地、山场"生金流银"，成为促进农业经济发展、农民增收的钱袋子。东新乡党委、政府领头人黄艳红和其他班子成员可没少下功夫，他们常在一起开会探讨东新乡的发展之路。

最后一致意见是，东新乡党委、政府针对现状，立足乡情，破解难题，迅速调整发展思路，确立了"念好山字经，走好特色路，举全民之力，建银杏油茶大乡"的农业经济发展思路，明确建设万亩银杏、万亩油茶、万亩板栗、万亩中药材的"四个万亩"农业特色板块基地，集中连片开发，重点发展银杏、油茶，走特色产业兴乡富民之路。

目标明确之后，党委、政府开始实施招商引资。

东新乡针对传统种植模式改变难、农业产业化推进难、农业增收难的问题,坚持以政府为主导、以农民为主体,大力引导农民按照市场机制进行土地使用权流转,实行"建设一片基地,引进一个老板,落实一套制度,致富一方百姓"的"四个一"基地建设模式,推进一个基地、一名领导、一套专班、一份责任、一抓到底的"五个一"责任机制。各村土地流转、基地开发被纳入全乡经济社会发展目标考核,引导和支持农民采取转包、出租、互换、转让、股份合作、拍卖等多种方式进行土地流转,共集中流转了4万多亩土地,增添了发展活力。

这已经建成的三大产业基地是刻在土地上的文字,是涂抹不掉的成绩。近年来,革命老区湖北大悟县东新乡党委、政府充分发挥山区资源,紧紧围绕"山"字做文章,坚持发展农业特色产业不动摇,真正地探索出了一条农业产业化的路子,取得了农业经济繁荣发展、广大农户稳步增收、农村经济社会和谐稳定的良好效果。

这次东新乡之行,笔者感触很深,确实为东新乡党委领导班子以坚持发展绿色产业的理念所震撼,为他们处处为民着想所感动。更没想到的是,地处偏远山区的东新乡会有这么多的农业企业入驻,为东新乡的经济发展注入生机与活力,为东新乡人民带来幸福和致富奔小康的希望。

是的,东新乡走的正是"生态立乡、产业兴乡、依法治乡、富民强乡"的发展战略。

地处大洪山南麓有一片堪比"小江南"的美丽地方,境内有闻名遐迩的千年银杏谷,有道教祖师太乙真人修道成仙的乾元山太乙洞,人称"小武当"。这就是随州市洛阳镇龚店村。

2013年元月初,笔者来到这里,这也是湖北省作协驻村工作队的点。一进山乡,一股清新的气息扑面而来。一幅新农村的美丽画卷映入眼帘:放眼望去,新村新面貌,令人赏心悦目,一条条水泥公路纵横交错,连接村庄;新颖别致的白墙灰瓦居民楼掩映在绿树丛中,宁静中透出祥和;

第三章　春风春雨　润民无声

青山，碧水，炊烟，绿树点缀其间，分外亮眼……漫步村庄，农家小院，错落有致；小桥流水，杨柳依依，好一派田园风光；徽式建筑，碧瓦灰檐，仿佛置身江南水乡………处处洋溢着生态文明村庄的新气息、新景象。

记得临走时，省作协党组书记蒋南平说："龚店村是新农村建设搞得好的典型，你下去要多走、多看、多听，深入进去，多了解农村的变化和建设洁美家园的意义。"

然而过去的龚店村却不是这样，而是"脏、乱、差"的代名词。

提起龚店村过去的面貌，有一句顺口溜："山上光溜溜，地上污水流。公路坑坑洼洼，农房矮秃秃。女孩往外嫁，男子娶媳愁。干部无人干，村民搬迁走。提起龚店村，领导急破头。"这是十几年前龚店村的真实写照。那时候，村里的公路全是土路，晴天一身灰，雨天一身泥，村民出行是难上加难；农房矮小潮湿，自来水不通，垃圾、污水遍地；基础设施建设缓慢，农民增收无保障；村级事务暗箱操作，村民告状、上访不断；头脑灵活点的村民都外出打工，留守的村民则砍树卖钱。

2005年，村民选举自己信得过的致富带头人顾世国任书记，组建新两委班子以后，摸清家底，明确了"靠山活山，养山兴山"的发展思路，依托村内丰富的自然资源，制定了村级集体经济发展规划，找准了富裕强村的新路子。

顾世国带领村民先后开挖山场800余亩，办起6个林场，种植板栗4万余株，兴建银杏基地3个、茶园1个，在山上建起了"富民银行"。他还采取"集体+公司+农户"的合作模式，成立了乾元山油茶合作社，开发油茶基地500亩。村委会采取租赁的形式，将板栗园、茶园、银杏树分别发包给农户，村集体每年可创收近20余万元。

龚店村有着丰富的山场、田地、水面资源，发展种植业、养殖业有着得天独厚的条件。全村的养鸡、养羊、养猪、养牛等产业蓬勃发展，年创产值300万元；食用菌生产是龚店村的支柱产业，共有400余户大量种植黑木耳、袋料香菇、地栽蘑菇等，年创产值 200 万元，被列为湖北省的"科普助力示范村"。

龚店村还有丰富的矿产资源，成立了金源矿业公司。开挖矿洞三处，年创利税 40 万元；采矿带动运输业蓬勃发展，全村共有 80 人从事货矿运输并成立运输公司，年创产值 500 万元。村里有运输车、小轿车 150 多台，成为远近闻名的"富裕村"。

第三章　春风春雨　润民无声

鲜桃结出致富果

一颗颗硕大而又圆润的桃子在阳光的照耀下，衬托着绿油油的桃叶，犹如一盏盏红灯笼挂在桃树枝上，果香扑鼻而来，煞是诱人。四十年前，孝感市孝昌县丰山镇还是一片非常贫瘠荒凉的土地。现如今，每年5月第一批桃子成熟的时候，前来观光采摘的游客络绎不绝，桃园里时不时传出一声声惊叹："啊，看这颗，好大！""真甜！""太好吃了！我要多摘点。"

从曾经的贫瘠之地到如今全县8.5万亩的桃树基地，孝昌县冠昌源农产品专业合作社理事长程国庆是见证者，更是开拓者。

1980年高中毕业后回乡务农的程国庆，看到家乡农民种植普通农作物收益很低，开始在自家的5亩土地上种植桃子。湖北孝昌地处丘陵山区，山林资源丰富，土地肥沃，发展桃产业具有得天独厚的条件和优势。程国庆试种了早熟品种的蜜桃。经过精心栽培，桃树第二年就挂果了。喜出望外的程国庆与大家一起分享自己的劳动果实，并将桃苗分给周边农户栽种。

开始创业是艰辛的。当时孝昌县丰山镇的桃树得了一种传染性极强的缩叶病，染病后的果树减产30%~50%，严重时可导致绝收。程国庆看在眼里急在心里。他带领几名村民自主研发治疗缩叶病的方法，反复试验杀菌药剂。功夫不负苦心人，自制药剂终于解决了桃树缩叶病的难题。自此以后，村民再也不怕缩叶病这尊"瘟神"了。三年后，桃子大丰收，卖出了好价钱。

为了学到更多的专业种植技术，20世纪80年代末，程国庆自费到华中农业大学进修。有了知识、有了技术的程国庆，桃子越种越好，引得十里八乡的村民纷纷前来取经。程国庆索性办起了桃子种植示范培训基地，培训农民上万人次。

2007年，程国庆成立了孝昌县冠昌源农产品专业合作社。随着合作社的成立，程国庆意识到专业知识的重要性，又一次到华中农业大学、湖北省农科院果茶所等地进修。学成归来后，他先后与华中农业大学、湖北省农科院、湖北省科协、孝昌县供销合作社的农技专家合作，建立实验基地，不断进行新品种研究，并引进先进的保鲜技术。经过反复研究试验，桃的销售期从每年5月一直延续到11月，成为国内销售期最长的桃产品。

程国庆成为当地有名的"桃子大王"。孝昌县桃子的名气越来越大。"种了30多年桃子后，我发现时代变了，可不是产品质量好就一定吃得开，还要懂管理、懂经营、懂推广营销。然而望望身边的老伙计，几乎都是50岁以上的人了，这些新知识没人掌握。"如何在信息匮乏、交通不畅的年代将桃子卖个好价钱，程国庆一直在思考这个问题。

程国庆深知，坐等商贩到家门口收购还不如主动上门，他带领农户肩挑背扛，硬生生闯出了一条"销售路"。那时的东北，冬季没有新鲜水果上市，第二年上市最早的水果就是桃子，而孝感的桃子比其他地方的桃子上市还要早。于是，他将销售目光放在了离湖北较远的东北市场。虽然运输成本高，但桃子上市后便被抢购一空。

一颗桃子从果园采摘再到消费者手中，需经过10道以上的质量关卡。

懂知识的年轻人大都去城市工作了，人才、思想、观念等制约着合作社的发展。2011年，程国庆的儿子程琪从华中科技大学毕业。和大多数毕业生一样，程琪起先选择在上海一家高新技术企业工作。由于工作出色，不到一年程琪就被提拔为总经理助理。但一次买桃的经历，程琪萌生了回乡创业的想法。

2013年,程琪回到家乡帮助父亲管理合作社,他懂管理、懂营销,很快使种桃这件事悄然发生了一些变化。

"上海当地也产桃,那时卖9元一斤,家乡的桃子3元钱一斤还愁销,所以那时候就产生了一个想法,我要回乡种桃,把家乡的桃子卖出上海的价格。"程琪说。"种出更好的桃子,卖出好价钱。"这是程琪心底最强烈的声音。

程琪决心走品牌化的道路,引领当地的农户创业、增收。2013年,程琪注册了"七仙红"品牌。他还到湖北省农科院果茶所学习,主动联系教授与专家,为孝昌桃产业进行科学规划与布局。这一年,湖北"七仙红"林果农民专业合作社成立。社员的农产品实行品种、管理、标准、包装及营销的"五统一"管理。社交电商、内容电商、农产品直播、小视频、新媒体宣传与策划也搞了起来。

"把以前单一的以白肉为主的早蜜桃产业结构,调整为现在成熟期为早中晚、硬度以脆硬软、颜色以红黄白为主的3:2:1的产业结构,现在我们当地的桃发展到70余种,主栽品种十几个,它的成熟周期从5月份一直持续到11月份。"程琪说。

2019年,"七仙红"桃销售量达到400余万吨,产值达1.3亿元,带动1.4万果农脱贫致富奔小康。

通过资源整合、科研投入、标准化种植和品牌推广,"七仙红"成为湖北名桃,合作社也成为湖北桃产业品牌建设单位。

有产业支撑,又有创业能人引领,孝昌县的桃产业不断发展壮大,形成了"全国一村一品"桃产业带。"接下来,我们会继续做好孝感桃品牌建设,带领乡亲们走好增收致富路,为乡村振兴贡献一份力量。"程国庆坚定地说。

兰草花香苦寒来

梅、兰、竹、菊古有"四君子"之称。其幽香清远，一枝在室，满屋飘香。古人赞曰："兰之香，盖一国。"故兰花有"国香"之别称。地处鄂北的大悟县三里城镇位于鄂豫两省交界，气候四季分明，十分适宜兰花生长。当地曾有很多野生兰草资源。

三里城镇采用"企业+基地+农户+市场"的发展模式，发展兰草种植基地，主要分布在三里、风岭、马鞍等村。2016年3月，悟裕顺种养殖农民专业合作社在三里村挂牌成立，是孝感市首家兰草专业合作社。2016年至2018年，合作社在湖北省编办驻村扶贫工作队和三里城镇党委、政府的支持下，共投资800万元，建设标准化兰草示范基地18000余平方米，其中高智能兰花房3000余平方米，盆栽高端兰花20万苗，地栽兰花80万苗。同时培育及引进近100种的兰花新品和传统名品，年产值达1000万元。三里城镇兰草产业的蓬勃发展带动了120余名贫困户就近就业，成为助力贫困户脱贫的"扶贫车间"。

说起三里村的兰草产业，不得不提起一个人，他就是该村返乡创业能人冯仁炎。十几年前，冯仁炎到福建务工，因为没有技术，干的多是脏活累活。一个偶然的机会，兰草展销会在福州召开。冯仁炎发现一株兰草在展销会上竟卖到几万元。他大吃一惊，想到以前家乡连绵起伏的山岭中，野生兰花一丛丛、一簇簇，到处都是，没想到竟然这么值钱。

是的，冯仁炎的老家是大别山南部的一个小村庄。每到春季，漫山遍野成片成片的兰花恣意地绽放着，散发出的幽幽香气沁人心脾。后来，不知哪里来的兰草收购贩子说好品种的兰花每株能卖成千上万元。听到这一消息，许多村民坐不住了，都到山上去挖兰草。村民们也不管三七二十一，一看只要是兰草就挖回来。兰草贩子挑得很仔细，绝大部分看不上眼的都扔掉了。后来，听说普通兰草一株也能卖到2元，村民一拥而上，将山上的兰草挖了个干净。

冯仁炎意识到小小的兰草里蕴藏着巨大的商机。他要在家乡种植兰草。起初，他在自家天井和房前屋后摆满了兰苗。2012年，有了一定种植经验和客户资源的冯仁炎打算大规模种植兰草。大规模种植兰草，仅靠自家的那点土地是远远不够的，这就需要流转村民的土地。

俗话说，万事开头难。冯仁炎在流转村民土地的时候也遇到了意想不到的阻力。那时候，村民思想封闭，不愿意流转土地。"这山上的野草，又不能吃，还能比粮食值钱？"冯仁炎好说歹说，最终仅流转了5亩土地。

2016年以来，在驻村工作队和村"两委"的帮助下，冯仁炎从自家房顶搭建的10余平方米棚子发展到拥有3个标准化大棚、40个普通大棚，培植春兰、蕙兰、春剑等兰花24万盆的兰草种植基地。他成了远近闻名的兰草种植大户。

11组的贫困户李仁友，因儿子患有精神疾病，他和爱人为了照顾儿子，便抱着试一试的心态到冯仁炎的兰草基地打零工。"要脱贫，自己得有真本事。"李仁友说，"刚开始，啥都不会，啥都要学，听说一盆兰草贵的要十几万元，想着学会了也是门手艺。"四年来，经过不断的学习思考与摸索，李仁友对兰草的生长特点、市场逐渐有了把握，积累了种植经验。贫困户李仁友高兴地说："终于建立属于自己的大棚，脱贫有了希望。"从此，李仁友和爱人便一心扑在兰草上。两个人每天一大早就往大棚里钻，到傍晚才肯收工回家。2020年初，趁着春节前兰草市场需求旺盛，李仁友一下子卖了2000盆普通兰草，每盆售价20元，收入4万元。

看着李仁友种植兰草的收益如此诱人，52岁的贫困户高桂华坐不住了，也准备种兰草。高桂华一家四口人，丈夫和小儿子在外打工，大儿子是智障聋哑人。她也加入种植兰草行列。2017年，村里建起扶贫大棚，高桂华承包了其中的两个。她一边在兰草基地打工，一边管理自家的兰草大棚。几年下来，高桂华种植兰草赚了5万余元。"施肥、打药、浇水……我一直精心侍弄兰草，想明年这批兰草能卖个好价钱。"高桂华的脸上洋溢着笑，对未来充满了期待。

初冬时节，寒风习习。走进三里村兰草种植基地，数十个大棚有序分布，一眼望不到边。大棚内却温暖如春，一盆盆兰草整齐地摆放在架子上，青翠欲滴，幽香四溢。

"'输血'，更要'造血'。"三里村村支部书记介绍，三里村为把兰草产业做大做强，提升贫困户的"造血"功能，进一步稳固脱贫成果，自2016年开始村里向合作社投入资金，支持兰草产业发展。

过去是普通的塑料薄膜棚，现在换成了高级的智能棚，自动调节室温。恒温大棚里种植着墨兰、蕙兰、春兰等多个名贵品种。笔者看到，温度计指示26.2℃，棚架离地0.8米，水帘、换气扇、遮阳网一应俱全。冯仁炎指着一个铁箱子说，这是一个智能恒温设备，为兰草生长提供适宜的环境。

为了带动贫困户种植兰草，2016年湖北省编办扶贫工作队投入22万元，帮助11户贫困户建立了11个大棚，又借款10万元作为发展资金，为合作社提供种苗、技术和销售支持。

在冯仁炎的带动下，三里村的兰草产业越做越大，村民的收入增加了，村集体经济增长了。

湖北省编办驻村工作队队长李剑说："村里又召开了党员大会，选定一些能人，优先发展肉牛、小龙虾、黄桃等产业，形成扶贫产业多元化，为三里村脱贫出列提供有力支持。"为此，30余户贫困户相继加盟肉牛、兰草、小龙虾、金丝皇菊、太空莲种养殖产业。

村里产业发展起来了，村委会直接分红给无劳动能力的贫困户，每年按投入现金的 10% 分红，并根据贫困户贫困状况予以分配。

为让扶贫产业项目的收益惠及更多农户，驻村工作队联合村"两委"，制定收益分红办法，根据村民困难情况按照 8 类 5 种标准进行分红；为所有村民补充报销自付医疗费用的 10%，对村里新考录的大学生进行奖励，为全村 18 岁至 60 岁村民购买小额人身意外伤害保险。2017 年、2018 年、2019 年，三里村共给村民分红 18.6 万元。

如今的三里村，产业基地红红火火，贫困户有了各自稳定的增收路径。

建立扶贫产业带贫机制，构建脱贫增收共同体，是驻村工作队探索出来的成功经验，驻村工作队队长李剑说："下一步，我们在产业发展方面，将建立长效机制，主要是实行股份制改革，把村里资源变资产，投入的资金变股金，让村民成为股民，量化资产收益，制定分红办法，确保村民稳定增收和脱贫致富。"

第四章 扶贫济困 凝心聚爱

统一战线：心往一处想，劲往一处使

消除贫困、改善民生、逐步实现共同富裕，是社会主义的本质要求，是中国共产党的重要使命。全面建成小康社会，是中国共产党对中国人民的庄严承诺。

中国政府的脱贫攻坚大行动，可以说是举全国之力，动作之大，涉及面之广，历史上绝无仅有。各级党委、政府和社会各界团结一心，凝心聚爱，最终呈现出举国上下合力扶贫的宏大历史场景。

2015年9月22日，中共中央颁布《中国共产党统一战线工作条例（试行）》，其第二条明确规定："统一战线是中国共产党凝聚人心、汇聚力量的政治优势和战略方针，是夺取革命、建设、改革事业胜利的重要法宝，是增强党的阶级基础、扩大党的群众基础、巩固党的执政地位的重要法宝，是全面建成小康社会、加快推进社会主义现代化、实现中华民族伟大复兴中国梦的重要法宝。"在消除绝对贫困这场没有硝烟的战争中，在这场注定要载入人类史册的恢宏历史画卷中,自然少不了统一战线的主动担当和积极作为。

地处我国西南部的贵州省，受自然条件、地理条件等多种因素制约，贫困人口多，贫困范围广，贫困程度深，曾是全国深度贫困的省份之一，甚至不少地方属于"贫中之贫"地区。大山深处的贫困群众牵动着党中央的心。

2016年3月23日，中央统战部在贵州毕节市召开统一战线聚力脱贫攻坚暨多党合作参与毕节试验区建设座谈会。这是十八大以来第一次在京外召开的统一战线高规格的脱贫攻坚专题会议。而之所以选择在贵州毕节召开，是因为统一战线的扶贫"星火"早在28年前就与毕节结缘。中共中央政治局委员、中央统战部部长孙春兰在座谈会上指出：28年前，当时的毕节地区是贵州省水土流失最为严重的地区，也是全国最为贫困的片区：315万人未解决温饱问题，年人均粮食不足200公斤、人均收入只有288.9元。20世纪80年代，毕节是全国出了名的穷地方，能穷到什么地步呢？我们且看《经济日报》记者吴秉泽在《磅礴乌蒙拔穷根——贵州省毕节试验区脱贫攻坚纪实》一文中的描述：

> 这片红色的土地，也是全国出了名的"穷"地方。辖区岩石交错发育，山高坡陡、地形破碎，莽莽群山让生活在其中的群众吃尽了苦头。毕节曾被联合国有关机构认为是"不适宜人类居住的地方"。
>
> 在新中国成立后的相当长一段时期内，由于国力不足，国家对毕节等贫困地区的支持力度有限，交通、水利等基础条件改善步伐缓慢。据1994年出版的《毕节地区志·交通志》记载，到1975年，毕节公路通车里程仅为3455公里，绝大部分农村不通路。当地第一条连接区外的二级公路——大方县至四川省纳溪的公路到1987年12月份才得以动工。
>
> 此外，群众受教育程度低、文盲多，也限制了毕节地区的发展。因此，新中国成立后的很长时期内，毕节地区一直处于深度贫困状

态,"人穷、地乏、环境恶劣",经济社会发展缓慢。

上世纪80年代中期,受益于党的改革开放好政策,我国农村改革发展取得了显著成就,1984年全国粮食生产登上新台阶,当年全国人均粮食拥有量达到800斤。但是,大山深处的毕节还是老样子,石漠化、风沙大,烈日悬空雨难下。七分种、三分收,苞谷洋芋度春秋。

……

试验区成立之前,毕节人口膨胀、粮食短缺,为了生存,人们纷纷把镰刀、锄头伸向大山,大面积开荒种地,"开荒开到天,种地种到边",使得本就脆弱的生态环境雪上加霜。但是,广种并未有效增收,山间的麻窝地,"挂"在陡坡上的旮旯地,全是跑水、跑土、跑肥的"三跑地","春种一坡,秋收一箩",产量极低,最终陷入"越垦越荒,越荒越垦"的恶性循环之中。

针对这种"越垦越荒,越荒越垦"的发展状况,1988年6月,在时任贵州省委书记胡锦涛的倡导下,经国务院批准,毕节成立了"开发扶贫、生态建设"试验区。这是我国首个在贫困地区建立的开发扶贫、生态建设试验区。试验区试图探索出一条我国西部贫困地区如何可持续发展的道路。毕节试验区围绕"开发扶贫、生态建设、人口控制"三大主题展开扶贫工作,由此拉开了毕节生态修复、决战贫困的历史序幕。

在这块反贫困的试验田上,统一战线这支"特殊队伍"与毕节结下了深深的不解之缘,一同书写了同心决战贫困的历史传奇。1988年6月毕节试验区成立后,中共中央统战部牵头建立了定点扶贫机制,确立了各民主党派中央和全国工商联定点对口帮扶各县区:中共中央统战部和台盟中央帮扶赫章县,民革中央帮扶纳雍县,民盟中央和致公党中央帮扶七星关区,民建中央帮扶黔西县,民进中央帮扶金沙县,农工党中央帮扶大方县,九三学社中央帮扶威宁县,全国工商联帮扶织金县,中华职业教育社帮扶金海湖新区。统一战线倾心相助,共同谱写了一首合力扶贫的时代赞歌。

2005年10月,台盟中央选择最为偏远贫穷的赫章县河镇乡海雀村作为联系点,对赫章进行对口帮扶。赫章县位于贵州省西北部,是全国深度贫困县之一。"山高水冷地皮薄,气候异常灾害多,耗子跪着吃苞谷,种一坡来收一箩",这是20世纪80年代赫章县贫困状况的真实写照。而赫章县河镇乡的海雀村,地处乌蒙山深处,平均海拔达2300米,属于"贫中之贫"的地区。当地曾流传着这样一首民谣:"海雀村,作坊河,罩子遮齐门槛脚;要想扯尺遮羞布,肩膀当作地皮磨。"海雀村的贫困状况令人震惊,更令人揪心。为了拔掉赫章的"穷根子"、摘掉"穷帽子",台盟中央发出了集全盟之智、举全盟之力帮扶建设赫章的号召。

要想真正摆脱贫困,发展产业自然是首选。台盟中央带着远道而来的专家、教授为赫章的发展把脉问策、献计支招,先后发展起核桃、樱桃、香葱、中药材、食用菌等产业。经过数年发展,赫章已然成为名副其实的"核桃之乡""樱桃之乡""中药材之乡"。

单一的种植产业显然不足以让赫章摘掉贫困这顶"帽子",台盟中央决定亮出赫章县"夜郎古城"这张名片,并请来中国科学院地理科学与资源研究所的相关专家,对赫章县的夜郎古国遗址保护及都邑呈现进行详细规划,将赫章打造成为文化、生态旅游特色名城。经过精心打造的"夜郎古城"一经亮相,便成为人人向往的旅游打卡之地,旅游收入年年攀升。

孩子是未来,是希望。台盟中央特别关注赫章县孩子的教育问题,提出打造人口素质提升工程,由单一的关注帮扶学生,扩展至培养高素质的教师、医疗等队伍。为此,台盟中央与各地方组织倾情参与,共同打造了"两岸·同心"助学基金、"两岸同心"电教室、"筑梦师者"

"筑梦医者""筑梦乡村"等系列品牌项目,助力赫章的脱贫攻坚。

如今的赫章县,城乡道路四通八达,青瓦白墙的黔西北民居错落有致,核桃、中药材等特色产业遍布各个乡镇。赫章曾经的贫困面貌一去不返了。

民革中央帮扶纳雍将在后文单辟一节。

毕节试验区建立之初,民盟中央就认领了毕节的七星关区,从此开始了长达30多年的定点帮扶。1989年,钱伟长出任毕节试验区专家顾问组组长。他率领由各民主党派中央选派的专家教授来到毕节。从此,民盟中央和各级民盟组织牵手七星关区,风雨同舟,携手并行。2003年2月,民盟中央选定严重缺水的七星关区杨家湾镇和撒拉溪镇作为试点,开展旱作农业示范项目建设,探索贫困山区发展集约化农业、走开发式扶贫的新路子。2006年,民盟中央把梨树镇上小河村确定为帮扶点,帮助上小河村发展种养殖产业。2011年以来,民盟中央通过"烛光助学金""明眸工程""同心助学"等助力七星关区的脱贫攻坚。

七星关区也是致公党中央的定点扶贫县。30多年来,致公党中央始终情牵七星关,倾心相助。2004年,青场镇青坝村被致公党中央定为帮扶基地。从此,青场镇时常可以看见致公党员的身影,他们深入青坝村的田间地头,考察调研、推广技术、发展产业。在致公党中央的帮扶之下,致公华昱希望小学建立了,农村沼气示范点建立了,稻田养鱼示范基地建成了,"三江源"生态保护项目开始实施了,"同心水渠""致公书屋""致公科普活动中心""致福送诊""致福教育""致福光谷"……一个个项目在七星关落地生根,结出了累累硕果。

民建中央积极响应党中央号召,自毕节试验区成立以来就积极参与建设。民建对口帮扶黔西县。黔西县新仁乡化屋村,曾经是一个严重石漠化的贫困村，村民的出行基本靠走，通信基本靠吼，住的是低矮的茅草屋，顿顿吃的是苞谷面。老百姓的日子过得苦啊！但如今的化屋村，一栋栋独具特色的贵州民居、一条条蜿蜒曲折的连户路、一个个干净整洁的农家院坝，在碧水蓝天的映衬下，犹如世外桃源。短短的十数年时间，化屋村发生了翻天覆地的变化！化屋村的华丽转身，仅仅是民建中央全力支持黔西县发展的一个缩影。而化屋村的改变，正是从2004年民建中央将其定为扶贫帮扶示范点开始的。2006年，民建中央协调资金800多万元，开始修建新仁乡集镇到化屋村14公里的通村油路。2009年修成通车，化屋村打通了与外界的通道。黔西县新仁苗族乡的一名普通干部杨文澜回忆起通车那天的情景时说："当两辆大客车开进化屋村时，寨子里一片沸腾。小孩们奔走呼喊：'火车！火车！快来看火车！'从未走出过寨子的老人们叫年轻人背着来看这稀奇的大汽车。那一天，寨子里有人哭了，有人笑了，有人哭了又笑了，还有人到神龛面前去上香。"(《歌声阵阵颂民建　情洒苗乡写春秋——民建中央帮扶黔西县新仁乡化屋村纪实》)》这是一条"致富路"，更是一条"连心路"。民建中央在化屋村建沼气池、修小水窖，改造民居，建成化屋码头、舞台、广场、宾馆、接待中心等，做起了化屋苗寨原生态旅游的文章。经过数年努力，如今的化屋村已变成"乌江百里画廊的一颗明珠"，游客源源不断，村民们也吃上了旅游饭。2017年，化屋村脱贫摘帽。2020年，全村农民人均可支配收入达到了11500元。

农工党中央、九三学社中央、全国工商联等分别对口帮扶大方县、威宁县和织金县，他们在教育、医疗、生态建设、基础设施建设、产业发展等方面积极建言献策、出人出力、内引外联、持续帮扶，在扶贫开发与生态保护等方面做出了重大贡献，这里不再一一讲述。

2016年3月23日，李昌禹在《人民日报》上发表了《聚力脱贫攻坚　共铸小康伟业——统一战线参与脱贫攻坚工作综述》，文中提道："28年来，各民主党派中央、全国工商联和无党派人士倾力支持毕节试验区建设，历任主席、副主席亲自到毕节调研指导工作达 165 人次之多，从出主意到办实事，为试验区经济社会发展和扶贫开发做出了重要贡献。"各民主党派中央及社会各界实实在在、持之以恒的帮扶结出了累累硕果，"28 年来，全市生产总值增长 81 倍，财政收入增长 150 倍，农民人均纯收入增长 22 倍，经济实力从全省倒数第一跃居第三；森林覆盖率从 14.94% 提高到 46.23%，人口自然增长率从 19.91‰ 下降到 6.04‰，城乡面貌发生了翻天覆地的变化"。

过去的扶贫一直没有间断，新一轮聚力脱贫攻坚战统一行动又拉开了帷幕。

决战脱贫攻坚的总号角已经吹响，各民主党派积极响应党中央号召，主动谋划，积极作为，向着 "2020 年全面建成小康社会" 这个总目标进军！

2016 年 6 月，脱贫攻坚民主监督工作正式启动。脱贫攻坚民主监督是民主党派首次对国家重大战略开展的专项监督，因此各民主党派中央高度重视。根据安排，8 个民主党派中央对口 8 个贫困人口多、贫困发生率高的中西部省份。其中，民革中央对口贵州省、民盟中央对口河南省、民建中央对口广西壮族自治区、民进中央对口湖南省、农工党中央对口云南省、致公党中央对口四川省、九三学社中央对口陕西省、台盟中央对口甘肃省。脱贫攻坚民主监督是中共中央赋予各民主党派的一项重要任务。据不完全统计，2016 年—2020 年，民主党派中央共组织调研 590 余次，其中领导班子成员带队调研 180 余次。各民主党派中央主要负责同志每年亲自带队赴脱贫攻坚一线开展调研，走村入户，座谈交流；坚持把发现问题、研究问题、解决问题贯穿于脱贫攻坚的全过程，从中央层面、地方层面等多个方向发力，向对口省区各级党委、政府提出意见建议 2400 余条，向中共中央、国务院报送监督报告 40 份，"直通车"意见建议 47 份，为科学决策、精准施策提供重要参考。

可以说，在全国脱贫攻坚战完满收官的功劳簿上，各民主党派和全国工商联紧紧围绕党中央的安排部署,发挥界别优势,在教育扶贫、产业扶贫、医疗扶贫等方面持续发力,构建了一场众人拾柴火焰高的大扶贫格局。

民革中央：力助纳雍拔"穷根"

作为与中国共产党通力合作的亲密友党，民革始终围绕中共中央扶贫工作大局，与党中央同心同向、同心同德。笔者就是民革党员，特在此将民革的扶贫单辟一章，重点介绍。

毕节试验区建立之后，民革中央于1991年把最贫困的纳雍县作为定点扶贫联系县。当时的纳雍，山高沟深，交通闭塞，出行全靠步行，"晴天一身灰，雨天一身泥"。这里的农民大多吃不饱、穿不暖，居住条件也异常简陋，多数是低矮的土墙茅草屋。人多地少，生态植被严重破坏，自然灾害频发，等等。总之，那时的纳雍被认为是不适宜人类居住的地方。但自从成为中央民革的定点帮扶县之后，纳雍开始有变化了。几十年后，纳雍发生了翻天覆地的变化。这一切与中央民革从不间断的帮扶有关，与纳雍群众的艰苦奋斗有关。团结网上刊载了《1991—2018民革中央对口帮扶纳雍大事记》，其中有：

1992年4月，民革中央首次组织国家农、林、牧、化工、地矿、医药等方面的11位专家前往纳雍实施扶贫考察。

1992年，民革中央机关干部捐资1万元，资助纳雍县姑开乡陶家寨的失学儿童。同年，民革中央领导多方奔走呼吁，协调交通部拨款1900余万元修建纳水路，柏油路首现纳雍。

1993年9月，时任民革中央主席李沛瑶到纳雍县调研，并参加民革中央援建的姑开乡陶家寨希望小学开学典礼。1993年起，民革中央机关把每年的 2 月 18 日定为民革中央机关向纳雍献爱心日，机关干部连续多年从个人工资中捐款资助纳雍贫困儿童入学。

1996 年，经民革中央多方积极协调和推动，纳雍县被列为全国农业综合开发试点县。

1998 年 4 月，民革中央邀请中国农学会组织有关专家前往纳雍考察后，推动将纳雍的 3 个村列为"科教兴村"试点。

1999 年 5 月，时任民革中央常务副主席周铁农到纳雍考察，邀请国家电力公司有关部门等陪同，为争取纳雍发电厂立项起到了积极的推动作用。

2000 年 10 月，在中央民革联系协助下，总投资 43.5 亿的一期 120 万千瓦火电厂被国家计委批准立项并破土动工。

2001 年，民革中央将扶贫工作中心下移，选择阳长镇核桃寨村作为联系村，指导制定《参与式村级扶贫开发规划》，出资援建人畜饮水窖，协调落实基础设施项目，探索建设一个文明富裕的社会主义小山村。

2004 年 6 月，民革中央联系清华大学现代远程教育扶贫中心在纳雍县建立远程教育教学点。

2005 年，民革中央组织农业专家赴纳雍县考察，提出帮助纳雍县编制生态农业发展总体规划，次年规划在北京通过专家论证并在纳雍县得到实施。

2006 年，民革投入 15 万元在纳雍县建立农民技能培训多媒体教室。

2007 年以来，上海新纪元教育集团在纳雍启动教育扶贫计划；上海、广东、江西、山东等省级民革组织分别在纳雍设立沪纳、粤纳、赣纳、鲁纳助学金。

2009 年 3 月 20 日，时任民革中央主席周铁农到毕节和纳雍县调研考察生态建设与退耕还林工作。

2011年，民革中央协调联系中华慈善总会资助100万元，援建董地乡青山村"同心博爱"综合发展项目，集中改造52户农村危房。7月18日，民革纳雍支部成立，民革在纳雍终于有了上情下达的"最末梢组织"。

2012年以来，民革中央、民革江苏张家港总支部、民革上海市委会、民革天津市委会、民革北京市委会先后捐资200多万元，援建5所农村社区卫生服务中心。

2012年8月7日至9日，民革中央调研组率东部十省市民革组织及企业家赴纳雍开展"同心·博爱行"考察活动。

2013年，民革河北省委会与纳雍县签订了《农村创业致富带头人培训帮扶协议》，河北民革党员任继成连续三年来在纳雍县开展相关培训，并指导多个农业龙头企业发展。同年8月，民革中央主席万鄂湘率队在纳雍县考察，强调要推进产业转型升级，加强生态文明建设，力保山清水秀，努力实现县强民富。

2017年7月18日，民革中央主席万鄂湘率队赴纳雍开展脱贫攻坚民主监督调研，考察了普赛河流域治理和生态保护工作。

2018年7月19日，万鄂湘在毕节参加统一战线参与毕节试验区建设座谈会，并出席民革中央助推黔货出山活动暨"博爱扶贫云商城"微信服务启动、团结报多媒体阅报屏捐赠仪式。

这里仅仅摘录了民革中央及部分民革省委会帮扶纳雍的部分大事记。从将纳雍确定为定点帮扶联系县后，民革中央就组织各方面的专家到纳雍进行实地考察，制定了"因地制宜、扬长避短、抓重点、重实效、量力而行、持之以恒"的扶贫方针，开展扶贫帮困工作。这一帮就是三十年。三十年来，民革中央初心不改，始终把帮扶纳雍当作一项重要的政治任务，坚持"纳雍不脱贫，民革不脱钩，纳雍脱了贫，民革不断线"，持之以恒的帮扶不仅改变了纳雍贫穷落后的面貌，而且与纳雍的群众建立了深深的鱼水深情。

需要浓墨重彩记载一笔的是，2015年11月27日至28日，中央扶贫开发工作会议在北京召开。习近平总书记强调，脱贫攻坚战的冲锋号已经吹响。我们要立下愚公移山志，咬定目标、苦干实干，坚决打赢脱贫攻坚战，确保到2020年所有贫困地区和贫困人口一道迈入全面小康社会。

2016年1月15日，民革中央召开扶贫攻坚工作推进会，对民革全党参与脱贫攻坚、推进精准扶贫、精准脱贫工作发出动员令，号召全党推进民革中央定点扶贫纳雍县工作。民革中央副主席何丕洁在会上强调："纳雍的事就是民革家里的事！"

助力脱贫攻坚，民革全党在行动！

同年5月3日，民革中央印发《关于探索解决京津冀协同发展贫困问题的工作方案》，确定了由民革中央牵头，民革的北京市委、河北省委、天津市委分别对口帮扶涞源、隆化和张北三个国家扶贫开发工作重点县。

之后，民革中央领导多次带队赴涞源县、隆化县、张北县调研精准扶贫，安排部署对口帮扶工作，并走访慰问贫困户。民革北京市委、民革河北省委、民革天津市委动员民革党员专家和企业家积极投入涞源、隆化、张北三县对口帮扶各项工作中，先后启动农村教育、农业产业、医疗卫生、就业和科技等多个帮扶项目。

"我们村老百姓都让我们来北京，感谢民革中央帮助我们脱贫。"2016年12月1日一大早，河北涞源县白石山村的三位村民带着感谢信和锦旗来到民革中央机关。白石山村村委会主任尹四龙说道，民革北京市委会在村里开展种植青薯九号的农业帮扶项目，组织专家和技术人员进行指导，现在每亩年纯收入能达到5000元。

2016年6月，中共中央明确8个民主党派中央分别对口8个脱贫攻坚任务重的中西部省区，就扶贫工作开展民主监督。根据安排，民革中央对口贵州省开展脱贫攻坚民主监督工作。9月21日至22日，民革中央副主席万鄂湘率队赴贵州开展脱贫攻坚民主监督工作。

  为发挥民革各级组织，特别是东部经济发达省份民革组织的优势和特色，民革中央组建了6个调研组。10月底11月初，民革脱贫攻坚民主监督各调研组分赴贵州6个市州的贫困县开展调研，调研组成员足迹遍布33个村寨、移民搬迁点和各类扶贫项目现场，召开了10余场座谈会、现场会，深入贫困群众家中了解精准识别、精准脱贫的现状和问题，听取他们对脱贫攻坚各项举措的真实感受和看法，实地解决问题。

  2016年10月28日—29日，民革湖北省委第一调研组副组长陈邦利带队赴黔东南州开展脱贫攻坚民主监督调研考察工作。黔东南州是贵州省贫困面最大、贫困程度最深的市州，贫困发生率全省第一，贫困人口全省第二。截至2015年底，全州尚有7个贫困县、52个贫困乡镇未实现省标摘帽，82万贫困人口尚未脱贫，1853个贫困村要出列，14个贫困县还要按照国家标准全部摘帽。

  2020年11月23日，贵州省人民政府批准最后9个贫困县脱贫摘帽，其中黔东南州的江县、榕江县两个县退出贫困县序列。至此，黔东南州所有贫困县全部退出贫困县序列，困扰黔东南大地千百年来的绝对贫困问题得到了历史性的解决。

  如今，黔东南州的面貌发生了巨大变化，这里面自然有民革湖北省委的一份功劳。

民企名企：大手笔彰显大气魄

精准扶贫单靠政府的力量是不够的，需要社会各界共同发力，一起行动，动员一切可以动员的有生力量投入这场脱贫攻坚战中，构建社会化的大扶贫格局。在脱贫攻坚战中，民营企业自觉践行社会责任，倾情参与脱贫攻坚，用真情谱写了一曲曲动人的帮扶赞歌。

2015年的10月17日，全国工商联、国务院扶贫办、中国光彩会正式发起"万企帮万村"行动。"万企帮万村"行动以民营企业为帮扶方，以建档立卡的贫困村、贫困户为帮扶对象，以签约结对、村企共建为主要形式，力争用三到五年时间，动员全国10000家以上民营企业参与，帮助10000个以上的贫困村加快脱贫进程。五年以来，广大民营企业倾情投入，为助力打赢脱贫攻坚战贡献了自己的光和热。

2015年11月29日颁布脱贫攻坚的纲要性文件——《中共中央国务院关于打赢脱贫攻坚战的决定》，其中明确提出："充分发挥各民主党派、无党派人士在人才和智力扶贫上的优势和作用。工商联系统组织民营企业开展'万企帮万村'精准扶贫行动。"

其实早在2014年12月，万达集团就与丹寨县签署扶贫协议，初期决定出资10亿元，在丹寨县实施"企业包县，整体脱贫"的创新扶贫模式。王健林在接受记者采访时强调：这既不是简单捐款，也不是单纯投资建厂，而是注重长期与短期结合、产业与教育结合、提高人均收入与整体脱贫相结合，创新出一种可复制、可推广的企业扶贫新模式，确保直接、普惠农民,力争用五年时间,使丹寨人均收入翻番,整县脱贫。

扶贫协议书就是军令状,丹寨县的整体脱贫就是万达的工作主线之一。因此,万达上上下下高度重视,董事长王健林多次到丹寨实地调研考察,还专门成立集团高级副总裁牵头的扶贫领导小组,并邀请国内顶级扶贫专家实地考察,建言献策。

据中新网的《种茶养猪招工不对路 首富王健林贵州扶贫出新招》报道:

> 当初2014年12月,在万达集团与丹寨县刚刚签署扶贫协议之时,万达所提出的扶贫资金为10亿元,扶贫措施主要是当地多数农民从事的养猪、种茶等。但一年后,事情发生了变化。
>
> 据了解,这一年时间万达反复调整扶贫项目,对症下药,最终确定职业技术学院、旅游小镇、扶贫专项基金三个扶贫项目,扶贫资金增加至14亿元。为此,万达内部关于扶贫项目的PPT就做了50多版。
>
> 王健林在接受中新网记者采访时指出,一年来他最大的体会就是:扶贫不能下马伊始就拍板。"拍脑袋的东西能成吗?"
>
> "我们去年想在当地养猪,建设30万头规模的土猪扩繁厂等。"万达还一度被一些媒体误解为想要进军养殖业。"但我们调研了国内的五大养猪企业,都没有挣钱的,基本是一年挣一年赔,那十年下来不就等于零吗?没有利润,怎么扶贫?"王健林说,"于是万达放弃了养猪的想法。"
>
> "又比如招工,让中建一二四八局来招,打算在当地招1万人,那么就是1万户脱贫,但是无论怎么招,就招到3000人。"王健林说,因为当地能出去打工的人都已经走了,"所以原来想的那些不一定针对实际。"现在的短中长三项措施才是更为精准的扶贫方式。

万达提出的"企业包县,整体脱贫"是一种创新性的精准扶贫模式,兼顾长期、中期、短期扶贫项目。

万达提出的长期扶贫项目是指投资成立贵州万达职业技术学院,这主要是通过职业教育从长远角度解决丹寨的贫困问题,主要招收丹寨籍学生。万达每年会择优录取职业技术学院50%的毕业生。就业是摆脱贫困最有效的途径,就业一人,脱贫一家。

中期扶贫项目是指在丹寨投资建设万达小镇。万达小镇是集休闲、度假、养生为一体的文旅小镇,主要通过发展旅游产业,形成"吃、住、行、旅、购、娱"一体化的旅游产业链,以此带动丹寨经济发展,并可解决部分易地搬迁村民的就业问题。

短期扶贫项目是指设立5亿元的专项扶贫基金,由万达投资公司进行理财。理财收益主要解决10000万名孤、残、重病等特殊人群的贫困问题。这是一种兜底性的扶贫政策。

万达集团提出的短期、中期和长期扶贫项目是一种具有系统思维的扶贫策略,既考虑眼下,又考虑长远,打造了广为人知的精准扶贫"万达模式"。《中国慈善家》杂志执行主编宋厚亮在《精准扶贫,王健林打造出"万达模式"》一文中对此高度评价:

"万达模式"达到了"精准扶贫"的高标准和严要求。其表现是:一、整体性,以一个县为扶贫范围,以多种方式解决各个人群的贫穷,从而避免了"头疼医头、脚疼医脚"的局限。二、针对性,针对不同的群体设计不同的解决方案,职业学院面向将要进入社会的年轻人,以教育获得就业,进而解决整个家庭的贫穷;旅游小镇面向中青年,解决剩余劳动力的问题;专项基金面向孤残病患等困难群体,实现托底。三、可持续性,万达不是简单的捐赠,仅有捐赠只能解决短期问题,王健林让捐赠实现了长期持续的价值。例如,职业学院可以源源不断地解决年轻人的上学与就业,旅游小镇带来的就业是长期的，专项扶贫基金引入投资理财实现增值。四、因地制宜，贵州缺少大专院校，在这里直接设置院校可以快速实现教育扶贫。此外，贵州省丹寨县的气候、文化、产业等都决定了发展旅游业更加有利。

事实胜于雄辩。丹寨万达小镇是万达集团人力、物力投资最多的项目，也是扶贫成效最为显著的项目。2017年7月3日，丹寨万达小镇开业。据中房报记者秦龙采写的《5.65万人口脱贫！万达丹寨扶贫再获认可 被称"民营企业脱贫攻坚示范表率"》报道，在短短的半年时间内，丹寨万达小镇就成为贵州省游客量排名前三的单个景区，被评为国家4A级景区。

2017年10月10日，万达集团因丹寨扶贫项目获"万企帮万村"精准扶贫行动先进民营企业奖。

在2019年全国脱贫攻坚奖表彰大会上，丹寨万达小镇因运营出色，项目部一举摘得组织创新奖，并以"造血式"扶贫带动丹寨5.65万贫困人口脱贫。

万达在丹寨实施"企业包县、整体脱贫"的精准扶贫模式，使这个地处贵州黔东南大山深处的国家级贫困县在短短的六年时间内发生了翻天覆地的变化。2019年，丹寨县实现脱贫摘帽，比原计划整整提前了两年。

可以说，万达创造了一种可持续、可复制的扶贫模式，已然成为扶贫创新的典范。

同在贵州参与扶贫的企业还有恒大集团，在脱贫攻坚战中义不容辞地承担起帮扶毕节大方县的重任。

毕节是贵州脱贫攻坚主阵地，大方位于毕节试验区中部，属于乌蒙山连片特困地区，是国务院确定的国家级贫困县。截至2015年底，大方县有贫困乡镇24个、贫困村175个,贫困人口多达18万,贫困面大、贫困程度深。对于大方这样的深度贫困县来说,扶贫开发任务异常艰巨。在2015年11月6日至8日召开的政协十二届全国委员会常务委员会第十三次会议上,许家印在会上提出,像恒大集团这样的民营企业,已经有了一定的实力,能不能率先与一些贫困县结对子,"整体帮扶脱贫"。这一提议得到了全国政协的大力支持,并从中牵线搭桥,促成了恒大集团与大方县的牵手。2015年12月19日,恒大集团结对帮扶大方县精准扶贫、精准脱贫工作方案讨论会和签约仪式在大方举行。恒大集团为此制订了详细的"三年计划",计划三年内无偿投入扶贫资金30亿元,从2015年开始分年度成片区整村推进,2016年帮扶60个,2017年帮扶80个,2018年帮扶35个,到2018年底实现大方县18万贫困人口全部稳定脱贫。

大方县要在短短的三年时间内实现18万贫困人口的稳定脱贫,着实不易,但恒大集团做到了。作为一家有实力、有社会责任感的大型企业,恒大集团从帮扶之初就开始深入调研,精准识别贫困群众,分析致贫原因,然后寻找帮扶方法。恒大集团认为,只有将大方县的种种贫困情况了然于胸,才能进行有针对性的"靶向疗法"。在深入调研的基础上,恒大集团提出了产业扶贫、易地搬迁扶贫、吸纳就业扶贫、发展教育扶贫、家庭创业扶贫和特困群体生活保障扶贫"六大"帮扶措施,俗称一揽子扶贫综合措施。

恒大集团不但扶贫力度大,而且扶贫动作快。短短两月,恒大已抽调数千人参与结对帮扶工作,人们再次见识了什么是"恒大效率""恒大速度"!

2016年2月27日,恒大集团首批援建的40个重点工程和200个农牧业产业化基地项目举行开工仪式。

2016年11月23日,恒大集团第二批援建的63个重点项目集中开工,其中新农村项目40个、重大产业扶贫项目23个。

第四章 扶贫济困 凝心聚爱

2017年6月30日，103个重点扶贫项目全部交付使用，大方县脱贫攻坚取得关键性突破，整县脱贫的希望就在眼前。但恒大集团的帮扶行动并未就此止步，而是以更大的社会责任感承担了更为艰巨的任务：从2017年5月开始，除大方县外，恒大集团又承担了毕节市其他6县3区的帮扶工作，再无偿投入80亿元，帮扶毕节市100多万贫困人口2020年如期脱贫。

在脱贫攻坚战中，各项帮扶政策是否能落实到位，人是决定性的因素。恒大集团也深深地认识到这一点，抽调287名执行力强、事业心强的优秀干部常驻大方县。这些抽调的干部与当地扶贫干部同吃同住同劳动，走家串户，大家一起向"贫困"这个顽疾发起总攻。事实证明，恒大抽调的常年扎根基层的扶贫干部，是一支能扛重任、能打硬仗的扶贫铁军。

2017年5月，恒大集团又选拔了321名优秀的扶贫干部和1500名本科以上学历的扶贫队员常驻大方县。至此，恒大集团抽调的扶贫队伍已达2108人。恒大扶贫队员翻山越岭，走村入户，用自己的"铁脚板"走遍了毕节的山山水水，他们立下愚公移山志：不脱贫、不收兵。

作为一家有实力、有能力、有魄力的民营公司，恒大集团对大方县帮扶力度足够大、范围足够广，取得的成绩也是有目共睹的，请看2018年12月4日李悠然采写的《恒大精准扶贫贵州大方县的三年成绩单》：

> 39岁的丁学志是大方县安乐乡白宫村人，三年前，一家五口人挤在一间不到30平方米破败不堪的老房子里，日子过得捉襟见肘。如今，丁学志一家已搬迁至恒大援建大方县的奢香古镇里，拥有了属于自己的新房子。"房子好大，现在我们不用和娃挤在一起了，我儿子现在恒大援建的学校里，与新房相距也就步行10分钟的路程。"丁学志笑着说道。
>
> 此外，丁学志还通过恒大吸纳就业培训，进入恒大援建纯种安

格斯牛第七育种场工作。"我患有血液疾病,不能干重活,之前全家收入来源仅靠种植家里2亩地,一年到头不过2000元。现在有房子、有工作,不用再担心明天的生活了。"丁学志满怀感激地说道。

同样的喜悦,在大方县正在此起彼伏地发生着。

三年来,恒大已帮扶毕节全市搬迁10.7万人。其中,援建大方县的50个新农村和县城安置区奢香古镇,已于2017年6月30日前完工并搬迁入住;建设全市8个县城安置区项目已陆续搬迁入住,今年年底前全部交付使用。

喜提分红　脱贫缩影

"喻兴五3200元,张大明1600元,刘顺志3200元,周兴虎4800元……"近日来,恒大援建大方县恒大41村、42村、50村搬迁户纷纷迎来幸福时刻,新村配套肉牛养殖基地相继举行2018年分红仪式,乡亲们一个个被喊到名字、领到分红,挂在脸上的是喜悦和幸福。

42岁的刘顺全是第一批获得安格斯牛分红的贫困户,老家在大方县长石镇山坝村,一家五口人的生活仅靠家里的三亩地无法维持,恒大结对帮扶大方后,刘顺全被列为恒大肉牛产业扶贫精准帮扶贫困户,每年能有2500元的安格斯牛分红。同时,刘顺全夫妇还通过吸纳就业进入恒大援建纯种安格斯牛第十六育种场工作。"育种场里包吃包住,我们俩每个月还挣到6000元的工资哩。"

"今年我们提前分红,让贫困老百姓们过个好年!"恒大引进安格斯牛的运营龙头企业中禾恒瑞负责人这么说。无疑,2000万分红金的提前发放,为大方整县脱贫目标的实现又添了一把火,也是恒大结对帮扶毕节市和大方县三周年的成果体现之一。

产业扶贫方面,恒大帮助毕节打造我国西南地区的两大基地,一个是最大的蔬菜瓜果基地,一个是最大的肉牛养殖基地,帮助20

万户、70万贫困人口发展蔬菜、肉牛以及中药材、经果林等特色产业,为每个贫困户配备至少两个产业项目,并引进79家上下游龙头企业,形成"龙头企业+合作社+贫困户+基地"的帮扶模式,实现"供、产、销"一体化经营。

美丽花蕾 大山绽放

恒大二小是恒大援建大方县11所小学里第一所投入使用的,为标准12班小学,每班45人,容纳学生约540人。崭新的教室,先进的设备,完善的教学,让恒大二小在大方县"鹤立鸡群",与清华大学合作的双师课堂远程教学,进一步开拓了学生们的眼界。

"拔穷根,就要先富教育。"从2015年12月起,恒大通过建学校、强师资、设基金,全方位补足当地教育资源缺口,已建成11所小学、13所幼儿园、1所完全中学和1所职业技术学院,并全部投入使用。

正在上初一的王豪是来自三元乡的贫困学生,14岁,父亲前两年去世,母亲改嫁,同爷爷奶奶相依为命。"恒大民族中学条件非常好,和电视中城里的学校一样。"王豪说,学校老师也非常照顾自己。虽然才上初一,但王豪的目标是考上清华。现在,他日常上课的内容,很多都是原汁原味的清华附中课程。

作为恢复高考政策的受益者,恒大集团董事局主席许家印深知教育的重要性,深知教育对贫困孩童而言意味着走出山村最大的希望。他曾说:"没有国家的恢复高考政策,我就离不开农村;没有国家每个月给我14块的助学金,我就读不完大学;没有国家改革开放的好政策,就没有恒大的今天。"

缘起大方 助力毕节

毕节市地处贫困面广、贫困程度深的乌蒙山区,全市共7县3

区,总人口927.52万人。2015年底贫困人口115.45万人,其中大方县贫困人口18万人。

2015年隆冬,第一批287名扶贫队员从恒大各分公司不远千里挺进乌蒙山。他们和当地党委政府的扶贫干部、员工一起,跋山涉水、挨家挨户走访贫困户,用一双双"铁脚板"丈量着乌蒙山每一寸土地,耐心地与深居丛山的贫困老百姓促膝长谈,叩开一扇扇"心门",让贫困户们从"帮我脱贫"变成"我要脱贫"。

在大方县之外的毕节其他六县三区,恒大2108人的扶贫队伍常驻县乡村,牢牢抓住产业扶贫、移民搬迁扶贫和就业扶贫的"牛鼻子",与当地干部群众并肩作战。截至目前,恒大已捐赠到位60亿元扶贫资金,其中定向捐赠给大方县的30亿资金全部到位;已协助毕节各级政府帮扶30.67万人初步脱贫,到2020年还要协助毕节各级政府帮扶72.46万人稳定脱贫。

1096天,恒大创造了精准帮扶的奇迹,仅仅在大方县,各项精准扶贫措施已全部覆盖该县18万贫困人口,总建筑面积约400万平方米的103项重点工程全部竣工并交付使用,许家印兑现"让大方县三年整县脱贫"的承诺近在眼前。

这是一份恒大人创造的减贫成绩单。这份成绩的取得,得益于恒大集团科学、高效的"四变"式精准扶贫:"变点式帮扶为整县推进、变间接帮扶为直接参与、变单一捐资为立体帮扶、变大水漫灌为精准滴灌,形成了民企直接参与精准扶贫的新模式,为民企参与'补短板',促进'共同富裕',提供了好的范例。"

诚哉斯言!简单捐钱、捐物的救济式扶贫,只能解决眼前一时的窘迫,并不能根治贫困的症结。要想消除贫困这个顽疾,必须使贫困地区和贫困人群自身具备"造血"功能。恒大集团帮扶的着力点就是帮助大方县建立"造血"机制,寻找并建立农民稳定、长效的增收路径,这也正是"恒大模式"的魅力所在。

万众一心攻坚克难。"决不让一个贫困群众掉队。"自 2015 年以来，企业的帮扶已蔚然成风，并成为脱贫攻坚中不容忽视的一支力量。2016年，为树立脱贫攻坚先进典型，引领社会风尚，弘扬社会主义核心价值观，动员社会各方面力量积极参与脱贫攻坚，为打赢脱贫攻坚战、全面建成小康社会营造浓厚氛围，国务院扶贫办公室特设立了全国脱贫攻坚奖。其中，奉献奖主要从社会帮扶主体中产生，表彰各类社会组织、非公有制企业和公民个人中的扶贫先进典型。2016 年，10 人获得奉献奖；2017 年，10 人获得奉献奖；2018 年，25 人获得奉献奖；2019 年，25 人获得奉献奖；2020 年，25 人获得奉献奖。从这些奉献奖的获得者中，我们不难发现民营企业家的身影。

新希望：脱贫致富的新希望

2018年10月17日，新希望集团董事长刘永好获"全国脱贫攻坚奖奉献奖"。刘永好的扶贫历程还得从他与四川凉山二十多年的情缘说起。

那是1993年，刘永好第一次坐火车经过凉山去昆明。在西昌火车站，他看到很多赤脚、留着长发的小男孩背着篓子捡煤渣。这一幕给刘永好的触动太大了。他想起来小时候在铁路边捡煤渣的往事，而眼前这些孩子的生活状态甚至比他小时候还要糟糕。他暗暗下定决心，一定要为凉山地区的贫困群众做点什么。后来，他回忆说："这里很贫穷，但环境好。当时我就想，能不能利用这里优良的环境，建立一个饲料厂，既能帮助当地百姓摆脱贫困，又能给公司开辟新的市场呢？"1994年4月23日，时任全国工商联副主席的刘永好与九位民营企业家响应《国家八七扶贫攻坚计划》，联名发出《让我们投身于扶贫的光彩事业中来》的倡议。当年7月，"光彩事业"首次"光彩行"就来到了四川大凉山，在中央统战部、全国工商联领导和各民营企业家的见证下，希望集团投资1500万元的西昌希望饲料公司破土动工了。这是四川省凉山彝族自治州兴建的全国第一家"光彩事业"工厂，是"光彩事业"撒播下的第一粒"种子"，后来被誉为"光彩事业一号工程"。西昌希望饲料公司投产后，连续数年蝉联"西昌工业企业第一强"。

1999年—2001年，希望集团在西昌投资修建两所"光彩希望"小学，使近千名失学儿童重返课堂。同时，希望集团设立了"光彩希望"小学教育基金，为这里的孩子们点燃了希望的灯塔。

1997年，刘永好被评为"中国十大扶贫状元"。2009年，新希望集团被评为"光彩事业突出贡献企业"。

荣誉是对以往成绩的认可。但对于刘永好来说，这一份荣誉更是激励、鞭策他在"光彩"事业这条道路上继续前行的动力。

作为民营企业家，刘永好始终认为企业必须有所担当，应承担起更大的社会责任。

2015年，新希望集团加大在西昌的投入，收购三牧乳业，使之成为新希望集团的一员。在新希望集团的统一筹划下，三牧乳业一举走出攀西，甚至走向了云南。

2015年的10月17日，全国工商联、国务院扶贫办、中国光彩会正式发起了"万企帮万村"行动。民营企业作为帮扶方，建档立卡的贫困村、贫困户作为帮扶对象，签约结对，村企共建，力争用三到五年时间，动员全国10000家以上民营企业参与，帮助10000个以上贫困村加快脱贫进程。新希望集团就属于"万企帮万村"中"万企"之一。2016年，新希望集团旗下的新希望六和股份有限公司在四川仪陇、凉山开始精准扶贫产业养殖项目试点。

2016年3月，新希望在凉山州喜德县贺波洛乡跃进村试点首个集约化生猪养殖项目。

2017年，新希望集团正式发起了"精准扶贫1+1"行动计划，发动全集团员工、调动各产业板块优势资源，全面投身脱贫攻坚战。

2017年8月4日下午，"中国光彩事业凉山行"活动在凉山州西昌市举行，现场集中签约32个项目，总投资金额达392.93亿元。新希望集团给本次"光彩行"公益项目捐赠110万元，并与凉山州政府签订《凉山州产业精准扶贫60万头高效生猪养殖项目战略合作协议》，在凉山州继续推广以生猪养殖为抓手的产业精准扶贫模式。在会上，新希望集团董事长、川商总会会长、"光彩事业发起人"刘永好用简短的发言，深情讲述了23年来与"光彩事业"、与凉山之间深深的情缘，同时宣布了接下来在凉山的 20 亿产业扶贫项目、在四川未来三年的百亿投资项目。新希望集团的精准扶贫项目以产业扶贫为主,以易地搬迁扶贫、就业扶贫、教育扶贫、电商扶贫等为辅,涉及生猪及肉鸭养殖、经济作物种植、农产品外运销售、捐资助学等多个领域。

随后,新希望六和股份有限公司与人民银行成都分行合作,在四川省凉山州昭觉县特口甲谷村试点"4+N"扶贫模式。"4+N"就是"当地政府 + 金融机构 + 龙头企业 + 村集体 +N 个贫困农户"的产业扶贫模式,由人民银行、新希望、贫困户及部分非贫困户共同出资建设养殖基地,通过发展特色产业获得持续稳定的收益,带动村集体经济和贫困户增收脱贫,同时兼顾非贫困户,并带动周边贫困村集体经济发展。2018 年 4 月,中国人民银行成都分行和新希望六和股份有限公司产融合作精准扶贫项目——昭觉县特口甲谷村现代化养殖项目建成投产,这是凉山地区的第一个现代化的大型养殖场。2019 年 5 月 23 日,特口甲谷村生猪养殖专业合作社第一次召开现场分红大会。时隔一年之后,2020 年 7 月 8 日,特口甲谷村举行生猪养殖专业合作社第二次收益分红大会。分红现场,建档立卡贫困户土比阿地领到了 3000 元分红,激动地说:"今天真是太高兴了,这已经是我们第二次分红了,在我们这么偏僻落后的地方,没想到能建成现代化的养猪场,而且收益这么好。感谢党,让我们摘掉了贫困的帽子,让我们的脱贫路越走越宽,卡莎莎(谢谢的意思)哦!"

这一扶贫模式被称为"昭觉模式",在昭觉县、凉山州逐步推广开来。

"扶贫更需扶智,唯有授人以渔才能更长久地保障农民脱贫不返贫。"这是刘永好多年在扶贫中得出的结论。

正是因为刘永好与凉山这份长达二十余年的情缘,一个个产业项目为凉山的百姓带去了现代化种养殖的新观念和技术,带去了脱贫致富的希望。

援疆干部：扎根天山以为家

实现中华民族伟大复兴，需要筑牢民族团结的铜墙铁壁；全面建成小康社会，离不开少数民族和民族地区的全面小康。2015年1月29日，习近平总书记在国家民委一份简报上批示："全面实现小康，少数民族一个都不能少，一个都不能掉队，要以时不我待的担当精神，创新工作思路，加大扶持力度，因地制宜，精准发力，确保如期啃下少数民族脱贫这块'硬骨头'，确保各族群众如期实现全面小康。"

自党的十八大以来，习近平曾专程到甘肃、云南、新疆、内蒙古、青海等省区考察调研。他一再强调，要加大扶贫资金投入力度，重点向农牧区、边境地区、特困人群倾斜，建立精准扶贫工作机制，扶到点上、扶到根上、扶贫扶到家；要紧紧围绕各族群众安居乐业，多搞一些改善生产生活条件的项目，多办一些顺民意、惠民生的实事，多解决一些各族群众牵肠挂肚的问题，让各族群众切身感受到党的关怀和祖国大家庭的温暖。

从天山脚下到武陵山区，从彩云之南到塞外草原，习近平总书记多次深入民族地区调研，与各民族群众共商脱贫致富大计，开出一张张脱贫"药方"，谱写共同团结奋斗、共同繁荣发展的崭新篇章。

我国对西部的开发建设历来是非常重视的，一批又一批援疆干部走近边疆、扎根边疆，将自己的青春与热血奉献给了边疆，奉献给了祖国最需要的地方，为当地的发展贡献了自己的光与热。这里笔者重点讲一讲来援疆干部的故事。

笔者到过新疆哈密三次，只因儿子曾在《哈密日报》当记者。东天山横贯哈密，东部是海拔 2000 米的丘陵，南部为山脉，中部为冲积平原，整个地形呈现出北高南低、东西倾斜的特点。

出了玉门关，一脚便跨进新疆，想象中的天山、孤城、沙碛、大漠孤烟、长河落日……扑面而来，这就是哈密。

哈密位于新疆维吾尔自治区东部，是新疆的东大门，也是新疆通往中原地区的交通要塞。举世闻名的古西域"丝绸之路"——汉代北新道和唐代中道曾分别经过哈密天山南北，沿途设烽燧、驿站。2010 年，哈密市伊吾县就迎来河南派出的援疆干部——郑援越。

时任河南省辉县市委副书记的郑援越辞别久卧病榻的老母亲和妻儿，任河南援疆伊吾指挥部第一指挥长、伊吾县委副书记。初到新疆，望着一望无际的戈壁，郑援越豪情顿生，诗兴勃发，写下了《赴伊吾》一诗："大漠风吹急，天山雪来寒。恍然云梦中，别家千里远。东望黄河流，太行浮双眼。西看狼烟起，家国挂心间。愿为左公柳，洒绿在边关。"

从卫水河畔来到美丽的天山脚下，郑援越不仅要克服气候、水土不服等问题，还要克服生活习惯的诸多不适应。尽管如此，他还是迅速投入工作，践行他"愿为左公柳，洒绿在边关"的初心使命。

郑援越是个极其务实的干部，尽管有多年的基层工作经验，但他始终坚信，没有调查就没有发言权。于是，刚到伊吾的郑援越就一头扎进各村镇，他想了解这里农村的真实情况。不到一个月的时间，郑援越就将伊吾县的每一个乡镇和村子都走了一遍。调研的过程也是学习和思考的过程。通过深入实地的调研，郑援越发现伊吾县是一个传统的农牧业县，这里有广袤的巴里坤大草原，发展农牧业有得天独厚的条件。但与河南相比，伊吾县的农牧业生产技术落后，农牧民思想观念也比较保守。这是制约伊吾发展的症结所在，必须以此为突破口，破解伊吾县经济发展较为滞后的难题。经过调研，郑援越发现伊吾县属温带大陆性干旱气候，非常适合发展林果产业。

调研结束后，郑援越就返回河南，向中国农业科学院郑州果树研究所的领导和专家介绍伊吾县的情况，并邀请他们到伊吾县实地考察，将当地的林果产业发展起来。听了郑援越的汇报与想法，中国农业科学院郑州研究所也非常重视，派专家前去伊吾调研考察。在各方努力之下，中国农业科学院郑州研究所于2011年5月在伊吾建立试验站。这个实验站成为伊吾县历史上第一个国家级科研机构。试验站建成后，郑州果树研究所的专家们多次来到伊吾，向当地群众传授现代农业知识和技术。同时，伊吾县也建成了1800亩大枣试验示范基地。

但推广红枣的种植过程非常不顺利，当地的百姓对枣树种植有顾虑，他们怎么也不相信专家说的枣树一年能挂果，当年就能见到收益。村民们认为这是专家在忽悠大家呢，有可能又是一个面子工程。今年栽，明年又没人管了，还不得挖出来。这不瞎费功夫吗？这样想法的人不止一个，所以枣树种植的事推行不下去。郑援越一看，这怎么能行，好不容易争取到郑州果树研究所的大力支持，可不能半途而废了。他知道要转变村民的想法只能一步一步来。他和乡政府的干部一起走乡串户，到田间地头、到农牧民的家里，一家一户地去做工作，通过推心置腹的交流让大家对红枣种植产生信心，打消农牧民的顾虑。不光得做思想工作，还得让农牧民对红枣种植这件事有个直观的印象，他让乡政府组织村民到哈密市的试验田参观，眼见为实。这一招还真见效，参观回来后就陆续有村民报名种植枣树了。

2011年，伊吾下马崖乡种了600亩红枣。一月后，原来村民称之为一截截"干棒棒"的枣树竟然发芽了。一年后，栽种的枣树竟然挂果了。这下，村民的疑虑没有了，栽种枣树的积极性也越来越高了，枣种植面积也越来越大。一颗颗饱满甘甜的红枣成了当地百姓增收的"致富果"。

有了枣树种植的成功示范，接下来淖毛湖镇种植软籽石榴、盐池乡种植沙棘果、苇子峡乡种植野山杏的项目就容易推广了。一个个成规模的种植基地建成了，就意味着一个又一个产业增收项目在伊吾县大地上生根发芽了。伊吾县的农业结构调整初见成效。

郑援越时刻没有忘记援疆的初心使命，在接受记者采访时他说："民生是新乡援疆的第一重点，也是新乡援疆的最大亮点。"

郑援越在乡下调研时发现很多农牧民患有白内障，视力模糊，严重影响生活；有的维吾尔族妇女在家中生产，若遇难产，因牧区离乡镇医院路途遥远，得不到及时救助，往往会发生悲剧；伊吾的年最低温度达零下40摄氏度，一年中有七个月人们都在家里焐冬，许多老人因行动不便卧在床上，容易得褥疮，很是痛苦。反观这里的医疗条件也非常落后，乡镇医院的B超、心电图因无人会用，经常处于闲置状态。因为缺少专业医生，产妇生产要跑到180公里外的哈密市……郑援越看在眼里，急在心里。他暗暗下定决心，一定要帮助牧区改善医疗条件。

在河南辉县组织医疗队时，他七旬的老母亲正卧病在床。按理说，作为一个儿子，他应该为母亲尽孝。但作为一个援疆干部，更多患病的农牧民还需要他的帮助。他匆忙向在老家的姐姐交代了一下，之后毅然带领医疗队日夜兼程奔赴千里之外的伊吾县，将卧病在床的老母亲抛在了几千里之外的家乡。这可能成为他一生的痛，他欠父母的太多了。欠这个家庭的太多了，他在提起母亲的时候，声音哽咽，泪水盈眶。是啊！男儿有泪不轻弹，只是未到伤心处。

2010年12月29日，郑援越带着陈洪军和河南新乡市的其他几名医生，跨越茫茫戈壁滩，来到了伊吾。伊吾正值一年中最寒冷的季节。零下30多度的严寒让援疆医疗队员很不适应。但他们肩负着治病救人的重任，到了伊吾的第二天就奔波200公里到淖毛湖镇为广大农牧民义诊。就这样，医疗队冒着刺骨的寒风，踩着厚厚的冰雪，为各乡镇的农牧民送医送药。且不说伊吾县医院的规模小，临床医生也严重缺乏。援疆的医生们坚持每天坐诊。如遇到特殊情况，不管是白天还是黑夜，不管是刮风还是下雨，他们从来都是随叫随到，无愧于"白衣天使"这个称号。

第四章　扶贫济困　凝心聚爱

陈洪军到伊吾之初,就写了这样一首诗:"告别牧野故乡,奉献祖国边疆。助力伊吾发展,不负人民期望。无惧寒暑风狂,誓做戈壁胡杨。"身着白褂奔波在农牧区的援疆医疗队员,多像戈壁胡杨啊,他们守护着一方百姓的健康。

许多牧民的病治好了,人人都说郑书记好,有人带上羊肉和红枣感谢郑书记。有人发短信感谢郑书记。郑援越深受感动。是啊,金杯银杯不如老百姓的口碑!同时郑援越却陷入了另一种忧虑:如果医疗队走了,牧区人民怎么办?所以,培养当地的医疗人才队伍是当务之急,必须搞好"传、帮、带",让援疆的医生手把手地指导当地医生。就这样,每个牧区都有了自己的医疗队伍。通过郑援越的努力,医疗队一批批地来,由原来的8人增加到58人。热诚的态度、精湛的医术赢得了伊吾各族人民的认可。伊吾的农牧民再也不用奔波到哈密的医院去看病了。

正如郑援越所说,援疆是一段难得的人生历程。在援疆工作中,他要尽全力为伊吾县农牧民多做实事、好事。郑援越赴中央传媒大学讲课时说:"同学们,你们应该到基层去、到祖国最需要的地方去。"

到伊吾追踪采访郑援越时,他深有感触地说:"我们援疆不是为完成任务而援疆,而是在'用心援疆',把伊吾作为第二故乡,把农牧民当作自己的父老乡亲。不到两年,我可能就要回河南新乡,说真的,我还真有点舍不得走。"

三年援疆路,终生新疆情。一批又一批援疆人踏上了新疆这片神奇而又美丽的土地,他们扎根天山,将爱播洒在这片沃土上,结出一簇簇火红而娇艳的果实。中华民族一家亲,郑援越的援疆故事不就是民族深情的最好诠释吗?那么,究竟是一种什么样的力量,让一代代援疆人薪火相传、甘之如饴?从援疆干部罗军的诗中,我们依稀找到了答案:

我亲爱的妈妈
你问我几时能回家

望着你的白发我无言以答

因为在那天边的毡房里

也坐着一位满头白发的阿妈

我亲爱的宝贝

你问我几时能回家

抱着你的身子我无言以答

因为在那天边的草原上

也跑着一群和你一样可爱的娃娃

……

我亲爱的祖国啊

我知道我几时能回家

……

只有你的强大

才能支撑我温暖的家

家庭和草原牧民谁最重要？从道德伦理上讲，肯定家庭重要。但从一个人民的公仆来看，他把草原的牧民看得更重要。

"我知道您的一些故事，很感人。"笔者在采访郑援越书记时很感慨。

没想到郑援越却说："同那些留下永远不走的拓荒者、援疆人相比，我仅仅是派驻几年，就是待上三年五年最终是要回去的，吃点苦又算什么呢？像你，把儿子的一生都献出来了，你儿子是留下不走的援疆人！"

"是啊，你援疆结束，还是要当回当地的。我儿子是为了寻梦自己跑到这儿来的。"笔者揶揄道。

"你说的不错，不管是派来援疆的，还是寻梦者，正是有了这许许多多默默无闻的扎根边疆者，边疆的发展才日新月异。"郑援越说的也对。笔者的亲戚朋友中，第二代援疆人遍布哈密的各个机关，寻梦的第二援疆人还在增加。笔者的亲戚李光文大学毕业到哈密来求职，也成了留下不走的援疆人。正是有了这许许多多默默无闻的援疆人，新疆的今天、明天才更加美好。

社会力量：致富不忘报乡梓

在这场声势浩大的脱贫攻坚战役中，一些民营小企业家也积极投身其中，带领父老乡亲脱贫致富。许多人都有浓浓的乡土情结，尤其是一些从农村走出去的企业家，创业成功后都想回报家乡。像笔者的家乡就有几个这样的人：谈得武投资几百万给家乡修了一条水泥路，方便村民出行；董道维干脆把他的企业搬回家乡，让村里年轻人就业，不再受打工漂泊之苦。余兵国北京创业成功后，为家乡的父老乡亲修建了别墅，每户一套，还大力发展当地产业，带动更多的人致富。社会化力量的扶贫力量不容小觑。

下面是余兵国回报家乡的故事——

大别山腹地的大悟县芳畈镇悟峰余店村，山势雄伟，连绵起伏，山林茂密，郁郁葱葱。山中有许多奇石异景，每一处景观都有美丽的传说。更有蜿蜒的山间小路，云遮雾罩的山谷，茂密的枫树林，以及掩映在林中低矮的村落……这一切构成了大别山独特的自然风情。

党的十一届三中全会后，18岁的余兵国在家乡亲朋好友的帮助和支持下，拼凑了2000元，打起行囊，兴致勃勃地从大悟县芳畈镇悟峰余家店的深山老林来到了首都北京！短短的十年时间，余兵国用自己勤劳的双手和非凡智慧，从一名个体商贩变成了仁和鼎盛燃气集团的董事长！又过了一个十年，到2008年，余兵国已成为全国知名的北京九头鸟餐饮集团公司的董事长！余兵国旗下拥有北京九头鸟餐饮集团、北京仁和鼎盛燃气集团、北京鼎和盛源投资有限公司、天津仁和鼎盛钢瓶制造有限公司、湖北余济农业发展有限公司等企业，年实现利润过亿元。

大悟是著名的革命老区县，宣化店是打响解放战争第一枪的地方，余兵国的老家芳畈悟峰余家店，与李先念的新四军第五师司令部旧址很近。余兵国深知他拥有的这一切是家乡红色土地滋润的结果，是家乡父老乡亲养育的结果。不忘先烈，感恩家乡，回报社会，带领家乡人民脱贫致富奔小康，建设美好富饶的新家园，这是他义不容辞的责任担当！

余家店以前的住房大部分为砖瓦平房、土坯房和部分茅草房，夏天漏雨，冬天漏风。为改善父老乡亲的居住条件和生活环境，提高生活质量，余兵国于2012年投资6000余万元建设余家店社会主义新农村，在芳畈水库上游一片平坦的坝子上建成别墅型住宅66套，每套196平方米，每户一套。别墅群旁边是碧波荡漾的河水，青山绿水，景色优美。多少年来，余家店的村民都渴望能有遮风避雨的好住处，这不，余兵国就帮助大家圆了安居梦吗？新农村别墅交付使用后，余兵国又投资1000多万元，整治河道、建吊索桥、造悬河长廊，使余家店成为远近闻名的美丽乡村。

"宣化店谈判"旧址、"新五师司令部"旧址均属国家级重点文物保护单位，是红色旅游胜地，每年来接受革命传统教育的干群、学生达数万人。余家店是游客的必经之地，为丰富广大游客的旅途生活，余兵国开始打造绿色旅游观光景区。2013年，他从北京带回9000万元资金，以余家店为中心，在旅游沿线的滚河、五四、竹林和东升四个行政村分别建起了绿色旅游景区和景点，同时还建成了一系列服务体系：在五四村建起了10000亩的绿茶、油茶、花果园和苗圃基地；对余家店沿河近千米的河床和河道进行清理，砌河岸2000米，筑河两岸护坡20000平方米，修建通往景区景点的道路60多公里；在余家店建起了宾馆、酒店、超市和家乡农特产品贸易中心等；在竹林村建起了佛教文化景区和景点；在公路沿线的四个村分别建起了50余家农家乐；在四个村分别建起了5个旅游景区10多个景点。他将红色旅游与绿色旅游结合起来，一次性解决了家乡 3000 余人的就业问题。

余家店的华丽转身带动了乡村旅游的兴盛。每逢年节周末，来此休闲度假的人络绎不绝，由此也催生了民食民宿项目的发展，村民们在家门口也吃上了"旅游饭"。余家店的农户既有房住，又有事干，户户脱贫，人人致富，家家奔小康！

茶叶是大悟县的传统产业，具有悠久的生产历史。大悟县成规模的茶叶基地当属三里城镇。余兵国结合大悟县的自然资源优势，大力发展茶产业，实现"茶叶强县、茶叶富民"。2016 年 7 月，九头鸟餐饮集团与大悟县人民政府签订了关于大别山农特产品综合开发项目合作框架协议书，并成立湖北余济农业发展有限公司，采用"公司＋基地＋农户"的模式发展茶产业。余兵国以大悟绿茶集团为龙头，投资 3000 多万元先后整合了 7 家茶叶公司，把过去分散经营、效益低下的大悟绿茶产业带入发展的快车道。几年来，余兵国采取发展特色农业产业扶贫模式，带动大悟家乡 10 余个乡镇，80 多个行政村，200 余个自然村，近万个农户，3 万余名贫困人口脱贫致富。

多年的奋斗历程，余兵国感受到创业的艰辛与赚钱的快乐，当年他也迷惑自己的价值在哪里？他在帮助家乡脱困、带动村民致富之中找到了快乐与幸福的答案，更找到了人生的价值——一个人的最大价值不是索取，而是奉献！

第四章　扶贫济困　凝心聚爱

红光村"红"起来了

走进湖北省孝感市云梦县义堂镇红光村，眼前是一幅靓丽的乡村画卷：笔直宽阔的沥青马路与316国道连接，村湾道路循环互通，水泥路连通到户。马路两边，太阳能路灯与行道树穿插排列。村西紧临府河，水面宽阔，清澈见底，野鸭成群，河滩沙地柔软，沿岸绿树成荫，是垂钓、散步、休闲者的天堂。黄牛在埋头吃草，鸟儿在昂首歌唱。村里古木参天，清澈的池塘里时而有鱼儿、野鸭浮出水面，塘边婀娜多姿的垂柳掩映着水车，旁边古朴典雅的凉亭，常常可见三三两两的老人在那里叙话。村里每个自然湾都有文体广场，分别安置有篮球架、乒乓球台及健身器材。傍晚时分有村民在跳广场舞，清晨或傍晚，无论走到哪儿都可以听到大喇叭播放的新闻节目……

然而，在20世纪八九十年代，这里却是另一番景象：从外界到村内只有一条3.5米宽的乡村小道，坑坑洼洼、高低不平。加上农用车碾压，晴天坑洼不平，雨天更是泥泞不堪。"孩子们上学，都是走田埂路，弯弯绕绕，一不小心就有掉到水塘里的危险。"每到雨天，除了孩子上学难，村民们的农用车也很难在淤泥堆积的狭窄小路上行驶。胡学臣老人讲，那时村里环境卫生差，垃圾遍地，河道堰塘因污染成为臭水沟，道路、自来水不通。因电压不稳，生活用水用电难以保障，通信网络时续时断。路不通，农产品运不出去，无人进来投资。"村内村外两重天"的现实摆在眼前，修整道路成为广大村民最为期盼的事情。

红光村地处古云梦泽的义堂镇，西邻府河，东邻316国道。全村辖3

个自然湾、10个村民小组，共412户1482人，耕地面积1197亩，主要农作物有玉米、小麦、油菜、棉花等，大多数村民祖祖辈辈靠种地为生，地里刨食。除去种子、农药、化肥等生产成本，种地基本上见不到收益，甚至只有倒贴的份。村民收入主要靠外出务工，由于没有产业支撑，村集体收入几乎为零。全村原有建档立卡贫困户20户50人，大多是老弱病残，既缺技术又缺劳力。这些贫困户务工无门，增收无望。红光村是湖北省住建厅重点帮扶的贫困村。自2015年10月以来，湖北省住建厅已先后派出四任工作队进驻红光村，开展精准扶贫、精准脱贫工作。

昔日的贫困村、落后村，是如何破题、解题，实现蜕变重生、蝶变成"文明村""美丽乡村"的？让我们一起随着驻红光村工作队的扶贫足迹探个究竟。

基础设施落后、缺乏产业带动等问题像一条条绳子一样紧紧束缚住红光村发展的"手脚"……红光村该如何走出困境呢？扶贫工作队会同所在县镇干部及村"两委"到贫困户家逐个走访调研，决定从基础设施建设入手，把改善生产生活及生态环境作为突破点，着重发展特色产业项目，促进村民就业和集体增收。

"挖穷根，首要的是强基固本。改善基础设施和人居条件是住建系统的长项和优势。别人眼中破败凋敝的村庄，在我们看来处处是资源。"湖北省住建厅厅长说，整治环境也是振奋人心，家园变美了，才能提振村民的精神面貌。要打开局面，就要尽快找到突破点。驻村扶贫工作队会同县镇村"两委"干部认真调研，瞄准了从基础建设入手，寻找脱贫的良策。

驻村工作队协同村委会说干就干。

首先从改变基础设施入手。湖北省住建厅党组高度重视，厅机关、直属单位积极参与，驻村工作队与当地市、县、镇党委政府职能部门一道调研走访，问需于民，围绕"两不愁""三保障"等系列脱贫要求，统筹安排，多渠道筹集帮扶发展资金 2000 余万元，攻坚克难，真扶贫、扶真贫，实施了安全饮水、道路通达工程。家家户户接通了自来水；村湾 6 公里主干道被加宽刷黑，实现双车道通行，入户路全部硬化为水泥路。2019 年 10 月，驻村工作队牵线搭桥，红光村与碧桂园开展支部共建、助力扶贫攻坚活动，碧桂园捐资 10 万元新建的"连心桥"通车了，这座长 27.5 米（桥身加主干道总长）、宽 6 米的钢筋水泥桥，改善了村里的出行条件，方便了村民和车辆通行，有利于红光村农业产业化发展，村容村貌也得到了改善。

红光村村支部书记激动地说："这座桥就是用碧桂园的专项捐赠款建设的，我们给它取名'连心桥'。桥的一头连着省住建厅、镇政府和碧桂园，一头连着全村 1000 多个村民。有了这座桥，村民出入都方便和安全多了！"

出行问题解决了，接下来就开始实施教科文卫工程了。在湖北省住建厅的大力支持下，建成了 4 个活动广场，翻新改造旧学校、卫生室，建成农家书屋；改造升级电网，建设通信基站，实现网络电视及安全视频户户通；实施危房改造工程，完成全村 25 户危房改造；实施亮化工程，安装路灯 160 盏；推进"厕所革命"和垃圾分类，新建公厕 6 个，农户厕所能改尽改；修建垃圾收转站 3 座，布设 70 组分类垃圾桶，新建智能垃圾分类点 1 个，垃圾治理成效明显。村庄亮了，也变美了。

农业产业化的发展离不开生产条件的改善，红光村实施农田水利工程，修建农田机井 10 口、排水沟 3000 余米、机耕路 4000 余米，方便农田引水灌溉，同时有利于抗旱排涝和提高劳动效率，减轻劳动强度。

湖北省住建厅机关和直属单位到红光村开展"种小康树、搭连心桥"植树扶贫主题党日活动，植树 3000 余棵，由村民管理。驻村工作队带领村民清理污染的堰塘 10 口，拆除无人居住的危房 66 栋；引导村民用废砖旧瓦建起了"五小园"，即小菜园、小果园、小花园、小竹园、小游园，种菜吃菜不出门，既方便了生活，又美化了村容村貌。2019 年，红光村被评为"国家森林乡村"。2020年,红光村被纳入"国家湿地公园"生态保护区范围,生态环境大有改善。

道路通则百业通。居住环境和生产生活条件改善了,村民脱贫致富的劲头也更足了。

"要脱贫,必须强化村子自身的'造血'能力,没有产业绝对不行。"湖北省住建厅派驻红光村"第一书记"郭翔感慨道。用足用好扶贫政策,抓强抓实产业发展,激发群众内生动力是关键。

2018年,驻村工作队同当地县、镇党委、政府及村"两委"紧盯产业精准扶贫,积极争取扶贫资金100余万元,引进红新果蔬种植专业合作社,专门种植有机蔬菜,发展特色农业。红光村在府河平原上,土地肥沃,向来有种植蔬菜的传统,而且蔬菜的品质很好。于是,驻村工作队和村"两委"实行"基地+农户"的模式,一步步发展,当年建成100亩98个标准化果蔬大棚产业园。2019年,整合5个贫困村的扶贫资金建成占地2000平方米、一年育苗600万余株的果蔬基地,主要供给云梦本地的蔬菜种植合作社及菜农。合作社通过吸纳贫困户入股和务工,带动贫困户脱贫致富。

"以前种一亩地,勤做苦扒,收益不过几百块,根本赚不到几个钱。现在到基地务工,按天结算,一天能到手80块钱。沾了好政策的光,现在有钱赚了,村里没人打麻将了,能做事的人都动起来了。"贫困户村民张桂芳开心地说。"从建立合作社至今,省住建厅驻村工作队给予了大力支持,协调我社与省城建职院建立供需协作机制,2020年销售额达到106万元。"合作社负责人说。

2020年,红光村新引进桂花果蔬专业合作社,打造红光智农园,会同当地政府整合资金950余万元,流转土地600余亩,建成300个大棚,采用智能化设备、科学化管理、专业化生产、社会化服务、农旅融合一体化的经营方式,打造集生产加工、销售经营、休闲观光为一体的特色农旅康养产业园。据桂花果蔬专业合作社负责人介绍，大棚产业园用工旺季每天可吸纳村民百余人务工，日工资100~120元，当日结清。长期务工者每年可增加收入2万余元。农户和村集体每年分别有每亩500元的土地流转收入，实现了村民和集体双增收。2020年，全村建档立卡户人均可支配收入8978元，较2019年的7251元增长了1727元，增长率为23.8%。2020年，村集体收入为20.1万元，村民和集体收入大幅提高。2021年，红光村将继续与桂花果蔬专业合作社合作，再发展果蔬种植500亩，带动更多的村民在家门口就业。

2018年，红光村与吉口村联手建成40.8千瓦的光伏发电站，并入电网，解决了村里多年来缺电和电压不稳的问题，保障了村民生产生活用电。发电站建成以来，收益近10万元，已按规定将光伏收益的80%用于建档立卡户，20%用于村集体公益事业。

通过上下共同努力，2019年底红光村实现整村脱贫出列。

"只有让群众看到希望、看到未来，才能使他们树立稳步脱贫致富、不再返贫的信心。"驻村"第一书记"郭翔说。

金秋九月，府河小平原一片丰收的景象。一天正午时分，天气依然炎热。若是往日，村民肯定坐在家里吹着空调和电扇，纳凉消暑。但这天，红光村竹林胡湾的村民不约而同地走进湾里打造的森林公园，或三五成群聊天说笑，或躺在吊床上闭目养神，尽享"天然氧吧"和"自然空调"带来的醉人清凉。

红光村地处云梦涢水国家湿地公园北入口处，紧邻府河。景色独特，村寨古朴，树木茂密。好风凭借力。红光村作为"国家森林乡村"，紧靠府河涢水国家湿地公园，村里胡阳湾又有纪念欧阳修的"六一堂"，是打造乡村特色旅游的绝好去处。

"我们结合美丽乡村建设，以特色农业为引领，着重在'农旅融合'上做文章，以农促旅，以旅强农，发展生态游、乡愁游、观光游、休闲游及果蔬采摘等乡村生活体验等农旅融合产业，尝试发展民宿、农家乐，打造'乡村一日游'，创建"老年康养宜居村"，带动农民增收、农村发展、农业升级，壮大集体经济。"红光村党支部书记如是说。

自2015年以来，在湖北省住建厅党组及当地各级党委、政府的领导和关怀下，红光村制订了美丽乡村建设规划，使之成为湖北省美丽宜居示范村庄，并着力发挥资源优势，全力打造农旅康养休闲名村。

精准扶贫让红光村提升的不只是"颜值"，还有其"内在"的精神气质。今天的红光村，党员群众活动中心增设了文明实践站、老年活动室、留守儿童活动室，以及书法、美术、棋类活动室，厅机关和直属单位及住建行业社会团体为"农家书屋"捐献图书达10000余册；捐款6万余元，购置了篮球架、乒乓球台和健身器材，安放在群众活动广场；开通了网络电视和有线广播，修建了宣传墙和宣传牌，传播科学文化、政策法规知识，让群众在潜移默化中受到教育和熏陶。

"现在村民的精神面貌和生活状态大为改观，村里赋闲打牌的村民少了，琢磨发展的人越来越多了，这将是红光村可持续发展、实现乡村振兴的持久动力。"村支部副书记实话实说。

短短的几年时间内，红光村发生了翻天覆地的变化，被评为"美丽乡村示范点""国家森林乡村""孝感市农旅养融合示范点"。

如今的红光村，真的"红"起来了。

第五章 "我们真心要脱贫"

致富路上你我携手同行

只要有梦想,并为之奋斗,就一定有实现梦想的机会。张闻天曾说:"生活的理想,就是为了理想的生活。"生活中从来不乏一群为了理想而奋斗的追梦人。习近平总书记曾指出:"新时代属于每一个人,每一个人都是新时代的见证者、开创者、建设者。只要精诚团结、共同奋斗,就没有任何力量能够阻挡中国人民实现梦想的步伐!"

任职《伴侣》杂志的李丹在《有梦想,有机会,有奋斗,一切美好的东西都能够创造出来》中讲述了这样一个故事:

> 18岁的王平挣到了钱就回四川老家,但今年她已经48岁,早就成了远近闻名的致富能人,却还留在新疆。不是不想回家,是实在太忙。忙什么?忙自己的致富地,忙别人的脱贫地,忙大家的好日子。30年来,她把双腿扎进边疆这片土地,有了一个个新的身份——"新疆人""兵团人""带头人"。

王平生于贫苦家庭，一心想通过知识改变命运。1988年她以全县第二名的成绩被绵阳师范录取，成为村里走出的第一个大学生。但她的兴奋与骄傲在同母亲分享好消息的同时就支离破碎了，母亲告诉她家里实在拿不出学费，而且她是老大，下有三个弟弟妹妹。王平忍着不甘的泪水放弃了学业。

就在王平迷惘的时候，听同乡说新疆地广人稀，急需劳动力，而且农民还能享受工人待遇。王平抱着试一试的想法，和7个同乡踏上了北上的路途。

从绿林到荒漠，从温润到干燥，从食米到食面，一路风尘，王平终于到达了新疆博州与哈萨克斯坦接壤的边境团场：第五师84团7连。王平从没出过这么远的门，她大开眼界的同时不禁反问自己，我能适应这里吗？相比心里的踌躇思虑，身体的水土不服要来得更早一些。王平身上起了很多湿疹，痒得恼人，脸上手上起皮皲裂，没了四川姑娘的白嫩水灵。每天早上醒来，鼻子干得出血，喉咙干得发烫。昼夜温差大又让她饱受夜晚寒冷的煎熬。但囊空如洗，她和同乡只能租住房顶有洞的泥土房子。夜凉如水，寒风阵阵，买不起棉被，只能在床上铺上厚厚的麦草，裹着外套再盖一条床单睡觉。气候的突变与身体的不适，常常让王平无眠到天明。

王平之前从没干过农活，来新疆后种不好地，只能给别人打零工，拔草、放苗，只要有活她就干，常常累得手都疼，一动也不想动，可辛辛苦苦一天最多也只能赚几元钱。同乡有打算回老家的想法，她也动摇过，但是一想到家里的弟妹都吃不饱饭，母亲还指望她挣钱养家，要强的她暗暗在心里许下了愿望，一定要挣到钱再回去。

几年下来，一直打零工的王平离当初的目标越来越远。直到和同乡黄应明结婚时，买的还是有洞的房子，更烧不起煤。穷则思变，变则通。1992年连队搞畜牧产权改革，有300头羊要作价归户，王平想既然打工不行，不如试试养殖，说不定能咸鱼翻身。当时畜牧业行情不佳，大部分职工持观望态度，王平却孤雁出群找到连长包了全部的300头羊。

这一年，王平和丈夫把羊赶到赛里木湖边，包了60亩草料地，搭了个简陋棚子就住了下来。赛里木湖水草丰富，是放牧的好地方。但是，赛里木湖的冬季也比其他地方更长，300头羊越冬的口粮是个大问题。一番思考后，王平又向连队承包了200亩小麦地，并在小麦地里混播苜蓿，这样人和牲畜的口粮就都有了。在她和家人的精心管理下，这一年她净收入1万多元，成为84团第一户"万元户"，当初观望的职工都羡慕起她来。

新路开始是狭窄的，但它却是自己延伸拓宽的序曲。成为第一个吃螃蟹的人让王平确定了一个想法：敢于创新准没错。1995年，团场又推行土地固定、全费自理承包，王平敢为人先签了400亩的合同，大家都议论她这个人个子小，胆子倒挺大。其实她心里也在打鼓，可既然做了决定，就没有退路。王平和家人种上了红薯、土豆、玉米等农作物，一年起早摸黑，同庄稼一样"长"在了地里，共饮雨露甘苦，共享风吹日晒。年底，王平的收入达5万多元，再次成了团场的"首富"。

努力奋斗、辛勤耕耘带来的收益就像滚雪球，王平承包的土地面积连年递增，到今年，她已经承包了近2000亩地，累计为国家缴粮1600多吨，成了远近闻名的种植状元。王平奋斗的过程是艰辛的，但得到的果实却是甘甜的；付出了努力，付出了汗水，但她拿出了逢山开路、遇水架桥的拼劲和韧劲，坚持心中的梦想永不放弃，最终收获了希望、收获了幸福。

尽管还是面朝黄土背朝天，但王平清楚，现代农业生产不能像过去一样全靠天，也得三分靠勤奋、七分靠方法。特别是自己身处的84团，土壤条件差，如果不依靠科技种地，要想多挣钱几乎不太可能。

其他职工干完农活就休息了，她还要抽出时间看自己订阅的《中国特产报》《新疆科技报》等报刊书籍，看中央七套的《致富经》《农业信息》等电视节目。2002年，王平参加了团场举办的第一批绿色证书培训班，系统学习了农作物高产栽培和病虫害防治技术，并拿到了高级农艺工证书。同时，她还通过业余时间拿到了农广校农艺专业文凭。

84团的地石块多，有不少都撂荒了，王平决心把烫手山芋接过来。通过查阅大量资料和实验科学种植，她硬是让石头地变成了高产地，净收入达到30万元。别人羡慕不已，纷纷向她取经，王平不仅把改良好的地分给他们，还毫无保留地教他们改良方法。

王平承包的羊生了病或产崽了，除了向连队指导员请教，她还自己找书学习，判断病理，积累了许多行之有效的经验，她养的母羊生羔率能达到120%，成活率能达到100%。

几年前，连队开始引进种植色素菊花，王平购买专业书籍，上网查阅先例，得出"色素菊花成本小，市场需求大"的结论后，立马开始种植。在菊花推广种植过程中，她还主动当起了技术服务员，现在色素菊花已成为84团的支柱产业。每年的7月到9月，色素菊花成片成片地绽放，王平站在花海里面，感觉特别幸福。最近，她又打起了花海旅游与农家乐结合的主意。

干一行学一行，学一行专一行，专一行带一帮，她把自己多年的学习实践经验向大家和盘托出，成了名副其实的"编外技术员"，成了大家信赖的王大姐。

新时代的画卷，要用奋斗书写。"只有干出来的精彩，没有等出来的辉煌。""世界上没有坐享其成的好事，要幸福就要奋斗。"王平取得成功后，并没有沾沾自喜、止步不前，而是凭借着一股子韧劲儿，刻苦努力学习新知识，用科学知识带领大家一起致富。

从贫困中走出的王平，知道穷是什么滋味儿，更能体会有难处时别人伸一把手的温暖。这些年，变身致富能手的她一直在努力帮助身边的职工群众，帮助大家增收致富。

2007年，连队8名职工因承包土地资金不够，纷纷向她借钱。这年她因承包地较多，借钱给他们自己就没有钱买农资了。看到他们渴望的眼神，王平还是把12万元借了出去，自己去银行贷款。为这事，丈夫还跟她生了气："你一天到晚就晓得当好人。把钱借出去，我们自己怎么办？"她笑眯眯地说："他们有困难嘛，我们可以去银行贷款。"别人都说她脑子进水了。她觉得，只要能把别人的困难事解决掉，心里就是快乐的。

2012年，王平成立了"王平帮扶基金"，每年拿出5万元帮助有困难的群众，一些连队职工深受感动，也主动拿出部分积蓄填充基金。只要大家有需要，就可以向连队申请。王平常常会到受资助的贫困家庭中去看看，有些已经脱贫了，一些山区牧民还有困难。说到这些，王平的语气中透着忧虑。

到现在，王平已累计拿出了180余万元，因为从不打借条，帮了多少人她自己也记不清了。

王平是一个普通人，靠自己的努力奋斗过上了富裕的生活。但她没有就此止步，而是力所能及地帮助身边的人，让大家共同富起来。她始终相信："一花独放不是春，百花齐放春满园。"

新疆和硕县阿力木养殖农民专业合作社的理事长阿力木·依明江是个维吾尔族汉子。他致富不忘回报桑梓，常常无私帮助他人，当地的百姓编了这样一首诗："烈日攻坚感动人，寒天问暖践初心。扶贫模范阿力木，有口皆碑泪湿襟。"他被称为致富路上的"领头雁"。

阿力木生于1966年，小时候腰椎受伤，落下了终身残疾。因家境贫寒，他只完成了高中学业。高中毕业后，他帮助父母干农活。不甘心就此度过一生的他开始创业，做点小本生意。腰椎的问题始终困扰着他，隔段时间他就得到乌鲁木齐去治病。所以，阿力木经常往返于乌鲁木齐与和硕。1986年夏天，阿力木到乌鲁木齐市去看病，无意中发现番茄很受当地百姓欢迎。他意识到这是一个商机，于是他就回和硕将农民地里的番茄收购在一起，然后再贩运到乌鲁木齐去，赚取中间的差价。后来，他又发现和硕县生产的番茄酱在乌鲁木齐一罐要卖30多元，而番茄酱的批发价还不到10元。这个发现让他欣喜不已，但为了谨慎起见，阿力木第一次只批发了50罐番茄酱，拿到乌鲁木齐后很快就销售一空。于是，他贷款2.5万元，开始做起了番茄酱的生意，并赚得了人生的第一桶金。他的番茄酱生意越做越大。

2002年，阿力木发现做番茄酱生意的人多了，利润空间越来越小。于是，他和弟弟、表弟等人商量回家乡搞养殖业。带着靠番茄酱生意赚来的资金，回到家乡的阿力木创办了养殖合作社，从事饲草种植和牲畜养殖。养殖合作社成立伊始，阿力木一边垦荒造田种树，一边大力发展牛羊养殖。很快，阿力木养殖合作社发展壮大了起来。

富起来的阿力木没有忘记身边的贫困百姓。2003年开始，阿力木每年都要拿出10万元帮助困难学生、残疾人和老人。他说："我是残疾人，我知道困难的滋味。"在阿力木看来，捐钱捐物只能解决眼前的困境，并不是长久之计。"授人以鱼，不如授人以渔"，于是他动员周边的贫困百姓与他一起养牛养羊，发家致富。为此，他创新了一种很特别的扶贫方式。请看记者邹焰忠采写的新闻报道《阿力木的"扶贫牛羊"助力贫困户脱贫致富》：

> 阿力木养殖合作社是阿力木创办的，现有10000只羊、900头牛。塔哈其镇283户建档立卡贫困户中有许多贫困户得到过阿力木

的帮助。"他帮助贫困户的方式很特别……"塔哈其镇副镇长沙苏友来说,阿力木为待产母牛、母羊进行防疫接种后,交给贫困户饲养。牛产犊、羊下羔后,他再将牛羊收回,把牛犊、羊羔留给贫困户继续增收。他还有一种帮扶方式是把羊交给贫困户托养育肥,并随赠饲草料,70天后待羊增重到14公斤再回收,付给贫困户每只羊100元托养费。

贫困户得到帮助,心存感激,用自己的养殖技术和辛勤劳动,用心养好资助或托养的牛羊,脱贫后又继续靠自强自立巩固脱贫成果。

"我家又多了30只羊、1头牛犊……"查干布呼村村民土鲁洪·萨木拉克说。去年,阿力木给他30只生产母羊、1头待产母牛。现在,羊羔、牛犊出生5个月了,按1只羊羔1000元、1头牛犊1万多元计算,短短5个月,土鲁洪就能增收4万多元。

去年,阿力木拿出1000只母羊、22头母牛,以上述帮扶方式帮助塔哈其镇13户脱贫户巩固脱贫成果。该镇古努恩布呼村脱贫户阿吾提·买买提现有8头牛,其中1头就是阿力木资助的生产母牛产的牛犊。阿吾提说,靠自己辛勤劳动增收、巩固脱贫成果才有面子。

和硕县政府办公室驻塔哈其镇古努恩布呼村"访惠聚"工作队副队长岱景为阿力木帮助贫困户的方式点赞:"通过这种方式帮扶,激发了他们的内生动力,让他们依靠勤劳致富巩固脱贫成果。"

羊羔牛犊扶贫、托养扶贫、就业扶贫,阿力木采用这种组合拳的方式,利用村民擅长养殖的特点,激发他们勤劳致富的积极性和自信心。

2009年,阿力木加入了中国共产党。2011年,阿力木高票当选查汗布湖村委会主任。他深知这是大家对他的信任,更多的还有期许,感觉肩上的担子更重了。上任之后,他对村"两委"班子成员提出要求:"自己首先要带头富裕,这样才能带领大家更好地走上富裕之路。"在他的带动下,村"两委"班子先后成为种植大户、养殖大户和农产品经纪人。榜样的力量是无穷的,尤其是在村"两委"班子成员的影响和带动下,村民看到了致富的希望。大家纷纷跟着阿力木开始搞养殖、搞种植。养的牛羊出栏了,种的农产品收获了,自然就需要打开销路。慢慢有了市场意识的一部分村民做起了农副产品的经纪人。查汗布湖村从事农副产品交易的经纪人就有100多人。一个经纪人每年销售的农副产品就有500多吨,销售额达1000多万元。正是有了这些市场"红娘"的牵线搭桥,一批又一批的农副产品被销售出去,村民的腰包也鼓了起来。

阿力木在和硕县是一个家喻户晓的人物,他的善心仁举带动家乡的贫困农民走上了脱贫致富的道路。2009年,阿力木获得了自治区残疾人自强模范、全国民族团结模范称号。2019年,他荣获新疆维吾尔自治区脱贫攻坚奋进奖。

全面建成小康社会,就是一个不漏,一个不丢。"社会主义社会的本质要求是共同富裕。"一部分先富起来的人甘愿作致富路上的"领头雁""领头羊",影响并带动其他贫困农民成功脱贫。

互帮互助是中华民族的传统美德,在脱贫攻坚这场战役中更是将这种美德发扬得淋漓尽致,一桩桩互帮互助、携手前行的感人事迹也屡见不鲜。这就是我们中华民族之魂。在中华民族这个大家庭中,五十六个民族五十六朵花,朵朵花儿都要开得娇艳动人。

第五章 "我们真心要脱贫"

当代愚公脱贫忙

湖北建始县龙坪乡是当代赫赫有名的"愚公之乡",是当代"愚公支书"王光国所在的乡镇。说起王光国这个土家族汉子,可着实不简单,他带领村民历时八年硬是在绝壁上凿出一条通村公路;他筑就"愚公"品牌,发展特色农业产业,助力村民脱贫致富奔向小康。他先后荣获"全国优秀共产党员""2013年度最美村官""全国民族团结进步模范个人""全国脱贫攻坚奋进奖"等荣誉称号。

店子坪村位于龙坪乡西南边缘,这里属于武陵山区腹地,平均海拔1200多米。店子坪村四面是峭壁和深谷。多少年来,这里的百姓仅靠一条几乎是"挂"在绝壁上的古盐道与外界沟通。这条古盐道犹如天梯,一不留神就会让人命丧黄泉。能有一条方便出行的通衢大道成了店子坪人世代的梦想。2005年,已当选为店子坪村党支部书记的王光国就下定决心:要修一条通往山外的公路,圆店子坪村民世代的梦想!在平坦的地方修一条公路尚且不易,何况是要在绝壁上修一条"天路"呢?王光国一旦下定了决心,十头牛也拉不回来。他想:五年修不好,就修十年;十年修不好,就修二十年……只要坚持下去,终有一天能修好。《人民日报》刊载的《记湖北建始县店子坪村支书王光国:深山凿出脱贫路》对当时的修路情景是这样描述的:

> 他把自家养的7头牲口全都卖了,把钱捐出作为启动资金。在他的再三动员和坚持之下,村民们终于被打动,纷纷捐钱捐物,参

加修路。

当年腊月初九,随着轰隆一声震天响的炸山炮,店子坪人开始了凿山开路的浩大工程。70多岁的老人,背着小孩上工的妇女,能干活的都来了。村民们背着干粮与工具,冒着呼啸的寒风,蹚过咆哮的洋芋河,攀上陡峭的悬崖。他们腰系绳索,挖山前行,一锤锤打下炮眼,把石头一块块撬开搬走。寒来暑往,肩挑背扛。

洋芋河左岸,一条"毛公路"延伸到了村外,店子坪村回荡起了摩托车的喇叭声!

但王光国并不满足,他想修一条可供汽车进出的硬化公路,这需要投入200多万元,对于穷困的店子坪村,实在是一个天文数字。

转机很快到来。店子坪村"愚公移山"的故事传到了大山外面,各级政府部门纷纷伸出援手。2011年8月,专业施工队开始进场施工。2014年5月,店子坪村至高坪镇全长11.7公里的断头路打通并全部硬化完成,洋芋河上一座跨河大桥拔地而起,村民出行难的问题终于解决了。

历时八年,店子坪村通往外界的路终于修通了。这里大部分地方是山地,人均耕地少,靠天吃饭,温饱都成问题!

王光国上任之初,给店子坪村民拟订了实现"八个一"的梦想,即一条村级主干道、一个安全饮水工程、一个完善的村级办公场所、一大村级支柱产业、一户一个发展项目、一家一个科技明白人、一个生态环境示范小区、一个村级经济苗圃基地。这"八个一"的梦想,既是王光国给自己定的目标,也是给整个店子坪村定的奋斗目标。

2012年,建始县调整农业产业结构,王光国敏锐地意识到,这是一次难得的机遇,店子坪脱贫的希望有了。王光国立即组织村干部和村民代表外出考察,给店子坪村找一条发家致富的发展之路。外出考察的村民们大开眼界,看到其他地方正在如火如荼地搞产业种植,家家户户过上了令人羡慕的生活。他们决定在店子坪也搞一两个产业。综合考虑这里的气候、土壤等条件，王光国决定动员村民们种植猕猴桃、魔芋和烤烟等高附加值的农产品，并使之成为店子坪村今后发展的主导产业。为此，王光国跑到县里争取到一批猕猴桃种苗，免费分发到户。刚开始一些思想保守的村民心想饭都吃不饱，还种果树，干脆将种苗给退了回来。为了说服大家，王光国带头把自家8亩地都拿出来种猕猴桃。他还专门去城里买来猕猴桃请大家品尝。"这猕猴桃7块钱一斤，好吃而且营养丰富，销路很好。如果一亩地可以产500斤，大家算算可以卖多少钱？"王光国推心置腹的一席话打消了大家的疑虑，一株株猕猴桃树就这样扎根于店子坪村的沟沟洼洼。一棵树苗就是一个致富希望。为了改变分散经营管理的弊端，把店子坪村的猕猴桃产业做大做强，打造成支柱产业，王光国决定走"支部＋农户＋集体＋公司"四方合作经营管理的模式，由企业出资租用土地，进行集约化管理，建设高标准示范园，然后提供树苗和技术，吸引村民自发参与。这不仅解决了猕猴桃种植过程中的技术问题，还一举解决了销路问题。在王光国的一再劝导之下，5组的刘红香栽种了一亩多猕猴桃，第一年挂果就卖了3000多元。拿到手的真金白银让刘红香乐得合不拢嘴。

为了进一步打开猕猴桃、魔芋、红心苕等绿色农产品的销路，王光国注册了"愚公"商标，由愚公果蔬专业合作社统一收购，统一标准，统一设计。经过一番精心打造，猕猴桃、魔芋、红心苕等"愚公"牌产品销往武汉、江苏、上海等地。品牌打出去了，销量上去了，村民的荷包也鼓起来啦。

猕猴桃仅仅是其中一个产业。为了让店子坪真正站起来，富起来，还得靠多条腿走路。建始县林业局出资20万元，在店子坪村发展以厚朴、银杏、桂花等树种苗圃基地。苗圃基地租用农户的土地，每年每亩为农户提供600元的租金。村民平时可以在苗圃基地上班，等于有了一份稳定的收入。

建始县启动"特色村寨"建设项目,王光国利用这次机会,积极争取将店子坪村的民居纳入改造计划。按照统一规划、统一标准建设的原则,店子坪村开始实施特色民居改造计划。但改造是需要钱啊,老百姓手里并没有多少积蓄,光靠政府的补助是完不成民居改造工程的。为了解决资金问题,店子坪村采用"资金互助"办法,一户一户地改造。就这样,一户户靓丽的、极具特色的新民居矗立在新修的公路两旁。

2016年,王光国这种"咬定青山不放松"的"愚公"精神得到了中共湖北省委的高度评价,倡导要大力弘扬王光国的愚公精神,把店子坪村建设成为湖北省的"当代红色教育基地""当代红色旅游基地"和"精准脱贫示范基地"。店子坪村又一次迎来了发展的春天。围绕"三个基地"建设,店子坪村的道路交通、电力改造、国土整治、小区道路、宽带入户、物流快递等基础设施建设项目进展速度很快。家家户户都是三层楼的小洋房,水泥路,自来水,太阳能路灯,一应俱全。周围高山环绕,绿树掩映,置身其中,真有世外桃源的感觉。

店子坪村红色教育基地培训学校建成后,一拨又一拨的基层党员干部到这里观摩、培训,聆听、感受店子坪人"愚公移山"的精神,开展"不忘初心、牢记使命"主题教育活动。为了配套解决参观旅游者的食宿问题,王光国又带领村民改造民房、兴办农家乐。现如今,30余家农家乐已成为店子坪村村民的主要经济来源之一,同时也带动周边村民脱贫致富。这个曾经偏远落后的贫困村,现已成为全国文明村和脱贫示范村。

从带领村民修路到带领群众摆脱贫困,再到迈步乡村振兴。王光国始终牢记并践行习近平总书记提出的"幸福都是奋斗出来的"。2017年,他当选为第十九届全国党代表。面对接踵而至的荣誉,王光国始终认为自己还是那个甘于为群众提鞋的"愚公支书"。

是的,越到难处,越要咬紧牙关打硬战;越是最后,越要持之以恒坚持下去。脱贫攻坚是一场没有硝烟的战争,是14亿中国人民在以习近平同志为核心的党中央的坚强领导下,勇敢向阻碍中华民族伟大复兴进程的贫困宣战的决心。脱贫攻坚在关键的"收官战"中,全体奋斗在脱贫攻坚战场上的"脱贫战士"和扶贫部门,都在啃"硬骨头",都在合力攻坚克难。面对这场改变中国广大老百姓命运的"战役",举国上下都在以坚定的必胜之心,以积极乐观的态度向这场"没有硝烟的战役"发起最后的冲刺,昭示中华民族伟大复兴的决心和实现脱贫奔小康的承诺。

脱贫路上人穷志不短

2017年8月1日,邓州市对全市脱贫致富典型进行表彰,桑庄镇田营村的田西刚被评为"脱贫之星"。那年,他都68岁了。

一辆崭新的、挂着"脱贫光荣"牌子的电动三轮车是对这位"脱贫之星"的奖励。望着这件特殊的奖品,田西刚乐得合不拢嘴,满是褶皱的脸上洋溢着对未来的希望。谁能想象到,本该含饴弄孙、安享晚年的他还毅然奋斗在脱贫的路上。

两年前,与田西刚相濡以沫大半辈子的妻子撒手人寰,给他留下了一个时常犯精神病的儿子和3万多元的债务。儿媳一看生活无望,抛下了年幼的孩子远走他乡。生活的重担一下子就搁在了年过六旬的田西刚的身上。望望病中的儿子和年幼的孙子,本该颐养天年的田西刚只好打起十二分的精神支撑起这个家。那时他经常一个人偷偷地抹泪,不知道自己能撑到哪一天。

这时,邓州市环保局扶贫工作队进驻田营村开展精准帮扶工作。田西刚家的这种情况,属于重点帮扶对象。队员李光申在走村入户中了解到老田是个勤快人,但现在这种情况离家打工显然绝无可能,病儿弱孙还需要照顾,只能想办法在家门口找路子、想办法,看如何摆脱眼下的困境。刚好这时镇里实施到户增收项目,田西刚领到了四只羊,李光申就鼓励他好好喂养,争取一变二、二变四……田西刚也把羊看成一家老小生活的希望,精心喂养。2016年,田西刚家的羊由四只发展到十几只,光卖羊就挣了3000多元。田西刚家的生活开始慢慢有了一点起色。

但养羊并不能从根本上改变田西刚家的困境，毕竟还有 3 万多元的外债要还。李光申一次无意中听说朋友不打算做豆腐了，要转让做豆腐的设备。他心想如果田西刚能在家里做豆腐，既能挣钱还不耽误照顾家里，这或许是帮助他的一个途径。他把这件事给老田一说，老田也认为是个好事，只是担心自己从来没有做过豆腐，不掌握技术，害怕给弄砸了。李光申一再鼓励，让田西刚不要有后顾之忧，并自掏腰包垫钱帮老田盘来了做豆腐的设备，还送他到镇上学习做豆腐的手艺。2016 年 10 月，田西刚的豆腐坊开张了，生意好的时候一天能挣好几百块钱呢。

自从实施精准脱贫以来，像田西刚的这种情况，属于社会兜底扶贫的对象，大多数人就等着吃"政策饭"呢。但老田心里不这么想，他说虽然自己上了年纪，可身子骨还硬朗，干嘛要戴着贫困户的帽子等着吃呢。再说，孙子还小，以后的路还长，自己总要给孩子做个自力更生的榜样吧。田西刚不等、不靠、不要，就靠自己勤劳的双手为家里撑起了一片晴空。

对生活越来越有信心的田西刚，浑身仿佛有使不完的劲，他听说驻村干部请专家来村里举办种植技术培训班，积极报名参加，认真听讲，准备在侍弄了半辈子的庄稼地里做做文章。在接受当地记者的采访时，他满怀信心地说道："我现在可是身兼数职，去年流转了 15 亩土地，今年种了花生和玉米；农闲时卖豆腐；养的羊越来越多；在村里干环卫工，每月有 600 元工资。去年扣除各种花销，净收入有 3 万多元。感谢政府和帮扶人员，让我摘掉了贫困帽。"孙子一天天大了，也能帮田西刚喂喂羊，打个下手什么的。日子好了，外债也还清了，田西刚脸上的笑容也多了。对未来，他充满了期待。

与田西刚家境相近的康生荣，家住西宁市大通回族土族自治县向化藏族乡将军沟村。他患有心脏病、脊柱炎，弯腰驼背，只能慢慢行走。妻子也患有严重的心脏病，干不了体力活。十多年来，康生荣两口子但凡有点钱都花到治病上了，日子过得是举步维艰。"致富""小康"这些字眼对康生荣来说，仿佛只是一个遥不可及的梦而已。

　　2015年10月，康生荣家被确定为村里的建档立卡贫困户。帮扶工作队针对康生荣家的实际情况，为他量身定制了养殖项目。康生荣免费领到了100只土鸡娃、2头西门塔尔奶牛和120公斤饲料。康生荣和妻子每天精心照管着"扶贫鸡"和"扶贫牛"，虽然也很操劳，但毕竟不用使太大的力气。看着一天天长大的鸡和日渐茁壮的小牛，康生荣两口子感觉日子一下子有了盼头。有付出就有收获。2016年，康生荣通过卖土鸡、土鸡蛋，收入4000多元。正赶上村里实施退耕还林，康生荣被安排去护林，成了一名领固定工资的护林员。有了这份收入，加上各项政策补助，2016年底，康生荣家的人均可支配收入达到了11128元。康生荣顺利摘掉了贫困户的帽子。面对记者的采访，他由衷地说："党和国家没有忘了我们这些边远的农民，我们自己更要努力奋斗，早日奔小康！"生活有了奔头的康生荣，似乎连背也不像以前那么弯了。

　　短短的两年时间里，康生荣明白了一个道理："等""要""靠"永远都不可能得到自己想要的生活。2017年，将军沟村实施中药材种植、土地开发整理、河道整治等项目。康生荣考虑到自己不能干重活，但自家有电动三轮车，搞运输还是可以的。康生荣征得大家的同意后，立即开着"三马子"赶赴工地，拉水、搬运垃圾、拉石头……他虽然佝偻着身子，但在工地上一刻也不闲着。这年，康生荣家的各项收入达到4万多元。他成为全村贫困户的榜样。对于未来，康生荣信心满满，他说："虽然我们有低保、有各种政策补助，但我们人穷志不短。靠着自己的双手和努力，我们也可以把日子过得红火，也能过上我们想要的生活。"

"我不愿戴贫困户的帽子"

有这样一个群体，他们属于脱贫攻坚中最需要社会关爱和他人关心的一个群体。但他们不愿靠政府，更不愿戴贫困户的帽子。

大悟县东新乡新岗村梅子沟有一片郁郁葱葱的山林。板栗树下，分布着用水泥砖砌成的鸡舍，远远近近有好几十个，数千只红鸡冠、金羽毛的土鸡隐没在树底下、草丛中觅食，还不时传出"咯嗒！咯嗒"的鸡叫声，这就是残疾人刘大权兴办的生态养鸡场，养了1万多只鸡哩。

笔者慕名参观养鸡场，正遇刘大权手扶着轮椅在简易的机耕路上察看，他的妻子高翠凤正在给鸡补充玉米颗粒饲料。养鸡的大部分活计都是高翠凤在打理。刘大权则驾驶三轮车将鸡蛋、肉鸡运送到80多公里外的县城代销点。他为什么要办起养鸡场，说来话长，也令人心酸——

刘大权本是一个精精壮壮的小伙子。1984年因家贫辍学后，他随着浩浩荡荡的打工队伍来到沈阳的一处建筑工地，从小工开始干起。他吃苦耐劳，肯学上进，打工三年，已由一个提灰桶的小工锻炼成了一个能砌大墙的泥工师傅了。每年省吃俭用，他将挣得的工钱全部寄回家里，补贴家用。后来，他经人介绍，同本地一位姑娘结婚，组建了一个幸福的家庭。

为了生活，他还得继续外出打工。打工收入是他家主要的收入来源。结婚一年后，妻子生了一个可爱的儿子，日子美满而幸福。又过了两年，刘大权攒了一些钱准备买房，但不幸的事情发生了。一天，他从几十丈高的脚手架上摔落下来，当场不省人事，幸亏抢救及时，才保住了性命。

但不幸的是，刘大权的脊椎骨摔断了，不得不高位截肢，以致落下终身残疾。建筑公司赔付了一笔钱。刘大权带着这笔钱回到家乡。命运似乎跟他开了一个天大的玩笑，他觉得自己的人生进入了寒冷的冬季。望着空洞洞的裤管，他绝望极了：自己难道要在床上度过余生？他忽然想到了轻生。这样的话，年轻的妻子还可以改嫁，免得跟着他受罪。他爬到墙角摸到一瓶农药，准备喝下去，了结一生。这一幕正好被回来喝水的妻子发现了，一把夺下了他的药瓶，两人抱头痛哭。

妻子劝他："你怎么能这样呢？你不能死。你死了，年老的父母怎么办？幼小的孩子怎么办？我怎么办？"

"你年轻，你还可以嫁人啦！我不能害了你！"

"不，不，我不嫁人，我就守着你。我种田养活你，况且父母还能劳动，我们苦几年，等孩子长大了就好了。"

他含着泪，答应了妻子的请求："好，活着！活着！为了父母，为了孩子，为了你，活着……"

躺在床上的日子可真难熬啊。刘大权度日如年地在床上躺了三年，大小便都要靠妻子照料。看着妻子里里外外日夜操劳，刘大权心想："我不能这样苟且偷生啊！"这时，他从一份科技报上看到邻近广水市杨寨乡一个残疾人养鸡的消息，心里一动，好像看到了一线希望。他用伤残补偿的钱买了一辆轮椅，妻子推着他乘车去实地考察了一番，他想："人家能创业，我就不能创业吗？"他当场请教了养鸡的基本要求和技术。那人说："你若养鸡，我愿意提供鸡苗和一些基本条件。"回来后，刘大权决定养鸡，但一个残疾人创业谈何容易？他一无技术，二无资金，行动又不便，难度可想而知。他将几年前建筑公司赔付的那笔补偿金全部拿了出来，这几年家里开支花了一部分，只剩下几万元。他又通过亲戚朋友借了一些，共凑了8万元。新岗村村委会得知他的想法后，无偿提供了500亩荒山。修路、通电、建鸡舍、购鸡苗，筹来的七八万一下就投了进去。

第五章 "我们真心要脱贫"

第一年,他养了 2000 只鸡,后来发展到 1.2 万只。由于当年气候不好,一个月来阴雨连绵不断,鸡一下子死了一大半,刘大权当时心痛啊!他一边请人掩埋死去的鸡,一边流泪。这可是他的全部心血和家当啊!那几天,他饭也不吃,觉也不睡,神情恍惚。妻子劝导他:"鸡还没有死光嘛!我们还可以再养,失败了再来。"于是,他振作精神,买了一些养鸡的书,自学养鸡技术,渐渐懂得了一些养鸡的知识。他又购置了一些鸡苗,慢慢发展到 2 万多只的养殖规模。

刘大权养殖场的鸡是在山场上自由放养的,吃的都是虫子和粮食,这是地地道道的"生态鸡"。不管是鸡蛋还是鸡,都不愁销路,城里慕名而来购买的人络绎不绝。但毕竟鸡场建在深山,交通不便。于是他在县城租了间门面,门头挂上梅子沟生态养鸡场供销点的招牌,让母亲蹲守在那里卖鸡和鸡蛋,生意很快红火起来。

看到刘大权的养鸡场办得如此红火,周边跟他同样情况的人都来取经。想到大家都不容易,刘大权带着他们共同创业,成立了大悟县东新乡梅子沟生态畜牧农民专业合作社,并为他们提供部分资金和技术,销售他也包了。梅子沟生态畜牧农民专业合作社的农产品被湖北省农业厅认定为无公害产品,并颁发了证书。这下,刘大权创业的信心更足了。他专门请人设计了专用手提包装盒,打出了"梅子沟生态鸡"的品牌。一时间,梅子沟生态鸡的销路很好,他的事业也有了一定的基础。

一个残疾人难得有这么大的信心和气魄。刘大权的创业精神和成绩得到了各级政府部门的肯定。大悟县科技局授予刘大权"十大科技示范户",湖北省农业厅授予他"全国农村推广示范县科技示范户"。他被孝感市政府评为首届"感动孝感十大人物"。

刘大权身残志坚,不给社会添负担,还积极创造财富,带动其他人脱贫致富。这种"兼济天下"的精神难能可贵。

荣誉是珍贵的,但创业是艰难的。为了往山外运送鸡蛋和肉鸡,他每天天不亮就起床。妻子装满一三轮车鸡蛋,他挂着拐杖艰难地爬上三轮车的驾驶座,往返县城的代销点送货。一路颠簸,来回80多公里,他早去晚归。这对于他来说是巨大的考验和挑战。鸡场是妻子高翠凤一个人在打理,她承受的劳动和家庭压力很大。他看在眼里,所以不管多苦多累,为了这个家,为了养鸡专业合作社,为了另外几个残疾人组成的养鸡合作社,他还是带着伤痛继续奔走,因为前面有了盼头。

邓大庆是赣州市家喻户晓的人物。2018年,他获得江西省政府颁发的"2017年度全省脱贫攻坚奋进奖"。尽管生活重担在肩,但邓大庆心中始终有一个梦想:通过努力,改变命运,实现人生理想抱负。

因为家境贫寒,人口众多,不到11岁的邓大庆就辍学在家,跟着大人务农。跟土地打了多年交道的邓大庆想通过种植实现人生梦想。他所在的龙湖村没有沃土,但邓大庆不断尝试,收获了一次次的失败与经验教训。即便如此,他心中的那团梦想之火始终没有熄灭。1998年,邓大庆响应富民政策,带头承包山地种植青梅。2001年,青梅终于挂果了,却因气候、自然等因素导致青梅品质不佳,最终以失败告终。2006年,邓大庆又毅然种下800多株甜橙,他忍着右脚股骨头坏死带来的疼痛,每天辛勤劳作,怎奈橙子价格持续走低,最终因无人收购而烂在了地里。

两次失败的种果经历,加上其病情的不断恶化,邓大庆不仅背负了一身债务,身体也落下了残疾。但当得知自己被纳入贫困户时,他倍感脸上无光,心中仍有不甘。

失败、身残、贫困等不仅没有压垮邓大庆,反而让他坚定了自己奋力脱贫的信念。他借钱去各地的农村考察林果业种植,坚持引进优质树种,拒绝专家及时止损的劝阻,再次痛下决心,改种脐橙。

政府的补贴和贴息贷款给邓大庆提供了又一次创业的机会。2014年,脐橙挂果,他最终获得了3万多元的收入。2016年,脐橙种植利润超过15万元,邓大庆家顺利脱贫。

致富不忘乡亲。邓大庆带头与村党支部共同成立了瑞金市龙珠塔脐橙专业合作社，挨家挨户探访，劝导有疑虑的贫困村民种植脐橙，带领大家一起脱贫。2016年，也就是合作社成立的当年，加入合作社的36户贫困家庭顺利实现了脱贫。

为了拓宽脐橙的销路，邓大庆在儿子的指导下开始在电商平台销售，使本地的脐橙远销省内外，销量持续看好。龙湖村脐橙的种植面积也从2016年底的3200亩增加到了2017年的1.5万亩，年产值1.2亿元，周边200余户贫困户脱贫。如今的黄柏乡脐橙飘香，但邓大庆没有停下来，而是走上了提升果品质量的道路。邓大庆，这个昔日的贫困户已成为致富路上的"领头雁"。

观念一变天地宽

观念决定思路，思路决定出路。贫困地区摆脱贫困，首要的任务是转变思想观念。俗话说："观念不变原地转，观念一变天地宽。"

华家大湾地处湖北团风县回龙山北麓。这里山清水秀，风景秀丽，全国各地慕名而来的游客络绎不绝，赏自然山水、观民俗风情、吃农家饭菜……华家大湾因此被媒体称为文化旅游带动乡村振兴的"黄冈样本"，实现了又一次华丽转身。华家大湾的两次华丽转身生动地诠释了"观念一变天地宽"的真正内涵。

事情还得从 20 世纪七八十年代说起，那时的华家大湾村就有一帮敢想敢干的人，他们不甘心那种日出而作、日落而息的传统农耕生活，大胆思变，发展织布产业，"使得村级集体经济资产一度突破百万，四乡八里都来取经，红极一时"（郑能新《有一种观念叫"思变"》）。那时的华家大湾成为远近闻名的明星村。但是后来，由于种种原因，华家大湾的纺织业一落千丈，往昔辉煌不再，甚至到了债台高筑、举步维艰的地步。华家大湾又成了远近闻名的贫困村。

穷则思变，变则通。华家大湾的出路在哪里？大家都在思索。俗话说："火车跑得快，全靠车头带。"华家大湾要想重振雄风，同样需要一个敢想敢干、能带领全村人摆脱贫困的领头人。最后，大家将目光锁定在一个名叫陈华明的人身上。陈华明是一个精明干练的人，曾在沿海打拼多年，生意做得风生水起。陈华明有着浓厚的乡土情结，当镇领导提出请他担任华家大湾村党支部书记和村委会主任时，他一口就答应了，并说服家人一起回乡创业。2014年11月18日，在华家大湾村党支部书记、村委会主任的投票选举中，陈华明高票当选。从此，他肩负起重振华家大湾村光荣而艰巨的任务。

陈华明心里清楚，华家大湾要想改变现状，必须得突破传统思维，转变发展思路，更新观念，探索出一条适合村子长远发展的路子。他思索再三，决定以创办企业为突破口，将已经涣散的人心先收拢过来。于是，他创办了鑫民商贸有限公司，鼓励村民入股，让村民变股民，带动村民共同致富，增加村集体收入，聚拢人气，凝聚人心。随着鑫民商贸有限公司的发展势头越来越好，业务范围不断扩大，利润也在不断上升，村民们年年可以分到红利了。

20世纪八九十年代，华家大湾曾经是有名的棉纺村，那时候村办企业辉煌极了。这段历史说明仅靠单一的项目和产业是无法支撑一个村子的长远发展。只有多条腿走路，才能走得更远、更稳。对于华家大湾来说，棉纺厂的往昔辉煌已成为一帧回忆。那么，能不能让棉纺厂起死回生、重新焕发生机呢？陈华明经过仔细分析，认真调研，认为是可以的！他对华家大湾村原棉纺厂的资产、债务进行了全面清理，并引进资金。重打锣，另开张，棉纺厂又恢复了生产，一次性解决华家大湾村80余人的就业问题。村民在家门口就能上班，每个月可以领到工资，有了稳定的收入来源。

习近平总书记说："绿水青山就是金山银山。"在陈华明看来，华家大湾既有秀丽的自然风景，又有丰富的人文历史传说。这里的绿水青山也能变成一座座金山银山。发展乡村旅游，华家大湾具有得天独厚的条件。随后，他对华家大湾的村容村貌进行改造，提出"商贸兴村、文化活村、生态靓村"的兴村理念，以"鸟儿愿来，能人回来，外人进来"的"三来"为目标，利用当地的自然条件，大搞生态修复工程，实行保护性开发；修建、硬化乡村公路10余公里，方便村民出行。村民雨天出行再也不用担心道路泥泞难行了。除了基础设施，陈华明还在华家大湾建设了古色古香的乡村大舞台和独具特色的文化长廊,以及 3000 余平方米的文化广场、图书室、老年活动中心等。整修一新的华家大湾村,青山绿水,林果掩映,俨然一个世外桃源。规模宏大的民俗文化村里民俗体验项目琳琅满目,有石碾、手推磨、水车、打糍粑、烫豆皮等,游客不仅可品尝到新鲜、美味、地道的农家饮食,还可体验劳作的喜悦。华丽转身后的华家大湾,吸引着越来越多的省内外游客前来旅游观光。人们在这里可以找到记忆中的乡愁,体验到童年的幸福快乐。

华家大湾已经充分享受到建设美丽乡村带给他们的实惠和红利。短短几年的时间,华家大湾又一次焕发生机,家家户户脱贫致富,过上了小康生活。"华家大湾速度"再次诠释并印证了"思路一变天地宽"的真谛。2016 年,华家大湾被评为"湖北美丽乡村示范村"。

"穷则变,变则通,通则达。"华家大湾正是在带头人陈华明的带领下,不断思变求变,变单条腿走路为多条腿走路,走出了一条超常规的发展路子,成为远近闻名的明星村和美丽乡村示范村。

双手筑起幸福生活

自开展脱贫攻坚工作以来,农村各地涌现出许许多多自立自强的脱贫典型,他们坚信"幸福都是奋斗出来",不等、不靠、不要,用自己勤劳的双手去奋斗、去拼搏、去创造幸福美好的明天。下面这一组精练短小的文章讲述的就是这样一群人的奋斗故事。

安晖是甘肃陇西县马河镇杨营村的村民。2016 年以前,她家住在山上的土坯房子里,出行极不方便,更不方便的是吃水和孩子上学。吃水全靠人力,孩子上学从山上到山下最快也得 40 分钟,遇上下雨天、下雪天,出行就更加困难!安晖家有 8 亩地,除了种点必要的口粮外,其余种点玉米、土豆、柴胡等经济作物,一年辛苦到头也卖不了几个钱。家里的主要经济来源靠的是丈夫外出打工的收入。

自精准扶贫以来,安晖家被确定为建档立户贫困户。2016 年,杨营村实施易地扶贫搬迁项目,安晖家从山上搬到了易地扶贫搬迁安置点,住进了移民安置点的新家。为了鼓励搬迁户"搬得出、稳得住",镇里出台相关配套政策,给像安晖家这样的移民搬迁户每家基础母牛,还有好几千元的补贴。在镇里的积极引导下,安晖家贷到了 5 万元精准扶贫专项贷款。她用这笔专项资金买了 2 头母牛,准备发"牛"财。就这样,安晖从 2 头牛养起,养到 4 头、6 头……看着牛圈里一头头膘肥体圆的牛,安晖觉得往后的日子越来越有了奔头。一天到晚,她浑身仿佛有使不完的劲。这不,她又在家门口搭了一座大棚,种起了香菇。2018 年,安晖卖了 2 头牛，加上香菇、柴胡和就近打零工的钱，总收入达到了 40000 元，顺利摘掉了贫困户的帽子。

说起以后的日子，安晖的眼睛里都透着光："日子苦是苦了点，但苦过才有甜嘛。现在条件这么好，我们都年轻，要是再偷懒的话，这不让大家笑话吗？"

张巧花是定西市安定区人，多年前丈夫得了脑梗，成了残疾人。她一个人既要照顾丈夫，还要拉扯孩子，日子过得别提多艰难了。但她天生就是一个不肯向命运低头的人。她是一个家庭主妇，由于生活所迫，硬是做起了贩卖马铃薯的生意。寒冬暑往十余年，功夫不负有心人，她家的日子终于慢慢好了起来。但张巧花并不满足现状。当越来越多的农民离开土地外出务工时，村里撂荒的地也越来越多，张巧花决定将这些土地利用起来。2015 年，她创办了瑞源农产品农民专业合作社，带领乡亲们种植马铃薯和其他小杂粮。2016 年，她又创办了定西巧花农机农民专业合作社，与当地的 530 户农民签订了农机服务合同，带动农户搞种植。在家门口就能上班挣钱，干的又是自己熟悉的活，村民们自然很高兴，都喜欢去合作社上班。2018 年，张巧花开始尝试在网络上销售小杂粮、马铃薯粉条等特色农产品。初次网络"触电"，她发现网络打破了时间、空间的阻碍，与客户沟通交流更为方便。为了进一步扩大销路，2019 年张巧花又萌生了自己开个网店的想法。说实在话，对于张巧花来说，网店是个新生事物，需要的是知识和技术。但这可难不倒张巧花，她积极参加当地组织的电商培训，一点一点地学。姑娘得知张巧花要开网店，辞掉了外地的工作回来帮忙。

一分耕耘，一分收获。张巧花被农业农村部评为 2018 年度"全国百名杰出新型农民"，其创办的瑞源农产品农业合作社被评为"国家农民合作社示范社"。

由普通农妇到致富带头人，张巧花用实际行动一再证明："没有比人更高的山，没有比脚更长的路"。心若在，梦就在……

从2014年的建档立卡贫困户到2019年被评为"脱贫之星"，张艳通过不断的学习和辛苦劳作，演绎了自己风风火火的脱贫致富故事。

2007年，张艳和丈夫结婚，为了增加家庭收入，她和丈夫便搬离了原住地开鲁县辽河农场三分场，前往牧铺开始了条件艰苦的养牧生活。那时丈夫放牛，张艳放鹅。直到2008年女儿出生，他们才返回三分场，张艳种地，丈夫跑运输，一家人的日子简单而幸福。

然而，简单幸福的日子总是那么短暂。2014年，家人生病住院欠下诸多外债。丈夫又误撞酒后驾驶摩托车的小伙子，致其身亡，担负了25万元的赔偿款。张艳家一时债台高筑，负债累累。夫妻两人时常对坐叹息，脸上愁云密布。2014年末，张艳的生活终于迎来了一丝曙光，她家被纳入建档立卡贫困户。针对她家的实际情况，医疗补贴、教育补贴、生活补贴等政策性资金解了张艳家的燃眉之急，为一家带来了新的希望。

生活负担减轻了不少，张艳便开始考虑如何还清债务。2017年，亲属通过养牛发家致富的事启发了张艳，她用再次借来的钱和政府的贴息贷款，买牛，承租房舍，开始尝试养牛。因为经验有限，她和丈夫买书研究、去养殖户家实地学习。2018年，张艳养牛获得了5万元的纯利润。紧接着，夫妻俩又花钱买了辆二手运牛车，丈夫跑外贩牛，张艳在家养牛。两人分工明确，各司其职，勤勤恳恳。2019年，张艳家实现了收入40多万元，既如愿脱了贫，又还清了所有债务。张艳还被评为当地的"脱贫之星"哩。

张艳家的日子越来越"牛气"。致富不忘邻里，张艳还积极帮助同场的其他贫困户，动员他们养牛，脱贫致富，并把自己多年学习的养殖技术和积累的丰富经验倾囊相授。在张艳的带动下，三分场发"牛"财的人越来越多。

懒汉脱贫翻身记

深秋时节，阳光灿烂，金桂飘香……优美的风景如同展开的画卷，扑面而来。可是，骑在摩托车上的田疆却眉头紧锁，无心欣赏眼前的美景。他的驻点上，扶贫工作遇到了难题。

眼看脱贫攻坚已到了关键阶段，按照规定，每人必须包扶3户贫困户脱贫。只是在田疆到来之前，局里的任务已分配完毕。大家已下村到户扶贫大半年了，他就只好负责整理局里的扶贫资料、填写各种报表，等等。

田疆是镇坪县新招录的一名公务员。一天下午快下班时，办公室主任柳姐把田疆叫到局长办公室，沙发上坐着女同事耿娜，她在抽抽搭搭地哭诉："给贫困户田二懒买了几斤排骨送过去，他竟然要我给他煮熟，还说为啥不顺便买两斤酒、一条烟。他这口气，我是不是还要喂他吃？真是气死人！"

郝局长将烟头使劲摁进烟灰缸里，然后注视着田疆足足有十秒钟，才说："小田，现在有一块硬骨头，是我们局扶贫工作的拦路虎，我想交给你来解决，这个帮扶对象和你一样——姓田，叫'田二懒'，懒得出奇，一身臭毛病。我们做了大量工作，特别是耿娜同志，苦口婆心劝说，送钱送东西，啥办法都用尽了。结果田二懒依然是个茅厕里的石头——又臭又硬。耿娜是个女同志，轻不得，重不得。而你是个男子汉，又是共产党员，高才生，加上你姓田，本家嘛！一定能做好这个工作。只要是真心转化他，什么手段都可以用，我和局里全体同志坚决支持你。我

第五章 "我们真心要脱贫"

相信,你一定能够出色完成任务,为我们局脱贫攻坚工作扫清障碍。"

田疆只好勉强答应。走出局长办公室,柳姐却对他说,要做好充分的思想准备,并告诉他,田二懒极不配合工作,软硬不吃,已经气跑了好几个帮扶干部。听到这些,田疆越发感到肩上的担子重了,害怕自己到最后也一样落荒而逃……

边骑边想,不觉间田疆已来到青竹村。在村委会,他见到驻村扶贫工作队长——副局长蒯鹏远。听说田疆来接替耿娜帮扶田二懒,蒯鹏远摇了摇头,说自己的确是束手无策,也许小田能"化腐朽为神奇"。

田二懒的家住在离村委会三百多米远的小溪边。缘溪而上,蒯鹏远边走边讲田二懒的懒惰故事。原来,田二懒的本名叫"田尔览",挺文雅的。田二懒父母中年得子,对他溺爱至极,从小啥都不让田二懒干,后来他就养成了好吃懒做的坏习惯。十六岁那年,父母因为车祸双双身亡。自此,无人管束的田二懒整天信马由缰,从来不种地,几乎不干正经事。没吃没喝就去偷盗,张家的玉米、李家的红薯、赵家的鸡鸭,都是他下手的对象。他偶尔也去打几天工,转过身就抽烟喝酒,打牌赌博是样样不落,花得一文不剩。饿极了,他就到处混吃混喝……时间长了,村里人把他的名字叫成了"田二懒"。帮扶他的干部,啥办法都用了,可田二懒就是摆出一副油盐不浸的样子。这不,他又把耿娜气得泪流满面,跑回了县城。

来到田二懒家,其实这哪像个家?门前和院子里都长满了荒草,像没住过人的废屋。已经上午十点多了,但田二懒家屋门紧闭。如果不是阵阵鼾声从又脏又破的窗户里传出来,他们还真以为这屋里没人住哩!

蒯鹏远使劲敲门,鼾声依旧。田疆先是用手重重地拍门,再拍窗户,这才听到里面说话:"要命哩!大清早,也不让人好好睡觉!"蒯鹏远向田疆摇头叹气,苦笑无语。田疆则怒目圆睁。

门终于打开,见到的是一尊头发像鸡窝、趿拉着破旧拖鞋、不停地揉搓着眼睛的三十多岁的男人。走进门,田二懒也不让座。其实,屋里也没凳子可坐，只有一把快要散架歪歪扭扭的椅子。地上潮湿，脏乱不堪。田疆拉住蒯鹏远想让他坐在床边上，但蒯鹏远没动，用手指了指床前，田疆见是一个啤酒瓶，里面装满了尿液。

田疆指着田二懒喊道："赶快收拾好，把脸洗干净！"

田二懒翻了翻白眼："你？谁呀？"

蒯鹏远介绍道："这是局里新来的干部，名牌大学高才生，和你同姓，叫田疆，今天开始，负责你家脱贫！"

田二懒打量了一下田疆，心想：这毛小子还负责我家脱贫？昨天那个小美女不来了？就是让她煮下排骨，又没有干别的啥！咋就不来了，又换来一个小娃娃？人家小美女每次来，总是多多少少带点东西来。"唔，你带什么来了？"田二懒没有好感地嘟囔着。

田疆捏紧两只拳头，在田二懒面前晃了晃："礼物在这儿，挺重的，就看你收不收？再问你，如果这几斤肉自己不煮着吃，那我等会就带回去——楼下有两条狼狗，我喂过两次馍，每次见面很亲热，这次我准备喂他们肉吃！狗知道好歹，不像你，喂啥都是白搭。"

田二懒傻了十秒钟，咋冒出这么个主？他盯着田疆："你别吓唬老子，老子什么人没见过？现在，不许干部打人骂人，连派出所警察都不敢打我。"

田疆指着田二懒："我现在不是警察，也不是国家干部，我是一个男人，是一个公民，更是田家的后人。我要代替祖先，教育一个不肖子孙！田二懒，你给我记好，从今往后，不许在我面前称老子，不然的话……"

田二懒这下真的傻愣在那里了。

田疆大声说："去，赶快收拾好！"

田二懒不情不愿，慢吞吞地将尿瓶提到茅房倒掉，又在溪水里洗了一把脸，用黑乎乎、油腻腻的毛巾擦了擦，规规矩矩地站在蒯鹏远和田疆面前。

田疆又大声说："去，麻利些，把肉洗干净，放在锅里炖。中午，

第五章 "我们真心要脱贫"

我和蒯局长就在你这儿吃饭。"

田二懒叹口气，一步三摇，将挂在墙上的排骨提到溪水里洗了起来。

这时，蒯鹏远小声问田疆："我们中午真的在这儿吃饭，你吃得下？"

田疆望着脏乱不堪的老式灶台，皱着眉头说："就在这儿吃，逼一下他。"

田二懒洗肉的时候，蒯鹏远和田疆帮忙在房前屋后收集了许多干树枝堆在院里，又拿一些放在灶前，将火引燃。烟囱里冒出了袅袅炊烟，使这处破旧的房子有了一些生气。

田二懒将洗好的肉端进屋里，说："我真的不会做饭，做出来怕你们两位领导会咽不下去。"

田疆说："你只管放进锅里烧火煮，其他的事不用管。"

在田二懒烧火煮肉的时候，田疆找到一把老式茶壶，洗净，灌满水，请蒯鹏远看着在火炉边把水烧开，自己找了半瓶碱面，将黑乎乎的抹布连同灶台、菜板、菜刀、碗筷来了个大清洗……这下，厨房终于变得有点眉眼了。

农村都是双灶。田疆在另一口锅里添水淘米，让田二懒烧火蒸饭。

田二懒埋头烧火，不时偷窥一下田疆，仿佛田疆才是屋里的主人，而自己只是一个来帮忙的人。

没有菜，田疆跑到屋后，发现几丛野葱和几大株野油菜，三下五除二拔出来，又从溪水边掐了一把野芹菜，这东西在乡下有水的地方到处都是。田疆在小溪里将找来的野葱、野芹菜、野油菜等洗干净，拿回厨房切好，把野葱和野油菜放在煮熟的猪肉里烫了，把野芹菜和肉炒了，一顿简单的饭菜就做成了。

半小时后，香喷喷的饭菜摆上破旧的小饭桌。田疆在屋里找了两个木墩子，擦干净，和蒯鹏远坐上去，又招呼怯生生的田二懒坐在三条腿的木凳上，夹起一大块排骨放在田二懒的碗里，然后举起水碗："今天以水代酒，敬览哥！兄弟田疆反客为主，不当之处，请览哥海涵。不过，我今天说的话，一口唾沫一个钉，全部算数。三天之后，我搬到你这儿，从早到晚和览哥同甘共苦，请你接收。"说完端起水碗一饮而尽。他再次添上茶水，举起水碗说："敬蒯局长，小田的工作，今后还请您多指导。"

临别前，田疆严肃地对田二懒说："本来驻村干部在农民家吃饭应该给钱，但这些米是局里给你买的，肉是耿娜买的，饭是我帮忙做的，所以这次就不给你钱了。以后我俩在一起，实行 AA 制，轮流做饭。还有，你必须把锄头、镰刀准备好。三天之后我过来，先一起把院内的杂草清除干净，再把房前屋后的土地挖好。"

趁田疆走在前面，田二懒拉着蒯鹏远的衣袖不放，说自己向耿娜道歉，一定好好配合她的工作，请耿娜继续帮扶自己，这位田疆兄弟简直惹不起，害怕把自己的小命"玩丢了"……

蒯鹏远挣开田二懒的手，边走边哈哈大笑："你田二懒也有怕的时候啊？小田说的有些话，我可是没听见。我发现，你田二懒终于有了克星，郝局长的决定真是英明正确啊！好好配合田疆兄弟吧，这次很可能你真的要改头换面啦！"

剩下田二懒像一截木桩立在院坝里。

三天之后，田疆租了一辆皮卡，车厢里放有一张单人床、被褥、床单和一些日常用品，包括电茶壶、电饭锅、塑料凳、洗脸盆、小饭桌、小彩电，还有一袋米、一桶油、一袋面粉、一摞碗碟、十斤面条、一袋茶叶、一打水杯，外加酱油、卤肉、辣椒、葱蒜、盐醋和十几斤白菜萝卜……一应俱全。

蒯鹏远带领几位村干部，和田二懒一起往返三次，才将东西搬完。

等蒯鹏远和几位村干部离开后，田疆很快将屋里打扫干净，又收拾好床铺，把览哥叫到跟前，开始订"君子协定"：几点起床，几点吃饭，几点劳动，几点睡觉……不许骂人，不许偷懒，不许拿别人东西……总共十八条,把田二懒的头都听大了。

不知不觉天色已晚,田疆让田二懒抱柴生火,自己动手洗菜做晚饭。半个小时后,两大碗肉丝面端上饭桌,两人"呼哧呼哧"很快吃完面条。

田疆对田二懒说:"今后我做饭,你洗锅,必须洗干净,我每次都要检查。"

田二懒极不情愿地站起来收拾碗筷,慢慢地洗涮。田疆走到外面,打了几个长途电话,然后摁开电视,看起《新闻联播》。

田二懒对电视节目没有兴趣,便拿出手机,开始在网上斗地主。

晚上十点整,写好日记的田疆对田二懒说:"依照'协定',现在到了洗脚睡觉的时间,明天要起早干活。"

很快,田疆已灭灯睡觉,而田二懒多年养成昼伏夜出的习惯,脚底痒痒想往外溜,但他害怕田疆,只好在床上翻来翻去,直到半夜过后,才迷迷糊糊进入梦乡。

翌日清晨七点整,太阳还未从东山冒头,闹铃声透过晨曦在屋里响个不停:"老田起床啦!老田起床啦……"

田疆翻身起床,田二懒却用被子捂住脑袋,继续呼呼大睡。

七点十分,已洗漱完毕的田疆揪住田二懒的耳朵往起扯,田二懒龇牙咧嘴地告饶:"兄弟,轻点儿,轻点儿!"

七点半,田疆和览哥手握锄头,开始清理院坝里的杂草。田疆通过用脚步丈量的方法,分成大小基本相同的两块,完不成任务不能吃早饭。

田疆甩开膀子大干,不到一个小时,就把东边的地块清理干净,而田二懒则慢条斯理,刨几下歇一会儿,才刨了不到一半。田疆也不管他,径直进屋做早饭,电饭锅里煮着米粥,田疆在电磁炉上炒了盘芹菜卤肉,再将馒头蒸热。出门一看,田二懒仍有一小块没有完成,便高声说:"我先吃,你干完再吃。"

田二懒咬紧牙关,猛然加快了速度,不到十分钟,也清理完毕了。田疆用这种办法逼着田二懒干活。干完后,田二懒将锄头狠狠地丢在地上，洗干净手，抓起一个馒头，边啃边喘粗气。吃过早饭，休息二十分钟，喝足水，田疆拿起镢头，递给田二懒一把："走，挖地。"

田二懒叹了口气，垂头丧气地跟在后面，来到门前已经撂荒多半的田地中。金色的阳光洒在即将变黄的秋草上，纵目远眺，别人家的田地里，不是金黄的稻谷就是枯黄的玉米秸，一片丰收的景象。可眼前，二人却站在齐腰深的野草里。

田疆仍旧用脚步丈量的方法，分成大小基本相同的两块地，标出分界线，让田二懒先挑。每人负责挖一块，完不成任务不能回家吃午饭。

田疆拿起镰刀，将地里的野草割倒，堆放在地边上，再扬起镢头，一下一下用力挖，不一会儿，就挖好了一大块。而田二懒只挖了一小块，就不停地喘粗气擦汗，挖几下歇一刻钟，没挖几下就坐在地上抽起烟来。他讨好地对田疆说："兄弟，能不能商量一下，我去找个人帮忙挖？"

"不行，"田疆抡起镢头，不停歇地说，"今天我们就只挖刚才划好的那块地。挖完了，吃过中午饭，我带你进城玩。"

田二懒喜出望外，赶紧加快速度，进度明显提高。

依然是田疆先完成任务，回去做午饭。田二懒咬牙坚持，饭熟之前，终于完成任务，笑眯眯地回来向田疆报喜。

午饭是米饭，两菜一汤。吃完，田二懒直喊"瞌睡来了"，就要躺下去睡，却被田疆揪起来拽到公路上。田疆骑上摩托车，驮着田二懒向县城疾驰而去。

到了县城，他们先去理发店给田二懒理发，再到商场给他从头到脚换了一身新衣服，最后买了几斤水果，才返回村里。

晚饭是面条，丢下饭碗，田二懒直喊："浑身散架了！"倒头便睡，连上网"斗地主"的力气也没有了。

次日清晨七点整，闹铃声准时在屋里响起："老田起床啦！老田起床啦……"

一连三天，田疆硬是拽着田二懒按时起床，按时干活，按时吃饭，按时睡觉。

到第四天，田二懒死活不起来，闭着眼睛，把双手伸出被子说："兄弟，你就是打死我，我也起不来了，你不就是想我脱层皮吗？整整我的懒筋吗？你看，我双手都脱了两层皮了！再挖地我真的要累死了。我知道你是为哥哥好，可是哥哥已经懒散几十年了，干不了这种活……"

恰好这时，外面下起雨来，雨点"叭叭啦啦"地砸在瓦楞上，就算起来也挖不成地，田疆就说："算了，你多休息会儿，我烧水做早饭。"

田二懒真的累倒了，连早饭也没吃。田疆冒着雨，到村卫生室给他买了几支葡萄糖，回来喂给他喝。田二懒睡了一天，晚饭时，已经明显好转，能坚持起来吃晚饭了。

天放晴了，可地里依然泥泞。两人正坐在屋里聊天，电话铃声大作，田疆一接听，跳起来说："我爸妈来了！"

田疆和田二懒跑到公路上，路边停着一辆天蓝色北京现代，车旁站着一位五十出头的中年人和一位将近五十岁的中年妇女。

田疆亲热地迎上去，大声喊着："爸爸！妈妈！"又将穿戴一新的田二懒介绍给父母。于是一行人沿着小溪旁的小路，边走边谈。青年司机从后备厢里抱出一个留有好多小窟窿的大纸箱，跟在后面。田爸爸说："里面是十只山鸡，在这里先试养，看适不适应。"

田爸爸在房前屋后转了两圈，说："留两亩平整的地不用挖，网子一围，就能养山鸡，山鸡还能把多数杂草吃掉。"

喝过茶水，爸爸妈妈说午饭在路上吃过了，想赶在天黑前到田疆工作的县城看看。临走，拉着田二懒的手说："天下姓田的是一家人，你和田疆要像亲兄弟一样相处，有啥困难尽管说。"田二懒感动得连连点头。

田疆随父母的车进城，顺便买好了围网。在宾馆，田疆和父母聊起田二懒，说自己接下来也不知道能不能将他转变好。爸爸笑了笑说："我听说懒人身上有根懒筋，只要把这根懒筋抽掉了，他才会变勤快，要转变田二懒。你首先要找到他这根懒筋在哪里？"

"我明天带他到医院做 B 超，查下他懒筋的位置。"田疆一本正经地说。

爸爸说："不用做 B 超，懒筋就长在心上，长在大脑里。"妈妈和田疆相视大笑。

第二天，田疆陪父母在街上吃早点，两盘油炸洋芋，三碗和渣面饭，又买了几盒笋干、腊肉、土蜂蜜等当地土特产。父母依依不舍地乘车离开，少不了千叮咛、万嘱咐。

田疆乘公交车回到青竹村已是正午。田二懒刚吃完早饭，见到田疆很不好意思，不用说昨天又睡懒觉了。

喝口水、啃个馒头后，田疆带着田二懒到屋后的树林里砍了几根茶杯粗的杂木，栽在地里做木桩，再将围网缠在木桩上，形成一块两亩地的封闭空间。这样，山鸡既能来回走动，又不会跑掉。

天黑前，他们将十只山鸡全部放进围网，这些山鸡是秋季刚孵化出来的，不到一个月大，只有七八两重，但长势良好。

田疆网上邮购的荞麦种子到了，在李大爷的现场指导下，他和田二懒将种子播到地里。虽说迟了几天，但荞麦耐寒，到十一月底，还有三个月的生长时间，应该能够成熟。

村里其他农户又送给田疆一些葱苗、大蒜、白菜秧子，他带着田二懒都栽在菜园里，浇上粪水，让它们去吸收阳光雨露。

正当田疆带领田二懒稳步转变的时候，上级通知他到省城学习半个月。

半个月学习期满，田疆急匆匆回到田二懒家，进门就问："山鸡咋样？"

田二懒说："很不错，味道挺好的。"

田疆不相信自己的耳朵，再问一句："你说啥？"

坐在院坝里的田二懒边玩手机边说："味道真的不错，如果用青辣子爆炒，再加点儿生姜，那真叫美。"

田疆怒不可遏，抡起拳头冲向田二懒。田二懒见田疆像一头发怒的雄狮，吓得拔腿就跑。

"这么好的东西你竟然把他们吃了？"田疆继续追赶，要狠揍田二懒。

"我没有吃完，只吃了五只，还给你留了两只，给郝局长、蒯局长、耿娜每人留了一只。"田二懒连忙解释。

田疆撑上田二懒，一拳砸在对方的脸上。田二懒顿时鼻血流了下来。田疆气呼呼地指着田二懒："狗肉上不了台面，你天生就是个穷命，没出息的东西。"

田疆端来一盆冷水，放在田二懒面前："自己洗！"鼻血终于止住了，但田二懒看上去有点鼻青脸肿嘴歪，这一拳下手太重了点。正好蒯局长和耿娜来看田疆，见到田二懒这副模样，问道："咋回事，弄成这样？"

田二懒吞吞吐吐地说："不小心，撞在石头了！"

国庆节前，田疆跟蒯局长请假，说想带田二懒到古城家乡走一趟，看能不能找到帮扶项目，蒯局长爽快答应了。

汽车，火车，公交。傍晚时分，两人来到古城蔷薇小区C栋楼，田疆用钥匙拧开了九层东侧的一扇防盗门，饭菜的香气立时飘了过来。

两人进屋后，田妈妈热情地招呼田二懒坐，为他们各泡了一杯茶："你们哥俩先坐会儿，我去加两个菜，老田一会儿就回来，他平常很晚才回家，今天听说儿子带朋友来，答应早点儿下班的。"

话音刚落，开门声就响了起来，田妈妈扭头一看，笑了："说曹操，曹操就到了。"

田爸爸问山鸡长得咋样。田二懒红着脸，不知如何回答，田疆说："被黄鼠狼吃了五只，剩下五只挺好的。"

田爸爸说："太可惜了，每一只成年山鸡，单凭那六根一米长的能做高级手工艺品的羽毛，就能卖60块钱，肉加工好能卖300块钱。养山鸡最怕黄鼠狼，以后要多加防范。"

田二懒听说羽毛也能卖钱，更是惊讶，恨不得再给自己一个大嘴巴。

睡觉前，田二懒到卫生间打开喷头准备洗澡，在望着镜子里的自己：蓬乱的头发，茂密的胡须，身上还散发出一股刺鼻的异味……他不禁摇了摇头，为什么自己变得如此邋遢？曾几何时，他也有过雄心壮志，想轰轰烈烈干一番事业。那时他父母过世不久，还给他留有积蓄。他不甘心一辈子刨土坷垃，就花钱在溪水边建起一个大鱼塘，养了鲤鱼、草鱼、鲫鱼，当年就挣了上万块钱，屋里添置了电器，买了摩托车……乡邻投给他的是赞许、敬佩的目光，连心上人的父亲也夸赞他勤快、能干，让巧珍来给他做饭，催他俩早点订婚成家。

第三年，他把挣来的钱全部投资养鱼，又建了两个大鱼塘，买了很多鱼苗放进去。一切都很顺利，眼看就要大丰收了。然而，一场百年不遇的大水把他的鱼塘全部冲毁了，他气得三天三夜没起床。

后来，在巧珍的鼓励下，他重新站了起来，又开始搞养殖，他按照电视广告里说的，先后养过黑蚂蚁、蝎子，全都以失败告终。这对他的打击实在太大了，他被彻底击垮了。不管巧珍如何苦苦哀求，他就是不下地干农活。巧珍的爸爸也越来越瞧不起他，最后巧珍只得和他分手。

田二懒也随打工人群南下北上，但最终不是被老板克扣工资，就是工作条件太差，他无法忍受，往往连回家过年的钱都没有。

有一年回家，他才知道巧珍嫁给了邻村一个常年在大煤矿挣钱的老实巴交小伙子，他气得哭了一场。从此，他一蹶不振，破罐子破摔……逐渐变成如今这副模样。

田二懒望着镜子里那个没有出息的自己，暗暗发誓：一定要混出个人样来，可一想到要同泥土打一辈子交道，他心里又有些泄气。

翌日早晨，田二懒突然从噩梦中惊醒，一骨碌坐了起来，额头上直冒冷汗，大口喘气。他打量着房间的一切，才明白自己身在何处。

田妈妈已将早餐做好，甜酒鸡蛋、咸菜、馒头。田爸爸早就上班去了。田二懒和田疆很快吃完，他们一起走出小区，正在一个拐角处，碰到一位测字的算命先生。田疆说:"览哥,这位先生号称半仙,不妨算算你今年的运气咋样。"

老先生戴着一副石头眼镜,穿着长布衫,要田二懒报一个字来。

田二懒昨晚就对种地非常纠结,脱口说出了一个"田"字。

老先生把田二懒从头到脚,又从脚到头足足看了三分钟,然后郑重其事地说:"小伙子这辈子与田有缘。你有田时,日子过得顺风顺水;你缺田时,日子过得一团乱麻。你先是失去了以田为生的两位亲人,其中一位姓名中带有'田'字。后来你远离田地,结果生活一天不如一天。总而言之,你的后半生如果能结交姓'田'的朋友,得到他的帮助,特别是你若是在田地上做文章,定能改变人生,后福满满。否则,你的结局将非常悲惨。"

见老先生说得如此准确,田二懒不禁冷汗直冒。但他是属鸭子的嘴硬,仰起头顶嘴道:"普天之下,就数种地的地位最低,收入最少,没见过几个人从泥巴里刨出金子来。"

老先生打断他的话:"都是目光短浅之论,男人头上一丘田,才是一个'男'字,不会种田的男人,轻视土地的男人,不是好男人。再说'富'字,宝盖头下面一口田,没有田,何来富?还有'福'字,没有田,何来福?今天的富人,即使不种田,也该有房地产吧!房地产也是地!"

面对口若悬河的老先生,田二懒哑口无言。在田疆给老先生钱的时候,田二懒扭头钻进人群,消失在人流中,任凭田疆怎么打电话,他就是不接。

田二懒甩掉了田疆,沿着街道漫无目的地走着,他心乱如麻,也不知自己走过了几条街道。他的第一感觉是肚子有些饿,"咕咕噜噜"地叫着。抬起头,他看到街头有一家叫"好再来"的餐馆,一股面香味飘然而至。他深吸了一口气,感觉真香,捏紧身上仅剩的二十块钱,走进了面馆。坐定后,他要了一碗油泼面,看了又看、搓了又搓手里仅有的二十块钱,心想如果离开田疆,他真不知道接下来的日子该怎么过?

吃着面条的时候，他看见面馆的玻璃门上贴着一张广告，上面写着："招聘服务员，包吃包住，一千五百元一月，无经验者亦可。"田二懒顿时精神一振，他趁付钱的时候问了老板一句："请问你这儿还招人不？"

系着围裙的老板一边找零钱，一边说："招啊！正缺人手哩！"

田二懒又问："你看我行吗？"老头看了他五秒钟，说："行，先试试，只要你愿意打扫卫生，明天就在这儿干。"田二懒于是就开始打扫卫生，九点左右，他将面馆所有的地面都拖得干干净净。老头又指了指对面的高楼说："麻利点，那写字楼十一层上的老客户还等着我们送外卖哩！"

田二懒提着饭盒走出面馆。电梯很快到了十一楼，他端着那碗牛肉面走出电梯，找到金田公司办公室的门，按响门铃。门打开，田二懒手上的牛肉面差点掉到地上，这世界也太小了——开门的竟然是田爸爸！

田爸爸将他让进公司董事长办公室坐下，给他倒了一杯饮料，然后自己吃起牛肉面来。他告诉田二懒，金田公司是一家有规模的养殖珍稀动物的股份制企业。山鸡只是其中的一种，养殖场全建在郊外，这里是公司总部。

"既然你们这么有钱，为啥还要田疆兄弟到大山里吃苦受罪？"田二懒问。

田爸爸笑容依旧："他有脚有手的，为什么要靠我们？再说，钱是我和他妈妈的，他有什么？他开始在养殖场打工挣钱花，直到考上你们镇坪县的公务员。在这里我是老板，他是工人，和其他普通工人一样。当然，在家里，还是爷父子，是好朋友！"

"你们将来的钱，还不是要留给田疆？"

田爸爸笑着摇头："那可不一定，也可能捐献给国家呀！"

田二懒傻愣了一会儿，使劲拍着胸脯："伯伯，您不用说啥？我明天就回镇坪，把我在青竹村荒废了好多年的十亩土地种好，不干出一番事业，誓不为人！"

田爸爸突然严肃起来："种地也要巧种，不是下苦力蛮干，比如种苞谷、洋芋和种珍稀药材的收入,就不能相提并论。我建议你还是养山野鸡,我们有成熟的经验和市场营销渠道。"

田二懒难为情了:"可是伯伯,我没有钱!"

田爸爸笑着说:"明天你到场部领养五百只,价值至少三万,由田疆担保。你还不上,我找他要。三个半月之后,我们按一百二十元一只回收,来回的运费算我的。你的纯收入将在两万以上。"

秋高气爽,阳光明媚。沿着田二懒家旁边的小溪,一条村级公路刚刚修好,路直通上游,那里还有十几户人家。田疆指挥田二懒用三轮车往地里运送附近养猪场堆放的免费猪粪,然后用泥土盖上一层,再撒上几百斤蚯蚓种苗,盖上塑料薄膜。

二十天后,田二懒用羊角锄挖开,肥大的蚯蚓密密麻麻,不一会儿就装满两塑料桶。提进养殖网内随手抛撒,山鸡争抢着啄食,好不热闹,田二懒笑得合不拢嘴。

春节前,雪霁天晴。田爸爸带领工人开着卡车,又运来五百只山鸡苗放进大棚内,再一起动手将已经成熟的山鸡抓走,清点数字,五百只正好。

田爸爸递给田二懒3万块现金,田二懒激动得双手颤抖,热泪盈眶。

田爸爸顺便买走一些蚯蚓粪,说这是上好有机肥料,城里种花的、郊区种菜的都抢着要。他还高价买走了几百斤荞麦,说是回家做荞麦饼吃。

阳春三月,风和日丽,正值春游时节。田爸爸又带领工人开着卡车,将新运来的五百只山鸡苗放进新建的养殖区内,再将网内已经成熟的山鸡捉走。清点数字,五百只一只不少。

田爸爸又递给田二懒3万块钱,田二懒拒收,说这是应给的鸡苗钱。田爸爸笑着说:"算我入股的,希望你将旧房收拾一下,开个农家乐,游客既能观赏山鸡,又可以游山玩水,然后在这里品尝山珍美味!"田二懒连连点头,眼含泪花。

这次田爸爸没有运走蚯蚓粪,因为田疆在网上帮田二懒已销售一空。

盛夏时节的青竹村，人来人往，热闹非凡。田二懒的农家乐按时开业，第一场宴席竟然是主人给自己酬办的婚宴。女主人是田二懒爱慕多年的巧珍，她丈夫去年深秋季节伤亡了，剩下她和女儿无依无靠。她听人说田二懒变勤快了，有出息了。更重要的是田二懒还深爱着巧珍。经过蒯鹏远和耿娜做媒传话，又经过一段时间亲密接触，巧珍也是一百个愿意。

婚礼选在周末。亲朋好友、村镇干部全来了，连郝局长也来了。几位电视台的记者也扛着摄像机闻风而至。

主持人宣布婚礼开始，但他强调，如果田二懒不"脱懒"、不"脱贫"，就不能"脱单"。郝局长起身，宣布："田二懒同志，已经能起早睡晚，不怕苦、不怕累、不怕脏，辛勤劳动，发家致富，经研究决定，革除其'田二懒'名号，将他开除出'懒汉队伍'，永不录用。"一时宾客哄堂大笑，两位新人相视而笑。

接着，镇长起身宣布："经过驻村干部的帮扶和田尔览同志自身的努力，他的年纯收入已达到六万元。依照相关规定，经镇扶贫工作领导小组研究，田二懒同志自即日起'整户退出'贫困队伍。"

又是一阵热烈的掌声。耿娜还一本正经地给田二懒脖子上挂了一块牌子，上面写着"光荣脱贫"四个大字。

接下来正式进入婚礼仪式，在"拜高堂"环节，由于田二懒父母双亡，改为拜田爸爸和田妈妈。田爸爸和田妈妈每人拿出两个大红包，一份给"侄儿媳妇"，一份给"孙女"。巧珍母女喜极而泣。

一对新人逐桌敬酒，田二懒突然发现，那位"算命先生"也列位其中，他连忙上去打招呼、敬酒，称赞老先生简直是"活神仙"。

田疆走上前哈哈大笑："这是我二舅，其实他是一位小学退休教师，就给览哥一个人算过命。"田二懒恍然大悟，紧紧地握住田疆的手，使劲地摇，哽咽着："你……你真是我的好兄弟呀……"

"我们梦想着要脱贫!"

有这样一群人,虽然很贫困,但他们不甘于现状,总想着通过自己的双手改变命运,过上富足安康的生活。正所谓"人穷志不短"。记者左砚文、通讯员汪俊采写的《脱贫之路(12)大悟烈士后代:革命精神激励我自主脱贫》一文中记述了有强烈脱贫愿望的革命烈士后代李传友:

2018年5月30日,大悟县三里城镇风岭村赵家湾,我采访一位主动脱贫的革命烈士后代。他的一席话,让人充满敬意:"我是老区人,革命烈士后代,虽年老家贫,但精神还在,只要我能劳动一天,就不给政府添负担。"

他叫李传友,时年68岁。妻子王桂华精神残疾,女儿肢体残疾。七年前,儿媳嫌家里穷,抛下年仅6岁的女儿离家出走,儿子常年在外打工。李传友靠种田支撑着这个一贫如洗的家庭。2014年,李传友家被纳入建档立卡贫困户。

李传友的爷爷李文富是革命烈士。1930年,25岁的李文富在河南信阳参加革命斗争,担任独立团便衣队排长,在鄂豫边区游击抗日。1932年6月6日,在河南罗山县彭新乡张墩村杨家湾的一场战斗中,李文富不幸壮烈牺牲。1983年经民政部批准为革命烈士。

"我父亲在世的时候,我们家享受了政府的优抚政策,感受着党的温暖;这几年,我们又享受了精准扶贫政策,真是赶上了好时代。"李传友说。

孝感市司法局驻凤岭村扶贫工作队员石锋说，这几年按精准扶贫各项政策，李传友家享受了教育、医疗、产业等扶持；他的孙女读书免费，他生病有大病救助，他养牛养鱼有补贴。同时，他和妻子还享受着低保、养老金，妻子享受残疾补助。

"政府给了我们家许多照顾，我不能老靠政府扶着。"李传友说，爷爷的革命精神激励我，要通过自身努力，实现自主脱贫。

李传友实现自主脱贫，靠的是勤劳。他自制蜂箱，在房前屋后养着60箱土蜜蜂，农历十月开始将蜂蜜拿到集市上卖，还有用户到他家去购买，每斤50元，去年收入2万余元。他每年保持养两头牛，一头母牛下了牛犊他就卖一头，留两头，长到一岁牙口就卖，去年卖了一头，收入7000元。他还是村里的保洁员，每年工资6000元。同时，他还在村里的兰草基地打零工，每天工资100元。李传友说，去年他的家庭收入3万多元，除去所有开支，还节余1.2万元。今年，他又花1000元买回鱼苗，在门前3.5亩的池塘养起了鱼。他说，我算是真正脱贫了，高出贫困线许多。所以，2018年他主动找政府提出来，退出贫困户，政府为他颁发了"脱贫光荣证"。

李传友每天的工作已形成规律：他每天早上天一亮就起床，将两头牛拴在荒田或山坡上吃草，晚上再牵回家。接着是做村里的卫生、管理蜂箱、照看鱼塘，将豆腐作坊里订购的豆渣拉回来喂鱼。到吃饭的时间，他就回家做饭，照顾生病的妻子。兰草基地要人时，他就去打打零工，挣点零花钱。虽然忙碌，但很充实，他越干越有劲。

李传友说，他每天按部就班地劳动着，虽然辛苦，但心里踏实，收入也比较稳定。他拿着脱贫光荣证、指着墙上贴着的革命烈士证明书自豪地说：这两张证，是我李家的骄傲！

李传友是革命先烈的后代，虽然头顶着祖辈的光环，但他就想通过自己的双手改变命运。他养蜂卖蜂蜜、养牛卖小牛、当村里的保洁员、去兰草基地打零工等，每天的劳动很辛苦，但他心里踏实。他仅仅是有着强烈脱贫愿望群体中的一员。当然这样的故事还有很多。

笔者在老区大悟采访期间，又碰到一个自动取消"五保"的故事。

申勤与侯益这两个人的姓和名，凑到一块儿，就是"深情厚谊"一词的谐音，但这只是巧合而已。

申勤、侯益两人同住在黄站镇河东村一个村湾，申勤住湾东头，侯益住湾西头，相距足有半里路远。湾名叫申侯冲，两姓共有六百多人，是附近最大的一个湾子。申姓人口占三分之二，侯姓人口只占三分之一。侯姓和申姓已和睦相处几百年了。

2015年秋，申勤所在的永昌村"两委"到了换届的日子。前两届换届时，全村党员违背原则，硬是以绝对多的选票留住了申勤，多任了两届村党支部书记。本届选举前，申勤语重心长地对全体党员说："改革开放以来，在各位党员的全力支持下，我才有胆量、有底气，充分利用经济发展优势，村里面貌发生了较大变化。我快奔七十的人了，按照党的干部组织原则，我已超龄两届。本届请大家选出年轻书记，村貌一定会发展变化更快。"

申勤终于退下来了。虽不是干部，但他牢记党的责任与义务。新的党支部根据上级党组织部署，要求每个党员都要联系困难党员或困难群众，进行"一帮一"精准扶贫济困。他左思右想：本湾里的贫困户都被村干部分别"包"去了，虽然不担任党支部书记了，但自己还是一个老党员，得帮扶一个贫困户。他来到新当选的村党支部书记严立的村委办公室，问有没有安排他的帮扶对象。严书记说："您是多年德高望重的老书记，我虽在村委会工作十余年，但年轻，怕工作失误，正考虑聘请您当'顾问'呢，就没有给您安排帮扶对象。""不行，必须就近在我们申侯冲湾子里分一个名额给我。"严立见老书记执意要帮扶对象，只好将自己的一个帮扶对象给了申勤。他对申勤说:"我有三个扶助对象,您湾的五保户侯益是其中之一,那您协助我帮扶一下他。我怕工作多的时候,照顾不周到,您就近多照顾他一下吧。"申勤一听严书记的安排正合他意,十分高兴。趁此机会,他先跟严立打了个"预防针":对侯益这户"五保"帮扶对象,初步打算取消"五保",具体实施要待他的几招"棋"走完了再"曝光"。老书记幽默而神秘的表情,弄得严立一时"找不着北",只好说:"感谢老书记!"

回到家里,申勤给几个鸡笼里各抓了几把切细的菜叶,又到鸭棚去撒了些混合饲料,再到兔圈去边抛红芋藤边逗乐道:"你们的身价在上涨,快些长,我给你们好吃的,听见没有?"

中午,老伴做了几个菜,申勤把贫困户侯益请过来喝酒。推杯换盏之间,申勤很认真地对侯益说:"今天叫你来喝酒,不比平时,是叫打招呼酒。今天上午,我到村委会争取到了我这个富裕党员帮扶你这个贫困五保党员。具体怎样帮,我心里已有方案。不过,我要先走几招棋之后,才能实施,这事你先有个思想准备。但你现在莫问,过些天我再告诉你。"

侯益醉醺醺地从申勤家回去后,脑海里一直翻腾着刚才申勤对自己这个贫困"五保"老党员的安排。他想:我和申勤是同年出生、同年入伍,在部队同年入党、同年复员。在父母为我物色女朋友之际,一场意外车祸,改变了我的命运,成了终身残疾。更惨的是失去了"传宗接代"的功能,与婚姻无缘。快六十岁时,父母一年内双双亡故,眼下成了一个人。说起来真惭愧,别说我这个党员没有为党做多少贡献,反倒成了党组织的照顾对象。2013年,党组织把我列入"五保户",年年有"五保金",基本生活有保障,要不是有党的关怀,我真是觉得活着没意思……

侯益走后,申勤凑到老伴身边说:"党中央要我们党员帮扶贫困户,村党支部把侯益分给我。为了方便起见,我想把侯益接到咱家来住。咱家有三层楼,还是前后院。平时就我俩在家,也太过于清静了。你不总是说多个人多份热闹吗？咱家日子还可以，包侯益一个人的吃穿没有问题。他到了咱家里，身体好的时候，还可帮我做点力所能及的活，也可以说是锻炼我和他的身体哩。侯益搬到咱家，就是咱家的人，我给他养老送终。我想让村里取消侯益的"五保户"。要是他先'走'了，咱家体面地送他；要是我先'走'了，村里送他到村养老院去。以上是党组织的指示，也是我的想法。"

"你个老家伙，向来狡猾，拿组织安排这顶大帽子来压我，我能不同意吗？不过，添人加口是大事，虽说儿子、媳妇在部队工作，最好也要征求一下他们的意见。等晚上了，我跟他们打个电话……"

申勤见老伴这一应承，心里暗自乐意。他抢过老伴的话，说他亲自给儿子、媳妇打电话。为了给儿子打电话，晚饭他破天荒地没有沾酒。晚饭后，申勤把老伴拉到自己旁边坐下，掏出老年手机，按了扩音键，拨通了千里之外儿子家的座机。"嘟——嘟——"两声，那头电话显示的是老家父亲打来的。儿子见媳妇在跟前，也按了扩音键。电话两头的人都能清楚地听见双方对话。他们先是互相问候，爷爷、奶奶又分别与孙子聊了十多分钟。然后，申勤把他想接侯益来家养老的话，又郑重地对儿子、媳妇讲了一遍。他要求儿子、媳妇现在表个态。儿子见媳妇朝他微笑点头，便知媳妇是同意的。儿子回答道："您和我们都是共产党员，当然要执行好党的帮扶政策。不过，侯益叔成为咱家的人，你要取消他的户头和'五保'待遇，一定让他同意才行。""你们放心好了，这样的大事爸爸一定会干稳当的。那我就挂了电话啊。"

挂断儿子电话后，申勤对老伴："总算是顺利地过了你这一关和儿子媳妇那一关，最后就剩下侯益这一关，他要是不同意，我跟他断绝战友关系！"老伴趁机打趣道："看你有本事闯过第三关不？"申勤连夜来到侯益的家里。他一口气说完，并说老伴、儿子、媳妇都非常欢迎、支持。侯益听完这番看似天方夜谭的话，激动得流下了眼泪。他眼泛泪花，哽咽道："就是亲兄弟也未必能做到这个份上啊！我不同意吧，既对不起党组织，又对不起老战友，只是心中太有愧喽!"申勤又补充说："你到我家后，你这房子也就空着了。与其让它空着，还不如交给村里整修一下，解决镇上在咱村开设'农家书屋'无房子的问题。"侯益一听满口答应了。

申勤找到村"两委"干部提出：在"重阳节"这天，由村里主持，侯益"嫁"到我家；"农家书屋"开业，来个双喜临两门！在场的村干部都鼓起了掌。

尾 声

2021年2月25日，习近平总书记在全国脱贫攻坚总结表彰大会上发表重要讲话："经过全党全国各族人民共同努力，在迎来中国共产党成立一百周年的重要时刻，我国脱贫攻坚战取得了全面胜利，现行标准下9899万农村贫困人口全部脱贫，832个贫困县全部摘帽，12.8万个贫困村全部出列，区域性整体贫困得到解决，完成了消除绝对贫困的艰巨任务，创造了又一个彪炳史册的人间奇迹！这是中国人民的伟大光荣，是中国共产党的伟大光荣，是中华民族的伟大光荣。"

脱贫攻坚战是一场没有硝烟的战争。党的十九大宣告了中国特色社会主义进入新时代，中华民族迎来了从站起来、富起来到强起来的伟大飞跃。2017年10月18日，中国共产党第十九次全国代表大会召开。这是在全面建成小康社会决胜阶段、中国特色社会主义进入新时代的关键期召开的一次十分重要的大会。习近平总书记在党的十九大报告中指出："让贫困人口和贫困地区同全国一道进入全面小康社会是我们党的庄严承诺。"党的十九大报告先后在四个地方论及脱贫攻坚，这为打赢脱贫攻坚战、全面建成小康社会提供了根本遵循和行动指南。特别是报告的第八部分，单独用一个自然段阐述脱贫攻坚工作，提出了很多新论断、新要求。比如，报告在"坚持中央统筹省负总责市县抓落实的工作机制"的基础上,明确提出了"强化党政一把手负总责的责任制",这就抓住了脱贫攻坚的"关键少数",强化了党政一把手的主体责任和工作主导权,真正做到总揽全局抓大事、号令一致抓落实。又如,报告在继续强调"扶贫先扶智"的基础上,要求"注重扶贫同扶志、扶智相结合"。这是对以往政策的进一步延展和深化。针对脱贫攻坚中贫困户"等、靠、要"的现象,以及"有体力、无能力"的现实,十九大报告为我们清晰准确地指明了解决问题的方向。再如,十九大报告响亮地提出了"攻克深度贫困地区脱贫任务"的目标任务,这就抓住了脱贫攻坚的主要矛盾,引领全党全国从最难处攻坚、在最痛处发力,坚决打好深度贫困地区脱贫攻坚这场硬仗中的硬仗,确保如期实现扶贫目标。

从2003年开始,中央逐步取消农业负担,政府开始对农业进行补贴,对农村60岁以上的老人发放一定的养老金,对农村的水利和道路工程进行投资或者补贴。这些措施都是政府的政策式扶贫措施。

如何在脱贫攻坚中贯彻好、落实好这一系列决策部署,关键是做到了"六个坚持":一要坚持统筹协调,把脱贫攻坚工作融入十九大的大战略、大布局中,同中央有关政策相衔接,同乡村振兴战略、区域协调发展战略、可持续发展战略等相贯通,同实际相对接,同其他工作相统筹,登高望远,协调推进;二要坚持问题导向,在深入推进脱贫攻坚突出问题整改的基础上,常态化实施问题查摆、问题整改工作,做到力度不减、节奏不变、标准不降,确保脱贫攻坚推进到哪里,问题查摆就跟进到哪里,整改成效就体现在哪里;三要坚持夯实基础,着力做好精准识别和退出、驻村帮扶和结对帮扶、建档立卡三个方面的工作,切实把基本标准弄透、把基本工作做实、把基础数据搞准;四要坚持凝聚合力,巩固完善专项扶贫、行业扶贫、社会扶贫等多方力量、多种举措有机结合和互为支撑的"三位一体"大扶贫格局,激发贫困群众内生动力,广泛调动社会各界参与脱贫攻坚的积极性;五要坚持压实责任,建立责任清单、任务清单,及时跟踪调度,强化督促检查,开展明察暗访,严格考核问责，层层传导压力，级级压实责任；六要坚持转变作风，绷紧思想上的弦，保持清醒头脑，坚持正风肃纪，拿出"不破楼兰终不还"的劲头，以抓铁有痕、踏石留印的韧劲真抓实干，扎扎实实做好脱贫攻坚工作。

2015年11月27日至28日，中央扶贫开发工作会议在北京召开，习近平总书记发表重要讲话。他指出："得民心者得天下。"我们党领导人民开展了大规模的反贫困工作，巩固了我们党的执政基础，巩固了中国特色社会主义制度。

习近平总书记在解决"两不愁三保障"突出问题座谈会上的讲话中指出："脱贫既要看数量，更要看质量，不能到时候都说完成了脱贫任务，过一两年又大规模返贫。要多管齐下提高脱贫质量，巩固脱贫成果。"

要适时组织对脱贫人口开展"回头看"，探索返贫监测预警机制，对贫困人口、脱贫人口、边缘人口等进行定期核查、动态管理，及时将返贫人口和新发生贫困人口纳入帮扶范畴。同时，加强探索建立稳定脱贫长效机制，强化产业扶贫，组织消费扶贫，加大培训力度，促进转移就业，让贫困群众有稳定的工作岗位。

贫困不是一两天产生的，根治贫困也不能指望毕其功于一役。《中共中央国务院关于打赢脱贫攻坚战的决定》所提出的精准扶贫、精准脱贫目标是一个阶段性目标，是相对静态的。虽然2020年我国如期完成了《中共中央国务院关于打赢脱贫攻坚战的决定》所提出的"精准脱贫、不落一人"的目标，但农村的发展任重而道远。以发展的、动态的眼光看待贫困问题，为"后小康时代"打下坚实基础。我们必须意识到，即使到"后小康时代"，也还会有部分脱贫人口重新返贫，还会有一些因为代际传递和其他原因新增的贫困人口。着眼长远，就要在治本上下功夫，着力解决脱贫的脆弱性问题，斩断贫困之根，确保扶贫效果的长期性和可持续性，防止今年脱贫、明年返贫的现象发生。

执政之要在于安民，安民之要在于济贫。贫困，是现实发生的，也是历史性的，更是人类长期面对的问题。解决好贫困的问题，更是一个执政党面临的现实且极具挑战性的任务之一，所谓"仓廪实而知礼节，衣食足而知荣辱"！

脱贫致富，是一项"政绩工程"，更是一项"民心工程"；工程质量的验收者，应该是老百姓，"小康不小康，关键看老乡。"

脱贫攻坚这一阶段性的工作虽已收官，但"乡村振兴战略"又已经启动，发展乡村，繁荣乡村，促使更多人致富，这是社会主义的本质要求。

2018年9月21日，习近平总书记在十九届中央政治局第八次集体学习时指出："打好脱贫攻坚战是实施乡村振兴战略的优先任务。贫困村和所在县乡当前的工作重点就是脱贫攻坚，目标不变、靶心不散、频道不换。2020年全面建成小康社会之后，我们将消除绝对贫困，但相对贫困仍将长期存在。到那时，现在针对绝对贫困的脱贫攻坚举措要逐步调整为针对相对贫困的日常性帮扶措施，并纳入乡村振兴战略架构下统筹安排。这个问题要及早谋划、早做打算。"

国务院扶贫开发领导小组办公室全国扶贫宣传教育中心主任黄承伟说："脱贫攻坚战结束后，我国绝对贫困问题的消除，并不意味贫困问题的消失，贫困依然以新的形式和表现存在。从发展进程看，2035年我国将基本实现共同富裕，基本建成现代化国家，这一目标要求，决定了无论是实施乡村振兴战略，还是推进城乡一体化发展，都需要把有效缓解相对贫困问题摆在突出位置，这是解决好不平衡不充分发展问题的前提和基础，也是高质量实施乡村振兴战略的必然要求。尽管共同富裕不是每一个个体都达到相同的富裕程度，但是共同富裕的社会形态必然要求相对贫困问题（数量、程度）被控制在可以接受的范围。可见，相对贫困问题的有效治理将贯穿中国特色社会主义初级阶段，必然成为推动乡村振兴战略、城乡一体化发展和社会主义现代化建设中的重大议题。"

实施乡村振兴战略，是党的十九大作出的重大决策。从2017年10月十九大到2018年初中央一号文件提出实施乡村振兴战略的十二条意见，再到 2018 年 7 月中共中央、国务院印发《国家乡村振兴战略规划（2018—2022 年）》，足见中央的信心、决心。乡村振兴战略是"新时代'三农'工作的总抓手"，要按照"产业兴旺、生态宜居、乡风文明、治理有效、生活富裕"二十字的总要求，建立健全城乡融合发展体制机制和政策体系。长期以来，城乡发展不平衡、农村发展不充分，是新时代我国社会主要矛盾的突出表现，必须解决好。农村经济发展落后，所以我们要提出"产业兴旺"；农村的脏、乱、差现象突出，所以我们要提出"生态宜居"；农村文化相对落后，村民素质有待提高，在"治理有效"的努力下，通过"健全自治、法治、德治相结合的乡村治理体系"，培养造就一支"懂农业、爱农村、爱农民的'三农'工作队，杜绝黄、赌、毒，实现"乡风文明"，最终达到"生活富裕"。

"乡村振兴战略"充分体现了党中央、国务院对"三农"问题的高度重视，也充分体现了中国共产党的执政理念。习近平总书记说："任何时候都不能忽视农业、不能忘记农民、不能淡漠农村。"

翻开中国历史，中国走过的每一个历史阶段，都构成了一部部跌宕浩繁的史书！"但得苍生俱饱暖"，在中国共产党的领导下实现了。广大老百姓不仅求得了温饱，而且生活得更幸福。仅凭这一点，扶贫攻坚应该是新时代最为精彩的一个篇章！

后　记

文学应承担记录时代的社会责任

　　动议写一本扶贫的报告文学已经有些年头。十多年前，中国扶贫基金会的朋友想请我写一写《国家八七扶贫攻坚计划》以来中国政府的一些扶贫工作，并找了一厚沓相关资料，我回武汉消化了好几个月，渐渐有了点头绪，写了两章。不巧，这个朋友出了点事，我就暂时放下了。我认为这个题材还不错，于是就写写停停。2001年左右，我看到写扶贫的三本书：一本是姬广武的《世纪决战——中国西部农村反贫困纪实》，一本是李林樱的《贫困的呐喊》，一本是黄传会的《忧患八千万》。当时想，既然已经有人写了，我再写不是炒剩饭吗？这一搁就是十年。我是写"三农"报告文学的，经常下乡，农村贫困问题时时触动着我。我决心还是要把这本书写完。2011年至2013年，我又一次提笔开始了断断续续地写作，时不时下乡补充采访资料。

　　是啊！我国的扶贫做了那么多工作，岂是一本书就书写得完的？所以说，不是多了，而是少了。

后 记

  2015年11月23日，一个跨历史意义的时刻到来了。中共中央政治局召开会议，审议通过《中共中央国务院关于打赢脱贫攻坚战的决定》。"决定"要求，到2020年确保我国现行标准下的7000多万农村贫困人口实现脱贫，贫困县全部摘帽，解决区域性整体贫困。我国政府的脱贫决心得有多大啊！

  看到这个"决定"，我振奋极了。这之后我就把创作的重心放在这本书上，下乡调研，广泛搜集扶贫、脱贫素材。

  精准扶贫是一种大扶贫的工作格局，是一项伟大的创举，体现了高超的政治智慧。

  "脱贫攻坚的伟大成就集中体现在：一方面，脱贫攻坚解决了中华民族几千年发展史上从来没有解决的绝对贫困问题。这是一个史诗般的成就，决定了脱贫攻坚必定载入中华民族发展、人类发展的史册。如何记载好、总结好脱贫攻坚意义重大。另一方面，脱贫攻坚形成和确立了习近平扶贫思想。这套思想体系不仅指引着脱贫攻坚取得全面胜利，也必将指引中国在新的发展征程中，在解决不平衡不充分发展问题、促进共享发展、加快共同富裕进程中发挥指导作用。这也是中国为全球贫困治理贡献的中国智慧、中国方案的核心内容。"国务院扶贫开发领导小组办公室全国扶贫宣传教育中心主任黄承伟肯定地说。

  早在1981年，有识之士已经明确地看到，农村问题不仅仅是个农业问题，而是"农业、农村、农民"这个称之为"三农"的问题。20世纪80年代后期开始，农村发展放缓。虽说后来取消了农业税和各项摊派提留，农民可以进城打工挣钱，摆脱了一亩三分地的束缚，但让农民彻底脱贫依然很艰难。这就是精准扶贫的意义！

  之后，我又参加了湖北省作协组织的荆楚作家精准扶贫走乡村采风活动，走进许多扶贫点，走访了许多已脱贫的农户，更是深受感动。自精准扶贫以来，一场轰轰烈烈的脱贫攻坚战在华夏大地上徐徐展开，短短几年时间内，我国创造了世界减贫史上的伟大奇迹——2020年实现现行标准下农村贫困人口全部脱贫！千百年来的绝对贫困难题首次得到了根本性解决。有幸经历并见证这一伟大奇迹，作家不能缺席，也不应该缺席，忠实记录小康建设工程是作家义不容辞的职责与使命！

  2014年10月15日，习近平主席在文艺工作座谈会讲话时说："文艺是时代前进的号角，最能代表一个时代的风貌，最能引领一个时代的风气。"他还指出："文艺工作者要想有成就，就必须自觉与人民同呼吸、共命运、心连心，欢乐着人民的欢乐，忧患着人民的忧患，做人民的孺子牛。"他还强调："每个时代都有每个时代的精神。文艺是铸造灵魂的工程，文艺工作者是灵魂的工程师。好的文艺作品就应该像蓝天上的阳光、春季里的清风一样，能够启迪思想、温润心灵、陶冶人生，能够扫除颓废萎靡之风。"

  现在，我们有幸赶上了这样一个好时代，我们不为这个时代讴歌，为什么讴歌呢？所以，作家应该站在时代的潮头，以文载道，以文济世。

2019年7月23日—12月23日改毕

2021年3月又改